Le fiancé irlandais

*

Diagnostic : amour

KARIN BAINE

Le fiancé irlandais

Traduction française de
GENEVIÈVE BLATTMANN

BLANCHE

HARLEQUIN

Collection : Blanche

Titre original :
THE DOCTOR'S FORBIDDEN FLING

Ce roman a déjà été publié en 2016

HARPERCOLLINS FRANCE
83-85, boulevard Vincent-Auriol, 75646 PARIS CEDEX 13
Service Lectrices — Tél. : 01 45 82 47 47 - www.harlequin.fr
ISBN 978-2-2804-6184-9 — ISSN 0223-5056

Composé et édité par HarperCollins France. Achevé d'imprimer en mai 2021.
par CPI Black Print - Barcelone - Espagne
Dépôt légal : juin 2021.

FSC www.fsc.org MIXTE Papier issu de sources responsables FSC® C159065

Pour limiter l'empreinte environnementale de ses livres, HarperCollins France s'engage à n'utiliser que du papier fabriqué à partir de bois provenant de forêts gérées durablement et de manière responsable.

1.

Pour Violet Dempsey, la salle réservée aux familles était le lieu où la dernière lueur d'espoir s'éteignait dans un hôpital. C'était dans une de ces petites pièces qu'elle avait appris la mort de sa mère. Aujourd'hui, il s'agissait de son père. Il se battait pour sa vie au bout du couloir, dans l'unité de soins coronariens du service de cardiologie, et elle regardait fixement le mur en attendant que la porte s'ouvre.

Les premières heures qui succédaient à une crise cardiaque étaient cruciales, et elle les avait passées à organiser son vol de Londres à Belfast, en Irlande du Nord. Le trajet, pourtant relativement court, de Belfast à l'hôpital de Silent Valley, dans le comté de Down, lui avait semblé durer une éternité.

Elle ne s'était jamais conformée à son rôle de fille de comte, ses rapports avec son père n'étaient donc pas harmonieux, c'était le moins que l'on pouvait dire, mais elle n'était pas pour autant dénuée de sentiments à son égard. Elle avait été témoin des efforts et des sacrifices de sa mère pour s'insérer dans la haute société, aussi Violet avait-elle tout bonnement décidé de suivre sa propre voie plutôt que celle que son père avait tracée pour elle. Depuis, ils s'étaient à peine adressé la parole.

Le léger coup à la porte la fit malgré tout sursauter. C'était le moment fatidique. La vie ou la mort. Son ventre se crispa et le messager du malheur apparut.

Mais l'homme qui entra ne lui était pas étranger du tout…

— Nate ?

Il était plus grand, plus large d'épaules, et sa coupe de cheveux nettement plus soignée que le souvenir qu'elle en avait, mais elle l'aurait reconnu entre mille, ne fût-ce que par les fossettes qui encadraient son sourire. Le quitter, douze ans plus tôt, avait été l'épreuve la plus difficile de sa vie. Ce qu'il faisait là était un mystère, mais il avait toujours eu le don d'apparaître exactement quand elle avait besoin de lui.

Après avoir refermé la porte, il s'assit face à elle. C'était tout à fait son genre, de surgir sans invitation au beau milieu de ses problèmes.

— Bonjour, Violet. Ou devrais-je dire *lady* Violet ? Ça fait longtemps qu'on ne s'est pas vus, n'est-ce pas ?

— C'est sûr, mais, si j'ai bonne mémoire, tu n'es pas très à cheval sur les conventions. Violet suffira.

Il savait mieux que personne combien elle haïssait ce titre. Mieux valait donc prendre à la légère ce qui n'était sans doute qu'une plaisanterie.

Ils ne s'étaient pas séparés en très bons termes, pour dire le moins — elle l'avait quitté sans un mot d'explication. Cependant, même s'il avait de bonnes raisons de lui en vouloir, elle comptait sur lui pour les oublier, eu égard aux circonstances. Le Nate qu'elle avait connu, et qui faisait passer ses besoins et désirs à elle en premier, avait sûrement beaucoup changé, c'était inévitable. Aussi trouva-t-elle difficile de faire face à cette version adulte de son compagnon d'enfance. Une version de plus très attirante.

Ses cheveux d'un blond foncé étaient plus courts, plus disciplinés, aussi, et le visage à l'époque encore juvénile s'était endurci avec une mâchoire presque carrée et une barbe naissante plutôt sexy. Le fils des domestiques du manoir de Strachmore avait apparemment abandonné ses chemises de flanelle pour un style plus classe, et plus coûteux. Il aurait sans problème pu s'intégrer au cercle d'amis nobles de sa famille — si toutefois elle et lui l'avaient souhaité. Un fougueux baiser irréfléchi entre les adolescents qu'ils étaient alors avait mis un terme à leur amitié, et poussé Violet à fuir à Londres. Pourquoi s'engager dans quelque chose qui n'aurait eu aucune chance d'aboutir ?

Nate s'éclaircit la gorge et elle prit conscience de l'avoir trop longuement fixé. Le souvenir de leur dernière rencontre, lorsqu'ils avaient engagé leur relation sur un sentier plus aventureux, lui revint en mémoire. Horrifiée, elle sentit le rouge lui monter aux joues.

— Alors… C'est ton père qui t'envoie ? demanda-t-elle. Il m'a dit que c'était lui qui avait appelé l'ambulance.

Autant amener la conversation sur un terrain moins dangereux. L'évocation de parents réprobateurs serait probablement efficace pour chasser les souvenirs embarrassants.

Nate se pencha en avant dans son fauteuil, la forçant à rencontrer ses yeux noisette. Des yeux où elle s'était si souvent perdue.

— C'est lui qui l'a trouvé, oui, mais ce n'est pas la raison de ma présence. Notre conversation est de nature plus… professionnelle : je suis médecin ici. Le cardiologue de ton père, en fait.

Il était on ne pouvait plus sérieux et elle se rappela que l'infirmière lui avait en effet parlé d'un Dr Taylor. Mais jamais elle n'aurait pensé que…

— Je ne savais même pas que tu avais fait des études de médecine.

Aussitôt elle regretta ses paroles. Elle allait passer pour une enfant gâtée qui avait déployé ses ailes sans plus jamais regarder en arrière. Et tout oublié de ce qu'ils avaient vécu ensemble.

Ce n'était pas de l'indifférence de sa part, loin de là. Elle avait au contraire beaucoup pensé à lui, durant ces années. Elle avait même craint de *trop* s'intéresser à la vie de Nate. Aussi, afin de préserver son indépendance toute neuve, avait-elle rompu tous les liens avec la seule personne qui aurait eu le pouvoir de la dissuader de partir.

— Ce que je veux dire, c'est que mes rapports avec ma famille sont réduits au strict minimum, dit-elle pour se justifier de ne pas être au courant de sa réussite.

Bien sûr, elle n'était pas naïve au point d'imaginer qu'il avait passé son temps dans l'attente de son retour. Simplement, elle ne l'aurait pas imaginé aussi… ambitieux.

— J'ai pensé que la médecine serait une voie plus lucrative et plus respectée que la tradition familiale dans la domesticité, répondit-il.

Il n'avait manifestement pas surmonté ses complexes. Cela avait été un sujet récurrent entre eux, lorsqu'ils s'isolaient pendant des heures dans le vieux hangar à bateaux. Leur détermination à ne pas suivre les chemins que leurs parents avaient choisis pour eux avait façonné leur vie. Et pour le mieux.

— En tout cas, tu as réussi, dit-elle, même si cela ne changeait rien à l'opinion qu'elle avait de lui.

Nate avait toujours eu du cœur. Pour elle, à l'époque, c'était tout ce qui comptait. C'était aussi la raison pour laquelle elle avait jugé préférable de s'éloigner. Il méritait bien mieux qu'une plongée dans l'enfer de la vie mondaine qu'elle avait, elle, tout fait pour fuir.

— Oui, et j'ai dû en étonner plus d'un, ici, en échappant à une vie réduite au strict minimum, dit-il. En attendant, j'ai appris que tu travaillais en milieu infirmier, tu comprends donc la gravité de l'état de ton père.

Il était incontestablement plus mordant qu'avant, et n'avait pas peur de lui prouver qu'il en savait plus sur elle qu'elle sur lui.

L'adolescente encore amoureuse qui continuait à vivre en elle s'interrogea : s'était-il renseigné sur son compte, ou sa mère l'avait-elle tout simplement informé ? Gouvernante à Strachmore, Mme Taylor aimait glaner toutes les informations possibles et imaginables dans un rayon qui pouvait s'étendre jusqu'à Londres. Il lui arrivait même de téléphoner à Violet, si bien que, malgré tous ses efforts pour éviter que les détails de sa nouvelle vie ne s'ébruitent, des bribes filtraient inévitablement. Pour l'essentiel l'objectif de Mme Taylor était de savoir si, oui ou non, elle s'était trouvé un mari, ce qui ne risquait pas d'arriver avant belle lurette. Renoncer à sa personnalité pour faire le bonheur de quelqu'un d'autre ? Et puis quoi encore ? Violet avait été aux premières loges pour constater les dégâts liés au mariage. L'absence de sa mère était la preuve que cette institution ne fonctionnait pas.

— Je suis plutôt spécialisée en santé mentale.

Elle avait été si désemparée par le suicide de sa mère qu'elle s'était orientée vers une carrière où elle pourrait aider les autres. Ce n'était pas toujours facile, c'était le moins que l'on pouvait dire, mais elle y puisait aussi de nombreuses compensations. Elle faisait de son mieux pour sauver des vies, même si son champ d'action, contrairement à celui de Nate, se limitait au domaine émotionnel.

Il sembla étonné, mais sa curiosité allait au-delà de la simple politesse.

— Je suppose que c'est compréhensible et… admirable.

Un compliment durement gagné. Elle n'avait pas choisi cette carrière pour se faire valoir aux yeux des autres, mais Nate, c'était clair, ne l'aurait pas cru capable de renoncer à une vie de rentière pour travailler. Les après-midi d'été passés à planifier leur fugue étaient manifestement oubliés depuis longtemps.

— Les gamins qu'on était s'en sont plutôt bien sortis, non ? dit-elle, rendant hommage aux promesses qu'ils s'étaient faites de se libérer l'un et l'autre de l'emprise de leurs familles.

Bien sûr, son père aurait été catastrophé de l'entendre

parler comme elle le faisait, lui qui lui avait payé tant de séances de diction. Cependant, ces fastidieuses heures à ânonner des mots et des syllabes pour améliorer sa prononciation n'avaient pas été vaines ; en la débarrassant de son accent irlandais, elles avaient incontestablement facilité son atterrissage à Londres. Finalement, elle pouvait en remercier son père, malgré son sentiment sur le moment qu'il voulait la faire entrer contre son gré dans un moule.

— Oui, mais, pour l'instant, nous sommes ici.

Nate voulait la ramener à l'instant présent, mais ses mots prirent un sens différent pour elle. Elle aurait beau faire, jamais elle ne pourrait ériger de mur infranchissable entre son monde et celui de son père.

— OK. Dis-moi franchement ce qu'il en est. Va-t-il s'en sortir ou pas ?

Un jour, elle devrait s'excuser auprès de Nate de l'avoir abandonné, et il lui faudrait alors expliquer ce qui l'y avait poussée. Mais ce n'était ni le lieu ni le moment pour une conversation aussi personnelle.

A la ride qui plissa le front de Nate, elle comprit que l'état de son père était aussi sérieux qu'elle le redoutait.

— Comme tu le sais, ton père a subi un infarctus du myocarde — autrement dit, une crise cardiaque. Il était sans connaissance à l'arrivée des ambulanciers et ils ont dû le réanimer sur place.

Voilà pourquoi M. Taylor lui avait bafouillé un message aussi confus. Techniquement, son père était mort. Et cela la plongeait dans des émotions conflictuelles. Elle lui en voulait terriblement depuis le suicide de sa mère — pour la façon dont il avait traité sa femme et pour ne pas avoir disparu à sa place. Mais aujourd'hui, à la possibilité de le perdre à son tour, les choses ne lui semblaient plus aussi tranchées. Si elle faisait abstraction du ressentiment et des mauvais souvenirs, il restait son père. Elle commençait même à comprendre pourquoi sa mère ne l'avait pas tout simplement quitté lorsque la situation était devenue insoutenable. Avoir une conscience pouvait, parfois, être redoutable.

— Un infarctus, répéta-t-elle.

On le lui avait déjà dit, mais l'entendre de la bouche de Nate rendait le diagnostic plus réel.

— Oui. Les analyses sanguines l'ont confirmé. Les niveaux élevés d'enzymes cardiaques ont indiqué des dommages pour le muscle cardiaque. Nous continuerons à faire des prises de sang toutes les six ou huit heures et des ECG afin de surveiller l'activité électrique de son cœur et s'assurer qu'il n'y a pas d'autres complications. Les prochaines vingt-quatre heures vont être cruciales. Notre traitement de première intention, normalement, serait une angioplastie d'urgence pour élargir les artères et faciliter le flux du sang jusqu'au cœur. Malheureusement, ton père s'y est opposé.

Nate n'avait pas pris de gants pour rendre compte de la situation à Violet. D'ailleurs à quoi bon ? Elle avait toujours préféré la franchise aux faux-fuyants bien intentionnés. C'était le meilleur moyen de ne pas être blessée par la vérité, qui finissait toujours, tôt ou tard, par se manifester. Comme de découvrir que l'overdose de sa mère n'avait pas été aussi accidentelle qu'elle l'avait tout d'abord cru.

Son père, en revanche, ignorait les conseils et s'enfermait dans sa conviction de tout savoir mieux que les autres. Sauf que, cette fois, ce n'était pas la vie d'autrui qu'il mettait en danger, mais la sienne.

— On sait ce qui a provoqué la crise cardiaque ?

Elle ignorait tout du mode de vie récent de son père, mais pourquoi aurait-il diminué sa consommation de whisky et de cigares depuis leur dernière rencontre ? C'était le genre d'homme à n'en faire qu'à sa guise et à garder délibérément la tête dans le sable pour ne pas voir les problèmes.

— D'après nos informations, il n'existe aucun antécédent

familial de problèmes de cœur, et pas d'ennuis de santé actuels non plus. Nous en saurons plus après d'autres analyses. Pour l'instant, notre priorité est de limiter les dégâts cardiaques.

— Je regrette de ne pas avoir pu répondre à toutes les questions des infirmières.

Elle grimaça, imaginant sans mal l'image qu'elle avait donnée au personnel : la fille absente, indigne, incapable de fournir des renseignements sur son père.

— Ce n'est pas grave. J'ai cru comprendre que la situation n'était pas simple, entre vous. Nous nous sommes débrouillés avec ce que nous avions en attendant les analyses.

Les rapports étroits des Taylor et de son père avaient sûrement été utiles pour combler les lacunes. Elle n'était pas jalouse du lien entre les deux familles même si, parfois, cela lui donnait l'impression qu'elle n'était pas à la hauteur, voire d'être de trop. Jusqu'à présent, personne n'avait eu besoin d'elle. Et même maintenant, elle n'était pas certaine que sa présence soit utile, ni pour son père, ni même pour elle.

— Je peux le voir ?

Même si leur relation s'était brisée à la mort de sa mère, même si elle avait du mal à s'entendre avec lui, il était la seule famille qu'il lui restait. Elle n'était pas la fille dont il aurait rêvé, sans doute, mais cela ne l'empêchait pas de l'aimer. C'était simplement un peu plus difficile.

— Je vais faire en sorte que tu puisses passer quelques minutes auprès de lui.

Ainsi, Nate était prêt à l'aider. Peut-être au nom du « bon vieux temps » ? Avant la dégradation de leurs relations, avant qu'il se mette à la détester ?

Résolue à profiter de sa bonne volonté, elle le suivit aux soins coronariens. Nate se comportait avec une autorité qu'elle ne lui connaissait pas. Et cela lui allait bien. Les patients comme le personnel se redressaient sur son passage, et elle en fut fière pour lui. Enfin, elle n'était plus la seule à reconnaître sa valeur dans le monde.

Une fois dans le service, elle chassa toute préoccupation de son esprit pour se concentrer sur son père. Son lit était dans le fond de la salle, près de la fenêtre. Au moins n'avait-il pas de voisins directs pour supporter ses jérémiades. A son réveil, le comte Dempsey serait sans doute contrarié de se découvrir dans le service d'un hôpital public, entouré de malades malpropres, plutôt qu'en chambre individuelle dans un établissement privé pour lequel il aurait été prêt à débourser une petite fortune. Pourtant, c'étaient Nate et ses confrères qui le maintenaient en vie, rien ni personne d'autre.

— Il n'est pas encore très lucide, à cause de la morphine qu'on lui administre pour réduire la douleur, dit Nate en guidant Violet jusqu'au lit.

Et, pour la première fois de sa vie, elle éprouva de la compassion pour son père. L'homme qui, pour gagner ses galons dans la haute société, avait pratiquement poussé sa mère vers la mort n'était plus qu'un vieillard alité dans une chemise d'hôpital, les cheveux blancs emmêlés sur le crâne et le corps hérissé de tubes et de fils.

Elle posa les yeux sur les moniteurs affichant les signes vitaux de son père, sur les perfusions, sur le masque qui lui insufflait son oxygène, mais elle ne pleura pas. Nate n'aurait pas à lui prêter son épaule. Elle ne s'autoriserait à exprimer son émotion que chez elle, où nul ne serait témoin de sa faiblesse. Une fois pour toutes, elle avait décidé de ne pas finir comme sa pauvre mère, trop vulnérable. Elle ne laisserait personne profiter d'elle. Elle était plus forte que cela. Quel choix avait-elle, de toute façon ?

— Quelles sont ses chances ?

Nate s'éclaircit la gorge. Violet était si impassible, si

dénuée d'émotion. Etait-elle en état de choc ? Devrait-il également s'occuper d'elle ? Il ne manquerait plus que cela pour achever sa nuit.

Jusqu'à ce jour, il ne l'avait vue qu'une seule fois afficher une telle froideur. D'accord, elle n'était pas revenue depuis son départ pour l'université, mais c'était tout de même son père qui était allongé là, en équilibre très précaire entre la vie et la mort.

La fille avec qui Nate avait grandi avait connu des années de peur et de souffrance rentrées à cause de cet homme. Alors, qu'elle l'aime ou non, elle devait réagir, d'une manière ou d'une autre, devant la possibilité bien réelle qu'il meure sans qu'ils aient résolu leurs problèmes.

Nate garda pourtant pour lui ses questions, qui, toutes, commençaient par « pourquoi ». Après la fuite de Violet, il avait dû se ressaisir et continuer à vivre. Mais il n'en avait pas pour autant cessé de s'interroger : qu'avait-il pu faire qui l'ait poussée à partir ?

La revoir réveillait des émotions conflictuelles. L'adolescent au cœur brisé qui était toujours là, derrière son épaule, qui observait et jugeait son attitude avec les autres femmes, serait toujours amoureux d'elle. Mais son amour serait inexorablement lié à la douleur — celle de son abandon et du peu de cas qu'elle avait fait de ses sentiments pour elle.

Car au lieu d'accepter son amour, ou, mieux, de lui avouer le sien, elle avait refusé de le revoir avant de s'envoler pour Londres. Or, auparavant, elle lui avait toujours demandé conseil, lui avait confié ses projets. Elle cherchait le réconfort auprès de lui. Mais pas cette fois. Cependant, même si son rejet l'avait profondément affecté, il avait tout fait pour le transformer en un élan positif. S'il était resté sur cette blessure, il aurait suivi le chemin de ses parents, qui avaient consacré les plus belles années de leur vie à la gestion du manoir. Mais, pour lui, il n'était pas question de sacrifier ses projets au nom de sa loyauté pour les Dempsey.

Et même si son père estimait avoir une dette — imaginaire — envers la famille Dempsey en vertu de laquelle la génération suivante devait se mettre au service du comte, Nate, lui, s'était juré de ne pas tomber dans le piège. Ses parents avaient peut-être renoncé à une partie de leur liberté pour maintenir leur statut, mais sacrifier leur premier-né ne faisait pas partie du contrat. C'était de *sa vie à lui* qu'il s'agissait, et ses ambitions allaient plus loin que Strachmore.

Seulement il y avait eu une faille, dans son plan : Violet. Il aurait sans doute été prêt à renoncer à son rêve pour vieillir auprès d'elle, mais cela n'aurait pas suffi. Son attitude envers lui l'avait finalement conforté dans sa décision de se construire une vie en dehors du domaine. Il lui devait donc, à elle, cet ultime coup de pouce. C'était en partie pour cela qu'il avait insisté pour lui parler ce soir.

Il avait souvent imaginé cet instant où leurs chemins se croiseraient de nouveau. Tous les examens qu'il avait réussis avec brio au cours de ses études avaient été sa façon à lui de prendre sa revanche et de se prouver qu'il était digne d'elle. Il n'était peut-être pas né avec une cuillère en argent dans la bouche, mais il l'avait gagnée par son travail, sa volonté, et sa bonne réputation. Violet aurait pu le constater par elle-même si elle avait eu un minimum de confiance en lui, et qu'elle était restée.

Au fil des années, durant sa carrière, il avait souvent été stimulé par la perspective de faire un jour devant elle étalage de sa réussite. Comme s'il montrait à la perdante d'un jeu télévisé les cadeaux qu'elle aurait pu remporter. Si l'argent et le statut social étaient tout ce qui comptait pour elle du temps où il n'avait que son amour à lui offrir, alors elle regretterait amèrement son attitude.

Mais il avait aussi voulu voir l'effet que les ans avaient eu sur elle. La mort de sa mère l'avait transformée émotionnellement, et la vie à Londres l'avait sans aucun doute changée physiquement. Elle ne supportait pas son ascendance noble, mais celle-ci transparaissait dans le moindre de ses gestes. Ses cheveux noirs, qui, à une époque, lui tombaient presque jusqu'au bas du dos, étaient à présent mis en valeur par une coupe courte et distinguée. Quant à sa silhouette, elle avait gagné quelques kilos qui lui conféraient désormais des courbes élégantes là où sa quasi-maigreur l'avait rendue presque anguleuse. Même en jean et chemisier en soie à pois, elle offrait l'image d'une citadine sophistiquée. Pourtant ce nouveau look et cette nouvelle attitude ne lui cachaient pas la vraie Violet. Ses yeux bleus, couleur de nuit d'orage, étaient si tourmentés qu'il ne put se résigner à évoquer le passé. Pas maintenant.

Il attendrait pour cela qu'ils soient tous deux prêts à parler et à admettre que leur rencontre avait plus d'importance qu'ils ne voulaient bien l'admettre. Elle avait peut-être choisi d'oublier ce qu'ils avaient vécu, mais lui avait toujours besoin de savoir *pourquoi* elle l'avait quitté. Cela lui était indispensable pour clore enfin ce chapitre de sa vie. Qu'elle lui tourne brusquement le dos avait été un échec douloureux qu'il avait eu beaucoup de peine à surmonter.

Toutefois, en dépit de son besoin de réponses, il devrait pour l'instant mettre ses sentiments personnels de côté et la traiter comme tout membre de la famille d'un patient.

Dans un autre temps, il l'aurait attirée contre lui pour la réconforter, mais ils n'étaient plus des adolescents rebelles unis contre l'emprise de leurs parents. Ils étaient des adultes, de quasi-étrangers qui ignoraient tout de leurs vies respectives. Aussi choisit-il une approche clinique afin d'apaiser cette Violet plus nerveuse que celle qu'il avait connue, et maintenir un semblant de distance professionnelle.

Pour avoir directement eu affaire au comte, il entrevoyait

mieux ce que Violet et sa mère avaient dû subir. Etre dans l'incapacité de faire ce qu'il avait à faire en raison du refus de son patient de subir une angioplastie lui était insupportable. Il avait eu envie de tout casser. D'une certaine manière, il avait mieux compris la décision de Violet d'abandonner son père à son sort. C'était finalement plus simple que de le regarder s'autodétruire. Même au seuil de la mort, cet homme se croyait plus fort que tous. Comme si, dans sa tête, s'obstiner dans le déni permettait de défier le destin.

— Au moins il est là où il a le plus de chances de s'en sortir. Il a eu très tôt une injection de thrombolytiques, qui devrait rétablir le flux sanguin et limiter les dégâts. Plus on s'y prend tôt pour traiter la victime d'une crise cardiaque, plus elle a de chances de se rétablir, je l'ai souvent constaté.

Même s'il pratiquait cette intervention presque quotidiennement, cela n'avait jamais été une routine, pour lui. Chaque patient était unique. Chaque patient avait sa propre façon de réagir au traitement, subissait des lésions du muscle cardiaque à des degrés divers, et passait par toutes sortes de complications sur le chemin de la guérison. Son rôle consistait à se battre avec toute la thérapeutique et la technologie à sa disposition ; le reste appartenait à la destinée du patient, ou à sa volonté de s'en sortir.

— Je ne lui veux pas de mal, tu sais, malgré tous les contentieux entre nous, dit-elle en se penchant sur le lit. Je ne suis pas complètement sans cœur.

Une brève seconde, Nate eut l'impression qu'elle allait poser une main sur l'épaule de son père. Mais, au dernier moment, elle se redressa.

— Je m'en rends compte, Violet. Et je suis sûr qu'il le sait, lui aussi.

Il avait pu en douter lorsqu'elle l'avait abandonné à sa vie au manoir, mais sa présence ici, à cet instant, prouvait le contraire. Elle aimait toujours son père, c'était évident, et cette affection était partagée. Leur problème à tous les deux était d'être aussi têtus l'un que l'autre, et de refuser de faire le premier pas. Violet avait été terriblement affectée par la perte de sa mère, il fallait qu'elle ait le temps de renouer avec son père, ne fût-ce que pour tourner la page sans remords ni amertume.

Ses propres relations avec ses parents n'étaient pas faciles non plus, mais il passait les voir régulièrement. Il maintenait simplement une distance raisonnable afin qu'ils ne se mêlent pas de sa vie, et pour ne pas être entraîné contre son gré dans leurs problèmes à Strachmore. Cela avait bien fonctionné, du moins jusqu'à présent.

Les bips réguliers, sur le moniteur, se turent soudain et il réagit aussitôt alors que l'alarme se déclenchait pour alerter l'équipe d'urgence. Un deuxième arrêt cardiaque était toujours à redouter pour un patient fragilisé par un premier infarctus. A plus forte raison si celui-ci avait refusé un traitement salvateur.

Aussitôt, Nate s'en voulut d'avoir amené Violet dans la chambre de son père.

— Violet, je suis désolé, mais tu vas devoir sortir.

Il fit signe à une infirmière de l'emmener hors de la salle. Ranimer quelqu'un n'était pas aussi simple que ce que l'on en voyait dans les fictions, il n'avait vraiment pas besoin de public. Surtout pas un membre de la famille.

— Nate ? fit-elle.

Son visage était devenu blême et son menton tremblait.

— Je ferai tout ce que je peux, je te le promets, répondit-il.

Il dut effacer l'image de son regard affolé le suppliant de sauver son père afin de se concentrer exclusivement sur son patient. A aucun prix il ne voulait être celui qui devrait lui annoncer une nouvelle aussi dramatique pour la deuxième fois.

Il chargea le défibrillateur qu'une infirmière venait de

lui apporter et administra un premier choc, pour ranimer le comte mais aussi pour offrir à Violet une seconde chance de renouer une relation avec lui. Et ce fut en songeant à ses propres parents et à leurs liens avec cet homme qu'il commença les compressions thoraciques.

Dire qu'il avait tout fait pour être autonome, pour n'avoir personne à sa charge… A présent, c'étaient deux familles qui plaçaient tous leurs espoirs en lui pour sauver leur monde.

Et une vie.

2.

Son père complètement inerte dans son lit et Nate arc-bouté au-dessus de lui pour lui faire des compressions thoraciques, ce fut la dernière image que Violet saisit avant que les portes du service se referment. Une infirmière l'entraîna ensuite vers la pièce qu'elle avait quittée moins de cinq minutes plus tôt. Le cœur battant, le ventre noué, elle n'avait pas le courage de subir une nouvelle et interminable attente.

Pourtant elle n'avait pas le choix, aussi retourna-t-elle s'asseoir sur une chaise. Désormais, Nate tenait la vie de son père entre ses mains. Elle avait confiance en lui ; il ferait tout ce qui était en son pouvoir pour le sauver, elle le savait. Il ne l'avait jamais laissée tomber. Il lui avait avoué son amour en l'embrassant, mais elle avait choisi de fuir plutôt que de lui révéler qu'elle aussi elle l'aimait. C'était la seule chose qu'elle ne pourrait pas lui offrir. Pas alors qu'elle avait vu comment l'amour avait détruit sa mère.

Après la façon dont elle avait quitté Nate, Violet ne pouvait qu'admirer son professionnalisme. Même si son attitude distante la prenait un peu au dépourvu. Mais comment s'en étonner ? Après tout, qu'elle soit partie à Londres sans l'avertir n'avait pas dû lui faire très plaisir… A sa place, elle serait sans doute encore furieuse. Quoi qu'il pense d'elle aujourd'hui, elle ne pouvait que lui être reconnaissante de ne pas avoir évoqué ce brusque éloignement. Elle n'avait vraiment pas besoin de plus de bouleversements dans l'immédiat. Pour quelqu'un qui s'efforçait de toujours cadenasser ses émotions, les dernières heures avaient été particulièrement éprouvantes et elle n'aurait pas eu la force d'affronter en plus les démons du passé.

Oui, elle s'en remettait à lui, comme elle l'avait fait chaque fois que ses parents se querellaient et qu'elle s'inquiétait de ce que l'avenir pouvait bien lui réserver. Aujourd'hui, elle était angoissée par la perspective de devenir orpheline à trente ans après avoir refusé une alliance avec à une autre famille noble pour qui la réputation comptait avant tout le reste.

Un coup léger à la porte la fit se retourner ; une infirmière apparut avec un plateau de thé.

— J'ai pensé que vous en auriez peut-être besoin.

— C'est très gentil. Merci, répondit-elle avec un sourire un peu forcé.

Elle n'avait rien avalé depuis qu'elle avait reçu cet horrible coup de fil, pourtant son estomac se révulsait devant les biscuits qui accompagnaient le thé.

— Il faut manger, insista gentiment la jeune femme. Vous allez avoir besoin de forces pour soutenir votre père. Vous ne lui servirez à rien si vous tombez d'inanition.

Honnêtement, Violet ne voyait pas quelle aide elle pourrait apporter à son père de toute façon, mais la jeune infirmière attendit qu'elle ait grignoté un biscuit et pris une gorgée de thé. Alors seulement elle se retira pour laisser de nouveau Violet seule.

La porte se rouvrit une demi-heure plus tard, mais ce fut cette fois Nate qui entra. Elle eut du mal à se convaincre que le soubresaut de son cœur n'était dû qu'à la crainte des nouvelles qu'il lui apportait. Avec ses cheveux courts en bataille, il avait presque l'air de sortir du lit ; de toute évidence, l'intervention n'avait pas été facile.

— On l'a ramené, dit-il, mettant aussitôt un terme à l'angoisse de Violet.

Elle relâcha l'air qu'elle avait, sans s'en rendre compte, retenu.

— Merci, fit-elle d'une voix à peine audible.

Jamais encore elle n'avait éprouvé avec une telle force l'importance de n'être pas seule au monde.

— On le garde sous observation. Un second arrêt cardiaque était évidemment une possibilité, avec le stress que son cœur a subi ce matin, mais à présent il est stable.

Le dévouement et la compétence de Nate étaient une bénédiction. Surtout alors que son père n'avait jamais eu pour lui que du mépris. « Frayer » avec des « subalternes » était dégradant, disait-il, et c'était ce qui avait provoqué la « rébellion » de Violet. Avec le recul, elle se demandait s'il avait compris que Nate et elle avaient réellement failli avoir une *vraie* relation. Mais Nate n'aurait jamais comblé les attentes de son père : il n'avait pas le profil du gendre susceptible de reprendre son titre. D'ailleurs, Nate ne l'aurait pas souhaité lui-même ; il détestait Strachmore autant qu'elle. Finalement, les efforts du comte pour les séparer n'avaient servi à rien. Amoureuse ou pas, jamais elle n'avait eu l'intention de se marier avec qui que ce fût.

— Merci de me tenir informée. Je me doute que tu n'as pas que cela à faire.

Elle ne se faisait pas d'illusions. Il était sûrement attendu ailleurs, mais il lui avait fait la faveur de lui donner en personne des nouvelles de son père. Même si, c'était évident, il ne lui avait pas pardonné.

— Tu veux que je t'appelle un taxi ? On t'attend quelque part ?

Sûrement pressé de l'évacuer de son territoire, il baissa les yeux sur le sac qu'elle avait rempli rapidement.

— Je préférerais rester ici pour la nuit. C'est possible ?

— Sur une chaise ? Pour dormir, on fait mieux. Je vais

te raccompagner à Strachmore et demander les clés à ma mère. Tu pourras au moins te reposer correctement.

Il semblait résigné à l'y conduire, comme il l'aurait fait pour un chien perdu ramassé sur le bord de la route. C'était un peu ce qui s'était toujours passé entre eux — Nate trouvait systématiquement des solutions aux problèmes qu'elle se créait. Mais, à l'époque, il semblait prendre plaisir à la sortir d'affaire.

— Je m'en voudrais de te retenir plus longtemps, Nate. Tu as sûrement d'autres patients à voir et, moi, je serai sur place s'il arrive quelque chose pendant la nuit.

Pour être honnête, sa maison familiale n'était pas forcément plus accueillante que ce cagibi sans fenêtre.

— Il y a déjà deux heures que j'ai terminé mon service. Je suis tout à toi, Violet.

Tout à toi… Un frisson la parcourut. La culpabilité de le retenir après sa journée de travail, sans doute.

— Je ne peux pas te demander de…

— Tu ne m'as rien demandé, c'est moi qui te le propose.

Il attrapa son sac en ignorant ses protestations et se dirigea vers la porte.

— Ne t'inquiète pas : le personnel de nuit t'appellera au moindre changement, et je te ramènerai aussitôt ici.

— Si tu es sûr que ça ne t'ennuie pas, répondit-elle en se levant, à court de prétextes pour refuser.

Pendant que Nate rendait visite à ses parents, Violet attendit dans la voiture. Plus Nate et elle passeraient de temps ensemble, moins ils pourraient ignorer le passé. Les souvenirs étaient là, entre eux, aussi envahissants qu'un éléphant dans un placard à balais. Or elle n'était pas prête à les affronter, pas plus qu'elle ne se sentait de voir les Taylor. Elle ne leur reprochait rien — après tout, c'étaient eux qui entretenaient la propriété — mais elle était fatiguée et pas assez en forme pour supporter des effusions. Nate avait laissé le moteur en marche, il n'avait donc pas l'intention de s'attarder. Sans doute était-il aussi impatient qu'elle d'aller dormir.

Elle se cala dans le siège en cuir à peine plus confortable que les chaises de la salle d'attente de l'hôpital. Etait-ce vraiment Nate, le garçon qui passait ses étés à essayer de gagner trois sous, qui la promenait dans cette rutilante petite voiture de sport ? C'était un genre de pied de nez à tous ceux qui l'avaient traité comme un moins-que-rien quand il était adolescent, en lui répétant qu'il ne quitterait jamais Strachmore.

Elle le regarda revenir vers elle à la lueur d'un réverbère. A présent qu'il avait troqué son jean pour un costume, il aurait facilement pu passer pour le propriétaire des lieux. Il avait une vraie classe naturelle, un rien l'habillait. Il aurait même pu ne rien avoir sur lui et…

L'image fit monter le rouge à ses joues et réveilla ses hormones d'un long sommeil, si long qu'il remontait probablement à son adolescence. La journée avait été riche en émotions, mais elle ne devait pas pour autant prendre la prévenance de Nate pour quelque chose de bien plus… sexy.

Il se rassit à côté d'elle et elle s'éclaircit la gorge. Comment chasser de son esprit les images qui venaient d'y surgir ? Pour ne rien arranger, l'exiguïté de la voiture les collait presque l'un contre l'autre et leurs cuisses s'effleuraient.

— Ma mère est dans tous ses états, dit-il, le ménage ne sera pas fini pour ton arrivée. Je lui ai promis de dérouler moi-même le tapis rouge, mais nous avons tout intérêt à déguerpir avant le débarquement des pros armés de plumeaux et de balais.

— Avec ta mère aux commandes, je suis certaine que la

maison est aussi nickel qu'elle l'a toujours été. Si seulement je pouvais la cloner et la ramener chez moi…

Contrairement au manoir de Strachmore, son petit appartement ne ferait jamais la couverture des magazines, mais elle travaillait dur pour payer le loyer. Et c'était plus important que de l'argenterie brillante et des sols en marbre poli.

Nate posa le bras derrière elle, sur le dossier, pour faire demi-tour, et elle fut un instant tentée de se lover contre son torse. Elle était sûre de trouver beaucoup de réconfort en lui, et bien d'autres choses. Mieux valait pourtant ne voir en lui qu'un ami, rien de plus, ou le médecin de son père, mais pas l'éternel acteur principal de ses fantasmes érotiques.

— Tu sais combien de temps tu restes ? demanda-t-il. Je veux dire… Tu as un remplaçant en attendant ?

— Aussi longtemps qu'il le faudra. J'ai encore beaucoup de congés à prendre.

Elle préférait travailler que de prendre des vacances qu'elle passerait à s'ennuyer et à ressasser des choses sur lesquelles elle n'avait aucun pouvoir. Ses supérieurs l'avaient à plusieurs reprises alertée sur les risques de l'épuisement professionnel, aussi ne seraient-ils que trop heureux qu'elle s'arrête un peu.

— Si tu as besoin de quoi que ce soit, mes parents seront ravis de te donner un coup de main.

Il ne s'incluait pas dans sa proposition, mais Violet ne comptait de toute façon depuis longtemps que sur elle-même. C'était la meilleure manière de devenir plus forte que ne l'avait été sa mère.

— Merci. Tu en as déjà assez fait pour moi, si je t'en demande plus, je vais me mettre ta copine à dos.

Bon, d'accord, elle allait à la pêche aux informations. Mais il avait été son premier flirt, lui avait donné son premier baiser, quoi de plus normal que de se demander s'il avait quelqu'un dans sa vie ? Une autre femme à laquelle elle aurait volontiers arraché les yeux.

— Pas de danger de ce côté-là. Je suis un membre assidu du club des célibataires endurcis.

Elle n'aurait pas été plus refroidie s'il lui avait versé un seau d'eau glacée sur la tête. Tout à ses sentiments pour lui, elle n'avait jamais envisagé que les siens aient pu changer à son égard, et même pour les femmes en général. Soudain, le soin qu'il prenait de lui lui évoqua une autre possibilité.

— Tu n'es pas…

— Non ! fit-il en riant. Je ne suis pas gay non plus. D'ailleurs, tu es bien placée pour savoir que je suis plutôt *très* attiré par les femmes, non ?

Comme il tournait la tête, son regard s'attarda un instant sur ses lèvres. Lui aussi se rappelait leur baiser, il n'y avait aucun doute.

Elle était parvenue à ne pas trop y penser pendant toutes ces années, mais, soudain, elle le revivait avec une intensité troublante. Cette exploration mutuelle, hésitante et maladroite, avait aussitôt déclenché une passion qu'elle n'avait jamais revécue depuis. Désormais elle s'engageait dans des aventures avec une prudence teintée de cynisme et de méfiance ; autrement dit, elle ne se donnait jamais complètement. Mais, avec Nate, elle n'avait laissé aucune pensée parasite gâcher cet instant-là. Envisager les conséquences ou les complications qui pourraient en découler était venu plus tard, quand elle avait tenté, sans succès, de s'imaginer un avenir avec lui. Ils appartenaient à deux mondes différents. Curieusement, ils semblaient désormais avoir échangé leurs places.

Comme la vaste demeure se profilait dans la lueur des phares, les papillons, déjà présents dans le ventre de Violet depuis un moment, s'agitèrent de plus belle.

— *Home, sweet home !* lança Nate.

Sa plaisanterie était la bienvenue ; elle dissipa quelque peu les souvenirs qui assaillaient Violet.

Le visage crispé de son père qu'elle avait défié en quittant la maison en douce pour aller à un concert rock avec Nate.

Les deux heures qu'elle avait passées, à dix-sept ans, dans un placard pour ne pas dîner avec les Montgomery, dont le fils, selon ses parents, était un futur mari tout à fait acceptable pour elle.

Le flacon de pilules vide sur la table de chevet de sa mère...

L'humour était décidément un bon remède contre les mauvais souvenirs. Se tournant vers Nate, elle riva les yeux sur lui.

— Au cas où ça t'échapperait, tu as droit en ce moment à mon regard qui tue.

Il rit et son masque trop sérieux de médecin tomba, le temps pour elle de retrouver son vieux copain.

— Narines palpitantes, lèvres pincées comme si tu venais de mordre dans un citron, yeux plissés... Oui, ça y est, je le vois, dit-il avec une pointe d'arrogance.

Même après tout ce temps, il la connaissait mieux que personne.

Une minute plus tard, il s'arrêtait devant la maison.

— Merci pour tout, Nate, dit-elle en ouvrant sa portière. Non, ne bouge pas, ce n'est pas la peine, je...

— Pas question. J'ai pour mission d'escorter lady Violet dans sa demeure ancestrale. N'oublie pas que, en d'autres circonstances, j'aurais été ton garçon de courses attitré.

— Comme tu veux, dit-elle avec un soupir.

Elle préférait, et de loin, être en compagnie d'un Nate intransigeant plutôt qu'une Mme Taylor s'agitant en tous sens, ou de devoir entrer seule. Retrouver un appartement vide la nuit ne lui avait jamais posé de problèmes, mais revenir dans un lieu hanté par les fantômes de son passé était une autre histoire.

Nate allait devoir se faire violence pour garder ses distances. Depuis ses peines de cœur d'adolescent, il avait cru s'être construit une sorte de carapace contre tout ce qui concernait les Dempsey, mais les grands yeux bleus de Violet avaient suffi à lui faire endosser toutes les fonctions de domestique à lui seul — chauffeur, majordome et gouvernante. Mais la seule façon d'éloigner ses parents et d'apaiser le malaise de Violet avait été de promettre de lui faire un bon feu et de veiller à ce qu'elle soit bien installée. Il connaissait ses parents, ils n'avaient que de bonnes intentions, mais leur rôle de serviteurs était si enraciné en eux que la simple idée de lady Violet dans une demeure vide et froide les horrifiait. Or l'épreuve serait déjà assez difficile pour elle sans public.

Malgré ce qu'ils avaient connu ensemble, ou peut-être simplement *à cause* de ce qu'ils avaient vécu avant leur baiser, il éprouvait toujours le besoin de l'aider. C'était même presque un devoir, pour lui. Sans doute ne s'était-il pas vraiment débarrassé de son hérédité, finalement. Il avait vraiment été celui vers qui Violet s'était tournée quand les choses s'étaient envenimées, et il aurait été cruel de l'abandonner maintenant simplement par orgueil. Il n'avait tout bonnement pas pu la laisser passer la nuit dans cette salle d'attente. Il avait même brièvement envisagé de la ramener chez lui plutôt que de la laisser seule dans cette imposante résidence.

Finalement, il avait déjà largement dépassé les limites qu'il s'était imposées. A peine était-elle de retour depuis cinq minutes qu'il s'était attribué le rôle d'ami providentiel. Il aurait trouvé la situation inconfortable avec n'importe quelle femme séduisante, et c'était d'autant plus le cas qu'ils avaient déjà eu une histoire émotionnelle et qu'elle l'avait quitté sans un regard en arrière. Le coup porté à son ego avec cette histoire d'homosexualité était la cerise sur le gâteau. Qu'elle n'ait pas gardé un souvenir impérissable de leur malheureux flirt d'adolescents, cela se comprenait, mais comment pouvait-elle douter de son orientation sexuelle ?

Ayant de nouveau endossé un rôle d'épaule secourable, il ne risquait pas de caracoler en tête de liste de ses prétendants. Si, afin de recouvrer sa fierté d'homme, il s'était imaginé la serrer de nouveau un jour dans ses bras et gommer ce navrant premier épisode, il avait renoncé à la seconde où il avait insisté pour rester et lui parler de son père.

Ami ou amant — c'était l'un ou l'autre. Il n'y avait pas de demi-mesure pour lui en ce qui concernait les femmes. Se charger du bagage émotionnel des gens n'était pas son genre, or c'était exactement ce qu'il était en train de faire. La pression pour sauver son patient était plus forte que jamais. Dès qu'il se serait assuré, en gentleman, que Violet n'avait plus besoin de lui, il retournerait à sa vie, la conscience tranquille. Avec la satisfaction de ne pas avoir cherché à se venger.

— Branche la bouilloire, je vais faire un feu dans la cheminée, dit-il en lui ouvrant la porte.

C'était une très belle demeure, chargée d'histoires et de mystères. Hélas, elle abritait aussi de mauvais souvenirs. Si Violet avait été la princesse captive dans la tour, lui avait été le serviteur sévèrement maintenu à sa place par son maître. Il avait, à force d'obstination, surmonté de nombreuses difficultés, mais Violet, elle aussi, avait dû faire face aux siennes. Bien sûr, il y avait encore un passif entre eux, mais il était incapable de lui en vouloir. Mieux valait faire comme si de rien n'était, comme s'ils pénétraient dans une salle exempte de tous ces souvenirs indésirables. C'était plus facile à dire qu'à faire, évidemment.

— Nous avons les commodités modernes, tu sais, le chauffage central, en l'occurrence, fit-elle d'un ton ironique.

Elle refusait son aide pour s'adapter progressivement aux lieux, mais il avait l'habitude de traiter avec des patients difficiles.

La nouvelle Violet semblait plus combative que l'ancienne. Ces années d'indépendance avaient dû l'endurcir. Un bon point pour elle ; il détestait avoir affaire à des gens démunis en dehors du travail.

— Et une bouilloire, aussi, alors ? demanda-t-il comme s'il n'en revenait pas.

Il souriait, amusé, heureux qu'elle ait gardé son sens de l'humour. Tant mieux. Elle allait en avoir besoin pour traverser les jours à venir, quoi qu'ils puissent leur réserver.

— Avec lait et sans sucre, pour moi, dit-il en se dirigeant vers le bureau du rez-de-chaussée.

Les murs bleu pâle et les moulures du plafond étaient plutôt agréables et en harmonie avec les meubles anciens. Mais le décor ne parvenait pas pour autant à réchauffer l'atmosphère. Même s'il ne faisait pas vraiment froid, rien ne valait un bon feu de cheminée pour se détendre.

Sentait-il réellement les regards réprobateurs des comtes défunts qui le toisaient depuis le mur alors qu'il venait déranger leur sanctuaire ? Tous avaient les mêmes traits sévères que Samuel Dempsey. Ne pas sourire était peut-être une autre des règles de la famille que Violet avait osé enfreindre. Régner avec une poigne de fer avait peut-être été la norme par le passé, mais, récemment, cela n'avait abouti qu'à l'éclatement de la famille.

— C'est ici qu'ils l'ont trouvé ?

Agenouillé devant l'âtre pour préparer le feu, il n'avait pas entendu Violet entrer. En se retournant, il comprit la raison de la détresse dans sa voix.

Dans le coin opposé de la pièce, les papiers de son père

étaient éparpillés par terre et sur le bureau en acajou, son fauteuil renversé dans un coin ; un verre à whisky, dont le contenu s'était depuis longtemps évaporé, était tombé à côté. Nate n'avait rien vu en entrant.

— Je regrette, Violet. J'ignorais complètement que… Ecoute, allons dans le salon, je remettrai de l'ordre ici.

Malgré leur passé douloureux, jamais il n'aurait voulu l'exposer à cette scène. Comment avait-il pu être aussi distrait ? S'avançant vers elle, il prit les tasses et les soucoupes de ses mains tremblantes avant qu'elle renverse du thé sur les meubles précieux.

— Ce n'est pas grave, répondit-elle en relevant le lourd fauteuil tandis que Nate posait le nécessaire à thé pour l'aider.

Alors qu'ils se penchaient tous les deux pour ramasser le verre renversé, il remarqua le bracelet de Violet. Poussé par la curiosité, il lui saisit le poignet.

— C'est celui que je t'ai offert ?

Ce n'était qu'un bijou de pacotille, avec de fausses turquoises et un petit hippocampe doré finement ciselé. A des années-lumière des perles et diamants que sa mère arborait dans les grandes occasions. Ainsi il avait résisté aux ans, et, surtout, elle le portait toujours.

Un fin sourire apparut sur les lèvres de Violet.

— Eh oui. Je le porte depuis ce jour-là, à l'aquarium.

Le jour où tout avait changé entre eux, et pour toujours.

— Tu étais tellement fascinée par ces petits chevaux de mer…

C'était vrai. Elle était restée longtemps à les observer, comme si, auprès d'eux, elle avait trouvé la paix. Il avait ensuite tenu à lui offrir un souvenir de cet après-midi passé ensemble. Comment aurait-il pu savoir que ce serait le dernier…

— Ils sont si… sereins. J'envie leur vie simple. Et la femelle est bien plus libre que la plupart des femmes, tu sais. Chez eux, c'est le mâle qui porte les petits : elle lui transfère ses œufs et retourne à ses affaires. Ce n'est pas à elle de s'occuper de leur éducation.

C'était une réminiscence tragique de son enfance, où une espèce fragile emprisonnée dans un aquarium lui inspirait de l'envie. Au moins aujourd'hui était-elle libérée d'une partie de son fardeau, même si Nate, lui, y avait perdu une portion de son cœur.

D'une pichenette, il fit sauter le bijou dans sa paume. Si petit. Si dénué de valeur. Si évocateur… Si cette journée n'avait eu aucune importance pour elle, si *lui-même* n'avait pas compté pour elle, pourquoi aurait-elle encore ce bracelet au poignet ? Son cœur se mit à battre un peu plus vite tandis qu'il rencontrait son regard, et ils furent aussitôt dans une bulle où le monde extérieur n'existait plus, où plus rien ne comptait que l'attirance qui les poussait l'un vers l'autre.

Lequel d'entre eux réduisit encore la mince frontière qui les séparait ? Soudain leurs bouches ne furent plus qu'à un souffle l'une de l'autre. Il la vit fermer les yeux et entrouvrir les lèvres en une invitation muette. Il ne désirait rien de plus à cette seconde que de céder à cette sollicitation, malgré le mal qu'elle lui avait fait. Pourtant il refusait qu'elle se joue ainsi de lui. Se laisser prendre pour être rejeté ensuite ? Non. Plus jamais. D'autant plus qu'elle n'avait même pas encore eu la décence, sinon de s'excuser, du moins de s'expliquer.

Le désir physique ne pouvait pas toujours prendre le pas sur le bon sens. Un baiser était bien plus dangereux lorsqu'il venait d'un premier amour, de la femme qui vous avait brisé le cœur sans un regard en arrière.

Il relâcha son poignet et s'écarta de la tentation. Comme il se ressaisissait, la collection de pendules antiques du comte se mit à carillonner, sonnant le glas de… de quoi ? Comment savoir ?

Percevant le mouvement de recul de Nate, Violet craignit de rouvrir les yeux et de rencontrer les siens. Une fois de plus elle avait laissé ses sentiments prendre le pas sur sa raison. Encore heureux que Nate ait réagi à temps, il leur avait évité une erreur monumentale ; elle n'était même pas encore remise de la dernière qu'elle avait commise avec lui. Sa vie était déjà assez compliquée sans que de vieilles émotions ne viennent la hanter. Il fallait qu'elle garde bien cela à l'esprit chaque fois qu'elle serait tentée de perdre la tête dans les bras de Nate.

Puis elle songea à la pression à laquelle elle avait été soumise presque toute la journée et au réconfort que Nate avait su lui apporter — malgré son indifférence. En fait, c'était au stress qu'elle devait sa maladresse. Il aurait dû être interdit aux émotifs de faire des avances aux médecins trop séduisants. Encore que… Après tout, c'était Nate, le professionnel, ici ; il aurait dû savoir qu'être seul dans une pièce avec elle le mettrait en danger.

Mais il avait manifestement trouvé le traitement adapté à ce cas précis : indifférent à la tension qui pesait toujours plus entre eux, il ramassa simplement le verre.

— Je comprends maintenant pourquoi ma mère tenait tant à nettoyer cette pièce avant que tu y mettes les pieds. Je suppose qu'ils ont fermé la maison aussitôt après le départ de l'ambulance.

Pour le ménage, Nate était aussi doué que sa mère et Violet décida de suivre son exemple. Ensemble, ils empilèrent la correspondance qui s'était éparpillée partout. Plus vite ils auraient fini, plus vite il pourrait repartir. Elle le connaissait assez pour savoir qu'il ne quitterait pas les lieux tant qu'ils n'en auraient pas terminé. Tant qu'il ne se serait pas acquitté de son obligation envers elle et ses parents.

— Violet ?

— Mmh ?

Il attira son attention sur certaines lettres au papier orné de motifs rouges.

— Ce sont des factures. Pour la plupart des mises en demeure de créanciers.

— Montre.

Il les lui tendit. Oui, c'était bien cela. Ces courriers, essentiellement des menaces de saisie, révélaient sans doute possible que son père se trouvait dans une situation financière désastreuse.

Accablée, elle se laissa tomber dans le fauteuil. C'était trop pour elle. Trop pour une seule journée. Pourtant, d'une manière ou d'une autre, elle allait devoir faire face.

— Tu ne savais rien de tout cela ? demanda Nate presque à voix basse, comme s'il redoutait de l'effrayer plus encore.

Son père avait toujours laissé dire et penser que leur fortune était sans fin. Mais elle savait qu'il n'en était rien.

— Le domaine est un gouffre financier depuis des années, mais j'ignorais que c'était à ce point-là.

Avant même la mort de sa mère, les dépenses de son père et son refus d'admettre leurs problèmes financiers avaient été source d'innombrables conflits. L'anxiété et l'incertitude concernant l'avenir avaient certainement concouru à la fragilisation de sa mère, mais son père avait refusé de prendre ses responsabilités, et n'était probablement pas davantage prêt à le faire désormais.

— Quoi ? Il n'y a pas de cagnotte cachée sous le plancher ? demanda Nate, l'air faussement étonné.

— Hélas non, dit-elle en laissant retomber le paquet de factures sur le bureau.

Ce n'était pas le problème de Nate. Ce n'était même pas le sien. Elle n'aurait pas dû revenir. Inévitablement, elle était rattrapée par la triste réalité et les illusions de grandeur de son père. Peut-être aurait-elle dû accepter le destin qu'on lui avait attribué et épouser à dix-sept ans le fils de lord

Montgomery. Au moins aurait-elle pu, aujourd'hui, apporter une aide financière au domaine ; peut-être sa mère serait-elle même encore de ce monde.

Cette nouvelle découverte menaçait les progrès qu'elle avait accomplis dans sa nouvelle vie. Rien n'avait changé en son absence ; elle avait simplement échappé aux soucis. A cet instant, elle était de nouveau celle, effrayée, sur les épaules de qui son père avait déposé ce fardeau.

Elle aurait aimé l'avoir face à elle pour déverser sa colère sur lui et partir pour toujours. Mais elle arrivait trop tard. Elle était coincée ici. De nouveau.

— Je m'inquiéterai de ça demain, dès que je saurai s'il a passé la nuit. Et s'il est encore vivant, j'irai peut-être moi-même l'achever.

Nate eut un léger mouvement de recul.

— Hé… Tu n'es pas sérieuse, j'espère ? Je te l'ai dit : tu auras de l'aide. Tu n'as pas à t'occuper seule de tout ça.

Il faisait sans doute allusion à ses parents, ou peut-être à un notaire, mais savoir Nate non loin la réconfortait.

— Il n'y a que toi qui aies toujours été là pour moi, tu sais.

L'avoir retrouvé était son unique consolation dans ce chaos et elle n'avait qu'une envie : se réfugier dans le cocon de sécurité qu'il lui apportait. Lui seul pourrait l'aider à ne penser ni à demain ni aux jours qui suivraient, et l'emmener loin d'ici, dans un endroit vivant et ensoleillé. Après tout, une erreur de plus ou de moins, quelle importance alors que sa vie partait en lambeaux ? Elle n'avait qu'à le convaincre, et elle avec, qu'ils n'étaient plus adolescents et que ce n'était donc pas si grave.

Soudain elle était fatiguée d'être forte, fatiguée de porter sur ses seules épaules le poids de Strachmore.

— Reste avec moi ce soir, Nate.

Avant même que Nate se formule les motifs pour lesquels il devait refuser l'offre de Violet, il réagit physiquement à son invitation. D'abord parce que au matin elle regretterait sa proposition. Comme lui, sans doute, mais pour de tout autres raisons.

Evidemment, cela aurait été l'occasion d'exorciser une fois pour toutes son abandon lorsqu'il était adolescent, mais il connaissait assez Violet pour comprendre ce qu'elle lui demandait en réalité. Elle réagissait aux situations difficiles en reportant son attention sur un autre sujet, repoussant ainsi le plus possible les difficultés. Elle était la reine de l'esquive, et lui le fou chargé de la distraire des problèmes qui hantaient les couloirs du château.

Mais plus maintenant. Aujourd'hui, il s'était assuré d'être le roi de son propre royaume.

— Je crois que je ferais mieux de rentrer.

Elle ne lui avait jamais caché qu'il n'était pas assez bien pour elle, et il n'avait pas du tout l'intention de faire office de lot de consolation.

Mais elle se redressa et fit courir le bout de son index sur son torse.

— Ne me dis pas que tu n'as jamais pensé que toi et moi nous pourrions…

Elle n'eut pas besoin d'en dire plus. Il s'imaginait déjà dans un lit, avec elle, assouvissant enfin le désir qu'elle lui avait toujours inspiré.

Mais non. Jamais il ne profiterait de sa vulnérabilité. La journée n'avait pas été tendre avec elle, et même s'il avait très envie d'accepter sa proposition, même si son désir était décuplé par la confirmation que, cette fois, elle aussi avait envie de lui, cela ne changeait rien à la situation. *Ami ou amant ?* Il ne pourrait pas jouer les deux rôles sans devenir fou. Il avait depuis longtemps dépassé le domaine professionnel, seule l'amitié restait, avant qu'il se perde dans un no man's land — en réalité un champ de mines que, depuis ses dix-neuf ans, il traversait sur la pointe des pieds pour esquiver toutes sortes de situations explosives.

— Nate… Nous sommes tous les deux adultes, célibataires, et conscients que cela n'irait pas au-delà d'un simple plaisir physique. J'ai besoin de me changer les idées…

Au moins n'avait-il pas d'illusions à se faire sur la place qu'il occupait dans son cœur. Elle aurait aussi bien pu appeler un site de rencontres et trouver quelqu'un pour la nuit.

Ce genre d'indifférence ne lui posait d'ordinaire pas de problème. Pour tout dire, cela l'arrangeait même. C'était une sorte de garantie contre les répercussions fâcheuses. Mais Violet n'appartenait pas à cette catégorie de femmes. Elle ne serait jamais une conquête sans nom et sans visage. Pas alors qu'elle avait fait de lui un cynique en matière de relations.

— Qu'est-ce que tu cherches, Violet ? Tu crois que faire l'amour t'aidera à oublier ce qui se passe ? Comme l'autruche se met la tête dans le sable ?

Son ironie la laissa un instant à court de mots.

— Tu as raison, dit-elle finalement. Je ne sais pas ce qui m'a pris.

Il lut de la honte dans son regard, et fut pris de remords. Ce n'était pas ce qu'il avait voulu. Pas du tout.

— Violet… Rien ne me tenterait plus que de partager un moment de plaisir avec toi, mais je crois sincèrement que ce serait une erreur. Pour toi comme pour moi. Alors va dormir. Je repasserai demain matin.

Elle ne voulait pas rester seule, c'était évident, mais il ne voulait surtout pas lui donner l'impression qu'il était prêt à répondre de nouveau à ses instructions, à tous ses caprices. Non merci. Il avait déjà beaucoup trop donné dans cette histoire, et en avait payé les conséquences.

— Tu as toujours été le plus raisonnable de nous deux, dit-elle avec un sourire tremblotant.

Il devait partir avant que les larmes roulent sur ses joues. Si la digue derrière laquelle elle retenait ses émotions cédait, il serait incapable de l'abandonner.

— Et toi la plus impulsive, répondit-il, songeant aux nombreuses occasions dans lesquelles il lui avait évité des situations critiques.

En l'empêchant de fuguer, par exemple, ou de saboter les réceptions de son père en glissant des laxatifs dans les boissons des invités… Sans doute était-ce la raison pour laquelle elle ne lui avait pas parlé de son déménagement à Londres. Il l'en aurait dissuadée.

Mais, à cet instant, que sa proposition soit plus un appel au secours qu'un réel désir de l'avoir dans son lit ne l'aidait pas pour autant à y résister.

— Bonsoir, Violet, dit-il en sortant.

Avait-il fallu autant de force à Violet pour partir qu'il lui en fallait à lui-même en ce moment pour décliner son invitation ?

3.

Le problème, avec la campagne, c'était le silence. Pas de circulation, pas de Klaxon pour dissiper les pensées et échapper à la honte. Violet avait passé une bonne partie de la nuit à se rejouer l'instant où elle s'était comportée en parfaite idiote avec Nate. Dieu savait ce qu'il avait dû penser, elle s'était jetée sur lui comme une insatiable nymphomane ! Elle frémit en se rappelant l'expression écœurée avec laquelle il avait repoussé ses avances. Il était malgré tout resté très gentil, bien plus qu'elle ne le méritait, d'autant qu'il avait dû interpréter ses avances comme un simple besoin, sur le moment, de combler un manque. Rien de plus.

Ce qui était très loin de la vérité. En fait, elle avait eu envie de lui depuis qu'elle l'avait vu si élégant en costume, mais son désir allait bien au-delà de cela. Elle lui avait proposé de faire l'amour avant tout pour qu'il reste avec elle. Parce qu'elle avait besoin de sa présence.

En réalité, tous les malheurs qui s'étaient abattus sur elle avaient fini par saper son bon sens. Son comportement de la veille n'avait pas d'autre excuse. Ces années passées à se montrer si forte, si indépendante, avaient faussé son idée de l'amitié, et ce sentiment s'était transformé en faiblesse à ses yeux. Jusqu'à ce que, la veille, Nate lui rappelle l'importance de pouvoir compter sur quelqu'un pour ne pas se battre seule.

Dans son esprit embrouillé, faire l'amour avec lui était devenu le seul moyen de retrouver le monde magique de leur jeunesse, mais Nate avait remis de l'ordre dans sa tête. Elle n'avait aucun droit d'attendre quoi que ce fût de lui alors que c'était *elle* qui avait tout gâché. Et pourquoi l'avait-elle quitté si c'était pour le replonger aujourd'hui dans les problèmes de Strachmore ?

A la froide lueur du jour, elle comprenait que Nate avait sans doute fait le choix le plus raisonnable en refusant de rester, mais elle en était encore un peu blessée. En quittant Strachmore, il avait fait ce qu'à l'époque elle souhaitait pour lui. Ni plus ni moins. Elle aurait dû s'en réjouir au lieu de s'interroger sur ce qui l'avait éloigné d'elle — à part, évidemment, sa proposition très mal formulée. Leur unique baiser avait été si plein d'amour et de passion ! Comment imaginer qu'elle avait anéanti tout cela en partant à Londres, même en pensant agir dans leur intérêt à tous les deux.

Au moins, ne *pas* avoir couché avec Nate lui épargnerait une situation embarrassante lorsque, inévitablement, elle le croiserait de nouveau.

La bonne nouvelle du matin était que son père avait bien dormi. Son état était aussi bon que possible pour un homme déterminé à garder à tout prix le contrôle de sa destinée.

Et maintenant que le soleil était levé, elle avait hâte d'aller le voir à l'hôpital. Toutefois, comme à chaque fois qu'elle pensait à lui, ses pensées s'embrouillèrent. La veille, elle avait eu peur pour lui, et pour elle aussi, à propos de sa santé et de ses finances. Mais elle lui en voulait également de l'avoir obligée à revenir, même si bien sûr ce n'était pas intentionnel. Les murs roses et le lit à baldaquin étaient peut-être le rêve de nombreuses petites filles, mais elle s'y sentait emprisonnée.

Repoussant les couvertures, elle se leva, et l'épaisse moquette lui rappela aussitôt qu'elle n'était pas à Londres. Dans son appartement, elle avait opté pour le parquet pour deux raisons : un entretien minimum et le rejet de son éducation vieux jeu.

Remontant le couloir, elle s'efforça de trouver de la beauté dans le décor qui l'entourait… en vain. Oui, tous ces bibelots, toutes ces antiquités étaient superbes. Et alors ? Elle aurait mille fois préféré grandir dans un studio étriqué si cela avait fait revenir sa mère. Son père, lui, était d'un tout autre avis. Même devant les supplications de sa femme pour réduire leurs charges, il avait refusé de se séparer de l'argenterie familiale ou de consentir à quelque sacrifice que ce fût pour apaiser ses inquiétudes. Il s'était au contraire livré à des extravagances, organisant par exemple de ruineuses réceptions pour contredire les rumeurs sur les coffres vides de la famille. Sa mère était contrainte de jouer l'hôtesse glamour et radieuse alors qu'elle noyait ses angoisses dans des cocktails de drogues diverses.

Violet, en descendant l'escalier, laissa courir ses doigts sur la rambarde d'acajou. Ce geste réveilla des souvenirs d'une époque plus heureuse où la maison était son terrain de jeux et la rampe son toboggan. Petite fille, elle avait eu peu d'amis en dehors de l'école préparatoire, et dû se trouver des occupations en attendant que Nate finisse de travailler avec son père sur la propriété. Avec lui, au moins, elle n'avait pas eu à prétendre être quelqu'un qu'elle n'était pas. La veille au soir, elle n'aurait pas dû le laisser croire qu'elle était une fille facile.

Mais peut-être avait-elle été transparente pour lui. Il avait toujours su voir celle qu'elle était réellement. Aussi, peut-être avait-il deviné que son comportement n'avait été dû qu'à la peur ? Elle préférait encore cela que de penser qu'il ne l'aimait plus.

Nate se repassait en boucle les événements de la veille. Et surtout, naturellement, la surprenante invitation de Violet et ses raisons à lui pour la décliner. Il doutait qu'elle ait plus de sentiments pour lui maintenant qu'elle n'en avait eu à l'époque. Probablement se servait-elle de lui pour panser les plaies rouvertes par son retour. Un peu comme un sparadrap, finalement… Mais il était certain d'avoir pris la bonne décision. Réemprunter ce chemin les conduirait vers la même impasse, dont il lui avait fallu des années pour sortir.

Avec le recul, Violet avait fait le bon choix en s'installant à Londres plutôt que de franchir le pas avec lui. Et rien n'avait changé depuis. Sauf qu'ils n'étaient plus amis et que pour lui, désormais, la priorité était de se protéger.

La découverte des dettes du comte n'avait pas amélioré son sommeil déjà bien perturbé. Il s'inquiétait non seulement pour Violet, mais pour sa propre famille. Quelle que fût son opinion sur Strachmore et ses habitants, ses parents faisaient partie du domaine, toute difficulté financière les affecterait inévitablement. Or il ne supporterait pas qu'ils soient contraints de quitter leur cottage simplement parce que Violet et lui avaient des problèmes pour communiquer. Ils allaient tous, ensemble, devoir trouver une solution. L'avenir était plus important que le passé.

Il commença ses visites par Samuel Dempsey. Tout se passait bien depuis qu'ils avaient fait repartir son cœur, et Nate espérait que ce soit le début de son rétablissement. Il n'y avait aucune arythmie associée à un rythme cardiaque trop rapide, ou trop lent, ou encore trop irrégulier, ce qui arrivait parfois après un infarctus. Il fallait attendre pour évaluer l'étendue des lésions de la zone nécrosée mais, pour l'instant, l'état du patient était stabilisé.

Ce qui n'était pas le cas d'un autre malade âgé, qui souffrait d'une grave insuffisance cardiaque et à qui il avait fallu mettre une endoprothèse coronaire la veille. Le cathéter à ballon, censé se gonfler et se dégonfler au rythme cardiaque du patient et soutenir la circulation sanguine, n'avait pas apporté l'aide espérée.

Après l'avoir examiné, Nate ne put que constater qu'une grande partie du muscle cardiaque était nécrosée et qu'il ne pouvait rien faire. Un patient plus jeune aurait pu subir une autre opération, mais, lors de la réunion pluridisciplinaire, il avait été décidé de renoncer à toute autre intervention. Déjà très affaibli, le patient n'y aurait pas survécu. C'était une situation qu'il redoutait pour ses malades, quels que soient leur âge et les circonstances. Chaque perte l'atteignait personnellement ; pour lui c'était toujours un échec. Si quoi que ce fût devait arriver au comte, il se reprocherait éternellement de ne pas avoir été à la hauteur et d'avoir trahi la confiance que Violet et ses parents plaçaient en lui.

Dès ses visites terminées, et après avoir posé un stimulateur cardiaque, il revint dans l'unité de soins coronariens. Avec l'intime conviction qu'il y trouverait Violet.

— Bonjour, papa.

Au grand soulagement de Violet, son père semblait un peu plus conscient que la veille, et son visage avait repris des couleurs. Elle avait dû attendre des heures qu'il ait terminé tous les examens et le scanner qui lui avaient été prescrits. Elle était venue par ses propres moyens à l'hôpital, cela lui avait paru préférable que de demander à l'homme qui l'avait éconduite, mais cela la privait en contrepartie de certains privilèges.

— Violet ? Mais… que fais-tu ici ?

Son père clignait les yeux comme s'il n'était pas certain de bien voir. Et comment s'en étonner alors qu'elle était restée si longtemps loin du pays — et de lui.

— Les médecins t'ont expliqué ce qui t'était arrivé, n'est-ce pas ?

Elle ne voulait pas prendre la responsabilité de lui annoncer qu'il n'était pas aussi invincible qu'il l'avait toujours pensé. D'ailleurs, si elle s'y risquait, sans doute ne la croirait-il pas.

— Un infarctus, oui, dit-il en refermant les yeux.

Etait-il fatigué, abruti par le traitement, ou simplement contrarié par sa présence ? Sans doute les trois à la fois. S'il y avait quelqu'un devant qui il ne souhaitait pas se montrer en situation de faiblesse, c'était bien elle.

— Je voulais m'assurer que tu allais bien.

C'était une affirmation étrange alors qu'elle avait à peine pensé à lui depuis des années. Loin des yeux, loin du cœur. Jusqu'à ce qu'un coup de téléphone la force à reconnaître qu'il faisait toujours partie de sa vie, qu'elle le veuille ou pas.

Debout devant le lit, les bras croisés, elle faisait de son mieux pour avoir l'air forte, comme si admettre qu'elle avait eu peur pour lui aurait pu réveiller son pouvoir sur elle.

— Je suis en pleine forme, dit-il.

Et les gens se demandaient de qui elle tenait sa pugnacité ? A quoi bon lui dire qu'il s'en était fallu d'un cheveu qu'il bascule dans l'autre monde ? Il le savait. Cependant, pas question pour lui, ni pour elle, de l'admettre.

Elle s'attendait à ce qu'il poursuive en se plaignant de partager sa chambre avec des gens « ordinaires », ou qu'il lui demande un verre d'eau… Mais non. Il ne faisait même pas l'effort de garder les yeux ouverts.

Elle prit quelques discrètes mais profondes inspirations, résistant à l'envie de transformer cette visite en séance de thérapie. Expulser des années de problèmes non résolus en une longue tirade que, sanglé et incapable de bouger, il aurait été contraint d'écouter ne manquait pas d'attraits. Mais son père était un homme malade et elle se sentait assez coupable comme cela sans devoir porter la responsabilité d'une éventuelle rechute. Elle avait attendu jusque-là, elle pourrait bien patienter encore un peu pour se décharger de ce qu'elle avait sur le cœur. Ce qu'elle ferait de préférence à Strachmore, quand il serait de nouveau sur pied et qu'elle aurait son billet retour pour Londres en poche.

— Comment allons-nous aujourd'hui, lord Dempsey ? Vous dormiez quand je suis passé tout à l'heure.

Nate. Elle aurait reconnu sa voix entre mille. Elle ne l'avait pas entendu arriver et n'avait certainement pas imaginé que, après la nuit précédente, il approche d'elle à moins de cinquante mètres.

Elle sentit ses joues s'enflammer et chercha le courage de se retourner. Pour le regarder dans les yeux après son fiasco de séductrice ? La honte…

— J'ai l'impression d'avoir été renversé par un quinze tonnes, docteur.

— Je m'en doute. Votre corps a été mis à rude épreuve, hier ; vous allez être très courbaturé pendant quelque temps. Mais nous vous donnerons des analgésiques qui devraient vous soulager. Et je ne vois aucun inconvénient à ce que vous m'appeliez Nate, si vous le préférez, lord Dempsey.

Souriant, il consulta la fiche médicale au pied du lit ; il n'avait pas l'air traumatisé par la petite séance de la veille au domaine. La situation aurait pu être embarrassante mais il n'avait visiblement aucune intention d'en faire une histoire. Pas en public en tout cas.

— Et pourquoi devrais-je vous appeler Nate ? demanda son père, la mine perplexe, en s'efforçant de s'asseoir.

Violet prit soudain conscience qu'il ignorait à qui il devait d'être encore vivant. Nate méritait un minimum de reconnaissance.

— Tu te souviens de Nate, papa ? Le fils de Bill et de Margaret Taylor ? Eh bien, il est cardiologue, maintenant.

— Dans l'immédiat, vous avez besoin de repos, mais, dès que vous vous sentirez mieux, vous devrez bouger, même si ce n'est que pour aller vous asseoir dans le fauteuil.

L'essentiel est de refaire circuler le sang, dit Nate sans tenir compte de son intervention.

Violet réprima un soupir. Elle avait l'impression d'être transparente, aujourd'hui. Personne ne la remarquait. Qui sait si elle n'était pas morte de honte quand Nate l'avait quittée, la veille au soir ? Peut-être n'était-ce que son fantôme qui était là, et personne ne pouvait ni le voir, ni l'entendre.

— Nathaniel ?

Son père avait rivé son regard sur Nate, et son expression se fit sarcastique. Visiblement, il le reconnaissait.

— Eh oui, dit Nate. Il semble que vous souffriez d'un rétrécissement des artères, lord Dempsey ; nous devrons envisager la possibilité d'une intervention chirurgicale avant qu'elles se bloquent de nouveau.

— Tu t'en es bien sorti pour cette fois, papa, et grâce à Nate, dit-elle, anxieuse d'apaiser le venin que, elle le voyait, il s'apprêtait à cracher.

— Je veux rentrer.

Pas un mot de gratitude pour celui qui lui avait sauvé la vie. Rien que des ordres.

Et pourquoi en aurait-elle été surprise ? Devoir la vie à quelqu'un qu'il avait toujours considéré comme « inférieur » aurait été reconnaître que son habitude de stéréotyper les gens ne reposait sur rien de tangible. Cela aurait, par conséquent, mis en pièces tout son système de croyance. Ce qui aurait été une bonne chose, c'était certain.

— Je crains que ce ne soit pas possible, répondit Nate. Nous allons devoir reconstruire votre motilité par étapes afin que vous n'alliez pas trop vite. Faites-moi confiance : nous aussi sommes pressés de vous faire sortir d'ici au plus vite : nous avons besoin du lit.

Il arrivait à plaisanter alors qu'il se retenait sûrement, comme elle, pour ne pas l'envoyer sur les roses.

— Et une fois dehors, tu vas devoir faire une croix sur le whisky et les cigares, papa.

Il était grand temps qu'il assume la responsabilité de ses actes pour sauver sa peau, à défaut de celle des autres.

— Tu es bien la fille de ta mère, toujours à me dire ce que je dois et ne dois pas faire. Mais qui t'a demandé de revenir ici ?

Le détestable rouspéteur ferma les yeux. En ce qui le concernait, la messe était dite…

Violet avait la sensation que le sang bouillonnait dans ses veines. Ils ne cherchaient qu'à l'aider, et tout ce qu'ils récoltaient, c'était du mépris.

— C'est pour ton bien, insista-t-elle pourtant. Mais si tu ne veux pas de moi ici, et pas de Nate non plus, alors tu vas devoir te débrouiller seul.

Depuis des années qu'elle s'occupait de patients, elle était parvenue en toutes circonstances, sinon à conserver sa bonne humeur, du moins à contenir son irritation. Mais là, elle était sur le point d'exploser. Ce n'était pas pour rien qu'elle avait laissé son passé derrière elle — elle se sentait différente, dans cette autre peau. Plus fragile.

Il n'avait pas sourcillé.

— C'est un sujet que nous pourrons aborder quand ton père sera assez remis pour ça, dit Nate. Nous évoquerons son mode de vie pendant la convalescence. Dans l'immédiat, nous allons vous laisser vous reposer, lord Dempsey.

Nate s'adressait directement à elle pour la première fois depuis qu'il était arrivé, et c'était pour miner sa stratégie ? Elle se retourna, les mains sur les hanches, et lui adressa un regard noir. Son père, derrière elle, émit un vague grognement qu'elle interpréta sans mal comme une manière de les congédier. L'occasion de lui dire ce qu'elle avait sur le cœur venait de lui échapper et cela la rendait furieuse.

D'un signe de la tête, Nate l'invita à sortir dans le couloir et elle dut s'exécuter. Dès qu'ils se furent éloignés de quelques mètres, il la retint par le bras. Elle se retourna vivement.

— Quoi ?

Elle était furieuse contre lui, contre son père, mais surtout contre elle-même de se retrouver dans cette situation.

Il leva une main en signe de capitulation, l'autre posée sur la poignée de la porte de la salle réservée aux familles.

— On peut parler ?

— Pas ici.

Elle était déjà suffisamment à cran pour ne pas remettre les pieds dans cette salle de cauchemar.

— Tu as raison. Ce sera sûrement plus prudent d'aller dans un endroit moins… privé. Je parle pour moi, bien sûr.

L'humour était incontestablement là. Dans son ton, dans ses yeux et dans les petites fossettes qui se creusaient sur ses joues. Comment rester furibonde alors qu'il lui offrait son meilleur regard de chiot repentant ? Elle s'avoua aussitôt vaincue et poussa un soupir résigné. Il aurait été trop beau qu'il passe purement et simplement l'éponge sur son comportement de la veille.

— Que te dire ? Pour hier, tu as compris, j'espère, que je cherchais à me sortir d'un petit coup de blues. Mais je te promets que tu n'as rien à craindre, aujourd'hui ; je ne te sauterai pas dessus. Et je suis certaine que l'éthique médicale t'interdit d'évoquer ce sujet sans ma permission.

La seule porte de sortie était de tourner cette humiliante histoire en plaisanterie. En retournant la situation à son désavantage, ils avaient brisé la glace avant qu'elle ait eu le temps de se former.

Elle détestait l'admettre mais elle avait besoin de lui. Au moins comme ami. Lui seul l'empêcherait d'être complètement dépassée et de repartir par le premier avion.

— Il faudrait pour cela que tu sois ma patiente.

— Dans l'état de stress où je suis, c'est plausible. Donc, si on peut oublier que c'est arrivé… Tu voulais me parler ?

Si son père avait l'intention de continuer à jouer les idiots, elle allait devoir retourner à Strachmore et lire ces fichues menaces de saisie. Même si elle savait qu'elle n'aimerait pas ce qu'elle y découvrirait.

D'un geste, Nate lui désigna les chaises en plastique dans le couloir. Ce n'était pas l'idéal pour une confession à cœur ouvert, mais elle redoutait de briser sa promesse s'ils se retrouvaient de nouveau enfermés ensemble dans un espace réduit. D'autant que la blouse blanche allait à ravir à Nate ; c'était le signe qu'il était le chef, le responsable, et c'était irrésistible pour elle qui sentait sa confiance en elle fondre comme neige au soleil à chaque seconde passée dans cet endroit.

— Avant tout, dit-il, je ne voulais pas me mêler de vos affaires. Je sais que tu as beaucoup de choses à mettre au clair avec ton père, mais cela devra attendre.

Elle était si captivée par le mouvement de ses lèvres qu'il lui fallut quelques secondes pour se rendre compte qu'il lui parlait.

— Excuse-moi. Tu disais ?

— Que nous devons maintenir son niveau de stress au plus bas le temps qu'il remonte la pente. Les reproches attendront donc qu'il soit sorti d'affaire. Crois-moi, nous ne le ménagerons pas ; il aura droit à nos critiques sur son mode de vie.

Il posa une main sur la sienne, comme il le faisait probablement souvent avec les proches de ses patients. Mais tous ne ressentaient sans doute pas la véritable décharge électrique qui la parcourut.

Elle récupéra sa main — seul moyen d'avoir l'esprit clair.

— Tu me demandes de me tenir à distance ? demanda-t-il.

— Pour l'instant, oui.

Elle le reconnut à contrecœur. Ce serait une excellente manière de tester la force de sa volonté dans les jours à venir, c'était certain.

— Violet, je ne veux pas t'ennuyer plus que nécessaire, mais je pensais à Strachmore…

Un pli soucieux apparut sur son front, comme toujours à cette évocation, qui, pour elle aussi, était douloureuse.

— Tu as fait des cauchemars, cette nuit ? demanda-t-elle.

Ses traits lui étaient apparus un peu tirés, ce matin, il avait dû mal dormir. Tant pis pour lui. Ça lui apprendrait à repousser ses avances.

Elle eut droit à une version très réussie du « regard qui tue ».

— Je suis sérieux. J'ai eu quelques idées de ce que tu pourrais faire pour générer des revenus.

— Je suis tout ouïe…

Jusqu'à présent, tout ce qu'elle avait réussi à trouver était soit de vendre Strachmore, soit d'y mettre le feu pour toucher l'assurance. Deux solutions qui tourmentaient sa bonne conscience. Et elle n'avait en plus aucune envie d'être hantée pour l'éternité par les fantômes des comtes. De toute façon, elle n'avait jamais aimé jouer avec le feu ; le risque de se brûler était trop grand.

— OK. Je pensais plus à une stabilité financière à long terme. Une manière de rendre la propriété autosuffisante. Tu as de superbes jardins, des bancs un peu partout, et de nombreuses chambres vides. Ce serait l'endroit idéal pour accueillir des mariages, par exemple. Ce genre de résidence en pleine nature est très en vogue en ce moment, et pas seulement pour les réceptions. Tu pourrais même demander une licence pour que les cérémonies se déroulent sur place. Qu'en penses-tu ?

Visiblement, il avait déjà bien étudié le sujet. Sans doute

avec l'objectif de l'expédier ailleurs rapido-presto pour éviter d'autres situations embarrassantes.

— Ça a l'air… compliqué, dit-elle en se massant les tempes.

La seule idée de se lancer dans ce genre d'aventure lui donnait la migraine.

— Au début, ça le serait sans doute un peu, oui, mais une fois que tout serait en place, je suis sûr que les commandes afflueraient.

A l'entendre, ça avait l'air presque simple.

— Mais par où tu commences, pour ce genre de chose ?

Organiser ce genre d'opérations prendrait bien plus que ses deux malheureuses semaines de congé. Or elle ne voulait pas entamer quelque chose qu'il lui faudrait gérer seule jusqu'au bout. Aider, dans sa tête, signifiait payer les factures pendant l'hospitalisation de son père, certainement pas se mettre tout un tas d'autres problèmes sur le dos.

— Avant tout il te faudra une assurance responsabilité, des licences pour l'alcool et les spectacles, une évaluation des risques d'incendie, peut-être aussi des permis de construire si tu veux réellement développer ce projet.

— Je ne suis pas du tout sûre que cela me tente. Tu as oublié que je n'ai pas l'intention de rester ici.

— Non, je le sais. J'évoquais simplement des idées pour maintenir la propriété à flot afin que tu n'aies pas à revenir.

— Je comprends, dit-elle comme si elle venait de recevoir un coup à l'estomac.

En fait, son but n'était pas de soulager son fardeau, mais de l'éloigner, elle, le plus possible.

— Tu ne serais pas obligée d'ouvrir tout de suite l'endroit au public. Tu pourrais commencer par organiser des promenades, ou le louer pour des séances de photos, par exemple. Il y a plein de possibilités.

Et aussi tout autant de migraines en perspective.

— Pourquoi pas ? Je vais y réfléchir.

Surtout si cela lui donnait l'occasion de se dérober à ses responsabilités et de ne pas revenir. Pour l'instant, son retour n'avait fait que bouleverser la vie qu'elle s'était créée, et Nate lui avait clairement laissé entendre qu'il ne restait rien pour elle ici. Si ses propositions n'avaient pas représenté une tâche herculéenne, ç'aurait été la réponse à toutes leurs prières.

— J'en ai parlé à mes parents et ils sont prêts à soutenir toutes les décisions que tu prendras. Parce que, finalement, Strachmore est leur foyer, à eux aussi. Il y a juste un petit problème…

— Ah bon ? Un seul ?

— Oui. En fait, c'est *un* obstacle qui pourrait envoyer le projet entier aux orties.

A le voir soudain tripoter nerveusement sa cravate, elle s'inquiéta.

— Lequel ?

— Ton père. On va devoir lui demander son avis pour tout.

Même son sourire désolé n'adoucit pas cette gifle. L'homme qui avait laissé les lieux se délabrer était le seul à pouvoir le sauver. S'il n'avait pas été aussi imbu de lui-même, ce projet aurait peut-être eu une chance de voir le jour. Mais là…

— Adieu réceptions, adieu jardins, dit-elle avec un soupir.

De nombreuses personnes s'étaient déjà vainement décarcassées pour lui ouvrir les yeux sur ce qui se passait autour de lui. Non, c'était vraiment une cause perdue.

— Oui, je sais que ce ne sera pas facile, mais le jeu en vaut la chandelle, je t'assure. Tu pourras enfin tourner le dos à Strachmore.

Sa logique était imparable, bien sûr. C'était le manque d'émotions qu'elle avait du mal à accepter. Selon toute évidence, il souhaitait régler ces problèmes afin de pouvoir se laver les mains de tous les soucis dont elle lui avait parlé.

— C'est notre souhait à tous, je suppose.

Le problème était que, même si elle avait été dans les meilleures dispositions, la tâche était considérable. Si, par miracle, son père la laissait le convaincre, la mise en place à elle seule de ce plan lui demanderait un effort prodigieux.

Elle aurait besoin d'aide. Elle aurait besoin de Nate. Autant ravaler sa fierté et l'admettre.

— Je sais que tu peux y arriver, Violet.

Il avait plus confiance en elle qu'elle-même.

— Mais pas toute seule. Tu m'aideras ?

Pour la seconde fois en moins de vingt-quatre heures, elle manifestait sa faiblesse. En lui demandant de partager son lit d'abord, et maintenant en sollicitant son soutien. La femme indépendante uniquement préoccupée par sa carrière et qui n'avait eu besoin de personne pour réussir à Londres était de nouveau l'adolescente apeurée et pleurnicharde qu'elle avait cru laisser derrière elle.

Alors qu'elle attendait sa réponse, une nausée monta en elle. Il l'avait éconduite la veille et elle aurait compris qu'il recommence. Il ne lui devait rien et n'avait certainement pas besoin de ses jérémiades. Tout ce qu'elle souhaitait était qu'au moins il ne lui tienne pas rigueur de ce qui s'était passé.

— Excuse-moi. Oublie que je t'ai demandé ça. Tu as déjà beaucoup fait pour nous, je sais que tu es très occupé et…

Elle faisait de son mieux pour s'en sortir en ménageant sa dignité, mais elle pouvait presque voir le refus monter à ses lèvres. Quelle idée géniale elle avait eue… Demander à un homme à qui elle avait tout bonnement tourné le dos des années plus tôt de l'accompagner dans son lit !

Sans insister, elle se leva, et s'apprêtait à s'éloigner quand il la rappela.

— Violet ! Attends.

Il lui saisit le poignet, pressant involontairement l'hippocampe contre sa peau — ce bijou qui symbolisait tout ce à quoi elle avait renoncé et que, c'était évident, elle ne pourrait jamais reconquérir.

Il était trop tard. Le Nate qu'elle avait connu lui aurait, lui, offert son soutien sans hésiter.

— Ne t'inquiète pas, Nate. J'ai trop souvent déchargé mes problèmes sur tes épaules. Cette fois-ci était de trop. Je passerai quelques coups de fil demain — à la banque et à la permanence d'entraide sociale.

Elle se força à sourire. La solitude dans laquelle elle vivait depuis longtemps ne lui avait jamais pesé, mais, curieusement, l'idée que Nate ne l'aiderait plus lui donnait le sentiment d'être plus seule que jamais.

4.

— Je vais t'aider. On trouvera des solutions ensemble, d'accord ? dit Nate en retenant Violet.

Il avait agi par pur instinct, la promesse avait franchi ses lèvres malgré lui. Il était incapable de rester insensible à son désespoir, et maintenant il était trop tard pour se dédire.

Par le passé, il aurait tout donné pour qu'elle reste. Elle était partie malgré tout, mais il n'avait pas pour autant envie de lui rendre la pareille. Jamais il ne la blesserait intentionnellement. Sa famille l'avait assez fait.

Pourtant cela allait à l'encontre de ce qu'il s'était promis, en l'occurrence de renoncer une fois pour toutes à Violet et à Strachmore, et de ne jamais s'engager avec une femme. Sans doute, s'ils avaient fait l'amour, la frontière aurait-elle été plus facile à tracer. Mais il ne supporterait pas de voir son regard malheureux s'il la repoussait une seconde fois.

Violet hocha lentement la tête en se mordillant la lèvre. D'après ce qu'il avait entendu dire, elle s'était, toutes ces années, construit sa vie à elle sans l'aide de quiconque. Elle devait donc vraiment être à court de solutions pour se tourner vers lui après tout ce temps. Revenir à l'époque sinistre où tout s'organisait autour de la volonté du comte lui répugnait, mais il fallait réfléchir sur le long terme. Quand bien même cela blesserait son orgueil, une faveur exceptionnellement consentie lui en éviterait de très nombreuses à l'avenir.

Autant accepter ce que le destin avait en réserve pour lui — une punition, en quelque sorte, pour ne pas avoir appris sa leçon la fois précédente. Si, dans cette nouvelle relation avec Violet, il faisait preuve de bon sens plutôt que de suivre ses émotions, peut-être préserverait-il ce qui restait de son cœur.

— OK. Donc, on commence par régler les factures les plus urgentes. Nous nous occuperons des licences et autre permis de construire par la suite. Pas question qu'on nous coupe le courant ou, Dieu nous en préserve, que ton père soit privé de sa revue *Champagne du Mois*.

Elle acquiesça de nouveau silencieusement. Si Nate ne s'investissait dans cette histoire qu'à court terme, elle allait devoir, à un moment, prendre les commandes.

— Comment comptes-tu t'organiser, Violet ?

Elle devrait décider par elle-même et ne pas s'habituer à s'appuyer sur lui. Car dès que son plan aurait pris forme, il repartirait.

Elle prit une profonde inspiration, comme pour se préparer au défi qui l'attendait.

— On devrait commencer par plonger ensemble dans la paperasse pour bien comprendre la situation.

Il approuvait cette approche aussi logique qu'intelligente. Même si cela allait mettre de nouveau sa volonté à rude épreuve…

— Si tu as apporté les documents, on peut s'installer dans mon cabinet. J'ai un peu de temps avant mes consultations.

Elle eut un sourire amusé.

— Tu as peur que je t'arrache ta chemise si nous restons seuls trop longtemps ? Je te comprends. Mais, désolée, les dossiers sont à Strachmore.

Il eut l'air contrarié, et elle secoua la tête.

— Nate, franchement… Cela t'est déjà arrivé de flasher sur une femme sans te transformer en affreux satyre, non ?

Elle avait raison, bien sûr. Fuir ce tête-à-tête revenait à lui accorder beaucoup trop d'importance.

— Alors ? demanda-t-elle. Que préfères-tu ? Chez moi, chez toi, ou un endroit neutre ? La mairie de Belfast, par exemple ? C'est un peu loin mais au moins tu y seras en sécurité.

Cette Violet sarcastique le mettait finalement plus à l'aise que l'autre, plus douce, même s'il faisait les frais de ses railleries.

Sa proposition était tentante. Il en avait assez de Strachmore. Mais il refusait d'abonder dans son sens et de douter de leur résistance.

— Chez moi. Je passerai te prendre après ma garde.

Au moins, chez lui, il serait aux commandes. Pas de fantaisies. Il délimiterait fermement les limites à ne pas franchir.

— Super. Je vais saluer papa et je rentre m'organiser.

Un sourire éclairait de nouveau son visage. La tranquillité d'esprit de Violet était au prix de la sienne, mais, devant la luminosité de son regard, comment l'aurait-il regretté ?

— J'ai une journée chargée. Alors, sauf urgence, je devrais arriver vers 7 heures ce soir.

— OK. Merci, Nate.

Pourquoi toute expression de reconnaissance de la part de Violet était-elle à la fois une récompense et une punition ?

Violet ne tenait pas en place. Tout en surveillant la cuisson de ses lasagnes, elle s'était changée trois fois, avait finalement opté pour un jean et le sweat à capuche qu'elle mettait pour son jogging quotidien, et avait recommencé à deux reprises son maquillage. Exaspérée, elle s'était passé le visage à l'eau. Elle ne voulait pas avoir l'air de trop en faire pour lui. Après tout, ils allaient seulement plonger dans une montagne de paperasses ensemble. Pourtant elle était aussi nerveuse qu'en attendant qu'il vienne la chercher pour leur bal de promotion.

Jusqu'à la veille, elle avait oublié l'effet qu'il avait sur elle. Les aventures qu'elle avait eues à Londres avaient été sans surprise et c'était toujours elle qui avait rompu lorsqu'elles devenaient trop sérieuses. Exactement comme elle l'avait fait avec Nate. Rompre avec lui avait été plus difficile que de quitter la maison familiale, mais cela lui avait appris à se protéger dans ses relations.

Pour l'heure, elle attendait que Nate vole à son secours. Cette fois, il ne venait pas l'arracher au bal de l'école qu'elle détestait mais à une montagne de dettes, et il l'emmènerait chez lui et pas dans le vieux hangar à bateaux.

C'était ce soir-là, dans le hangar à bateaux, que ses sentiments pour lui avaient commencé à changer. Il était venu, impeccable en chemise neuve et cravate, l'accompagner au bal de promo. Aujourd'hui encore, personne ne savait qu'elle avait renoncé à la cérémonie dans un hôtel très chic pour passer la soirée avec lui dans une cabane sombre et délabrée. Où elle s'était sentie bien mieux que dans une vaste salle illuminée et envahie d'étudiants.

Ils avaient dansé sur les morceaux qu'il avait enregistrés spécialement pour eux. Il avait toujours su ce qu'elle aimait, et il aurait été tentant de le laisser décider pour elle aujourd'hui aussi, mais ces temps-là étaient bel et bien révolus.

Elle l'avait compris à son refus de s'engager, l'avait deviné quand elle avait dû lui demander une aide qu'il ne lui avait pas proposée de lui-même. C'était à cause d'elle que leur relation n'était plus la même, et elle n'avait regretté sa décision qu'en le revoyant.

Elle couvrit les lasagnes d'aluminium et mit la salade dans une boîte en plastique. Elle apportait le dîner, cela donnerait un tour informel et amical à la situation, et évitait à Nate de lui offrir le repas.

La sonnette de l'entrée retentit et Violet ferma les yeux une seconde. *Ce n'est pas un rendez-vous romantique, juste de la gestion de crise.*

Si elle se le répétait avec suffisamment de conviction, ils sortiraient peut-être indemnes de cette soirée.

Elle alla ouvrir.

— Salut, dit Nate en frottant ses semelles sur la pierre comme il le faisait déjà vingt ans plus tôt.

— Salut. Donne-moi une minute, et je suis à toi.

Quelle expression ! Etait-ce une promesse qu'elle lui faisait ?

— Mmh, ça sent bon, dit-il quand elle le rejoignit dans la voiture.

Il écarquilla les yeux devant la pile de récipients qu'elle posa sur ses genoux.

— Qu'est-ce que c'est ? demanda-t-il en démarrant.

— Notre dîner. Des lasagnes, pour être précise. A part la salade, que j'ai achetée telle quelle, le reste est mon œuvre.

— Oh ?… Et depuis quand es-tu capable de faire mieux que des toasts brûlés ?

— Depuis que j'ai compris que la santé passait par des plats plus nourrissants. Et plus appétissants, aussi.

Ils roulèrent un instant en bavardant jusqu'à ce qu'un lièvre traverse la route juste devant eux, obligeant Nate à freiner brusquement.

— Oh flûte ! dit-elle.

— Quoi ? Qu'y a-t-il ? Le lièvre n'a rien.

— Notre dîner s'est renversé. Pas de panique, je peux en récupérer une bonne partie.

Sur ses genoux. Génial…

Le bas de son sweat et le haut de son jean dégoulinaient de sauce tomate et de bœuf mariné très odorant. Et brûlant. Génial…

— On est arrivés, heureusement.

— Déjà ? J'ignorais que tu habitais aussi près.

Le ravissant bungalow, à dix minutes à peine de Strachmore, était en pleine nature.

— Je ne suis ici que depuis deux ans. J'ai travaillé un peu partout en Irlande mais, quand ce poste s'est présenté à Silent Valley, j'ai décidé de revenir. En fait, la paix et le calme me manquaient. Et c'est tout de même assez loin pour décourager mes parents de me tomber dessus n'importe quand.

Effectivement, personne ne devait s'aventurer au-delà de la clôture sans y être invité.

Il descendit de la voiture et la contourna pour venir lui ouvrir. Alors qu'il attrapait ce qu'il restait de leur dîner et l'aidait à quitter son siège, la bouffée d'air froid la fit gémir. Aussitôt, il se précipita vers la porte d'entrée.

— Entre et déshabille-toi, dit-il en la lui ouvrant.

Elle esquissa un sourire ironique.

— Je parie que tu dis ça à toutes celles que tu amènes ici.

En d'autres circonstances, elle aurait rougi de sa propre réflexion. Mais, à cet instant, elle était simplement dépitée devant la tournure que prenaient les événements. Ce n'était pas vraiment la soirée policée qu'elle avait imaginée.

— Seulement à celles qui frappent à ma porte avec des brûlures au troisième degré.

Il la poussa vers la salle de bains et porta leur dîner dans la cuisine.

Elle ôta son jean et découvrit de vives rougeurs sur ses cuisses. Les brûlures lui faisaient mal, pourrait-elle se rhabiller ?

Attrapant une serviette, elle la mouilla dans le lavabo et l'appliqua sur sa peau brûlante. Le soulagement, hélas, ne dura que quelques secondes.

— Violet ? demanda Nate de l'autre côté de la porte. Ça va ?

— Oui, si on veut… Tu aurais un antiseptique ?

Avec un peu de chance, une noisette de Cold Cream et quelques verres de vin effaceraient ce fâcheux épisode.

— Dans la pharmacie, mais il vaudrait mieux que j'y jette un œil d'abord. Je peux entrer ?

Elle lui ouvrit, et l'espace restreint lui fit vite regretter d'être ainsi en petite tenue devant lui tout habillé.

— Tu permets ?

Elle fit glisser la serviette de ses cuisses. Elle avait renoncé à une parure de lingerie soyeuse, lui préférant un boxer décoré de personnages de dessins animés avec soutien-gorge assorti, cadeau de Noël d'une de ses copines. Ses joues, de honte, devinrent aussi rouges que ses cuisses.

— Aïe… Ça doit être douloureux, mais tu survivras. C'est assez superficiel. Pas besoin de t'emmener à l'hôpital, mais il faudrait tout de même faire couler de l'eau froide dessus pendant quelques minutes.

Il lui fit signe de s'asseoir sur le bord de la baignoire, ses jambes nues à l'intérieur. Puis, relevant les manches de sa chemise, il attrapa la pomme de douche et ouvrit les robinets. Au bout de quelques minutes, elle claquait des dents.

— Je crois que ça va aller pour l'instant, dit-il en attrapant une autre serviette pour la sécher.

Après quoi il sortit un tube de crème de la pharmacie.

A ses gestes calmes et attentionnés alors qu'il appliquait l'onguent, elle comprit pourquoi il avait si bonne réputation. Il était si près, si focalisé sur un endroit intime de son anatomie qu'elle en était gênée, mais en même temps excitée. Nate, lui, ignorant heureusement les pensées érotiques qui l'assaillaient soudain, poursuivit ses soins en lui massant la cuisse. Elle serra les dents. S'il continuait, elle allait prendre feu.

Comme s'il avait pu lire dans ses pensées, il se releva.

— Je vais te donner un antalgique, mais la douleur devrait s'apaiser assez rapidement. Par contre, ne remets pas ton jean tout de suite, la toile frotterait sur ta peau.

— Tu ne crois tout de même pas que je vais me promener toute la nuit chez toi en slip ? Tu imagines les commérages ?

Même s'il n'y avait aucune chance qu'on la voie, il n'en eut pas moins l'air horrifié. Le désir qu'elle éprouvait était manifestement à sens unique. Dommage…

Nate avait du mal à s'ôter de l'esprit l'image de Violet se promenant chez lui en petite tenue, d'autant plus qu'elle était, à cet instant, déjà à demi-nue devant lui.

— Je vais essayer de te trouver quelque chose à mettre, et jeter tes affaires dans la machine à laver avant que les taches s'incrustent.

Il avait besoin de mettre un peu d'espace entre eux pour prendre la mesure de la situation. Même si Violet n'était pas à proprement parler sa patiente, la manière dont il réagissait à la douceur de sa peau n'était pas du tout déontologique. Et ses sous-vêtements fantaisistes ne l'aidaient pas à apaiser sa libido soudain réveillée. Violet pouvait être si drôle. Il y avait bien plus, chez elle, que le charme et la douleur.

Dans sa chambre, où trônait le grand lit avec la tête de lit en cuir noir dont il était si fier, il décrocha une de ses chemises blanches de son cintre. Plus vite Violet serait couverte, plus vite ils pourraient aborder la vraie raison de sa présence chez lui.

Elle était toujours assise sur le bord de la baignoire, et il repoussa l'idée qu'elle aurait aussi bien pu y être s'ils avaient fait l'amour.

— Tiens. Enfile ça. C'est assez large pour ne pas frotter sur les brûlures. En attendant, je vais voir si je peux sauver ce qui reste du dîner.

Il reconstruisait tant bien que mal les couches de lasagnes quand elle apparut sur le seuil de la cuisine. Soudain, son appétit s'envola.

Sa chemise lui arrivait en haut des cuisses, couvrant ses rondeurs et ses sous-vêtements aux couleurs vives, mais ne dissimulant rien de ses longues jambes fuselées. Jamais plus il ne pourrait porter cette chemise sans voir Violet telle qu'elle était à cette seconde, et sans respirer son parfum.

S'asseyant, il avala une longue gorgée d'eau. C'était exactement ainsi qu'elle lui apparaîtrait au matin si elle passait la nuit avec lui. Or il n'était pas question qu'il s'engage dans une relation avec cette héritière au charme irrésistible. Ce qu'elle traînait avec elle comme bagages allait bien au-delà d'un simple nécessaire de voyage.

Violet saisit le changement d'expression sur le visage de Nate. De toute évidence, il avait hâte que cette soirée prenne fin. Ils dînèrent presque en silence, et elle aurait parié qu'il n'avait pas plus faim qu'elle. Malgré les efforts qu'elle faisait pour rendre la situation naturelle, ce tête-à-tête avait tout d'un premier rendez-vous maladroit. La soupçonnait-il, en plus, d'avoir volontairement renversé les lasagnes sur elle pour se déshabiller devant lui ?

— C'était vraiment très bon. Mes compliments au chef, dit-il en se levant pour débarrasser la table.

Il était visiblement pressé de s'occuper des documents qu'elle avait apportés, il voulait la renvoyer chez elle avant qu'elle provoque une autre catastrophe.

— Et mes remerciements au médecin.

Même si elle avait encore mal, la douleur avait considérablement diminué. Mais pas l'humiliation.

Elle espérait être assez remise pour pouvoir remettre ses vêtements. Il ne manquerait plus qu'elle rentre chez elle avec la chemise de Nate. Ce genre de chose n'était envisageable que lorsqu'on avait fait l'amour.

— Bien. Etudions l'ampleur des dégâts d'un peu plus près.

Il posa sur la table le dossier qu'elle avait laissé dans la voiture, et elle fut soulagée d'avoir une autre préoccupation que de trouver un moyen de l'attirer dans son lit.

Elle étala les lettres de mise en demeure devant eux.

— On a des factures d'eau, d'électricité, de chauffage, etc. et aussi des relevés de banque et des soldes impayés de cartes de crédit.

Pour plus de facilité, ils répartirent le tout en petites piles. Son père aurait fait une crise d'apoplexie qu'elle fouine ainsi dans ses affaires personnelles, mais c'était un mal nécessaire, aussi bien pour lui que pour elle. Peut-être, un jour, s'en rendrait-il compte.

— Je suis sûr que certains établissements accepteront de suspendre le paiement pendant un temps, si tu leur expliques la situation de ton père.

— Oui. Je le ferai dès que possible. Ça vaut la peine de tenter le coup.

— Malheureusement, dit-il en montrant un petit paquet de factures aux en-têtes rouges, d'autres ne pourront pas attendre. Surtout si tu ne veux pas être coupée de la civilisation…

Electricité, téléphone et impôts. Oui, bien sûr. Elle ne pourrait pas remettre les factures dans le fond du tiroir, comme son père l'avait fait. Sauf, comme le disait Nate, à vouloir être coupée de tout.

— Et il faudra verser un minimum sur les cartes de crédit, sans parler des emprunts qu'il a faits à des taux d'intérêt exorbitants.

Elle aurait tellement voulu tout déchirer et prétendre n'avoir jamais rien vu, mais elle se contenta de créer une nouvelle pile « alerte rouge » qu'elle attaquerait le lendemain matin.

— Il n'y a vraiment aucun fonds d'urgence, nulle part ? Ça nous donnerait un peu de temps.

Elle secoua la tête en soupirant.

— Je crains que ses finances soient en aussi mauvaise posture que les miennes.

— Je peux t'aider, si tu veux.

Il s'apprêtait à lui prendre le paquet de factures de la main quand elle se recula vivement.

— Sûrement pas !

Elle l'avait déjà assez mis à contribution comme ça. Qui plus était en lui confiant des secrets de famille. Il ne manquerait plus qu'elle lui demande de l'assister financièrement. Son père ne lui pardonnerait jamais, et à aucun prix elle ne voulait que Nate se sente plus instrumentalisé qu'il ne l'était déjà. Si elle pouvait trouver une autre solution pour sauver Strachmore, elle n'hésiterait pas.

— Ce n'est qu'une question d'argent, Violet. Et pour ça, je peux t'aider.

Oui, *ce n'est que*… Combien de fois avait-elle entendu son père dire cela ? Assez en tout cas pour savoir que ce n'était jamais *que* de l'argent. Cela la contrariait encore plus dans la bouche de quelqu'un qui avait travaillé dur pour grimper sur l'échelle sociale. Car, en l'occurrence, au-delà de l'argent, c'était de fierté qu'il s'agissait.

— Merci, mais je ne préfère pas. Je pourrai m'acquitter de quelques-unes des petites dettes, et je sais déjà comment trouver ce qu'il faut pour le reste.

Elle avait reçu en héritage des redevances, des migraines et un titre inutile, mais également certaines choses qu'elle pouvait vendre sans que son père ait son mot à dire.

Nate, sans doute vexé par son refus, croisa les bras sur son torse. Il la soutenait, d'accord, mais il était important aussi qu'elle ne piétine pas ses propres principes pour lui, qu'elle ne renonce pas à ce pour quoi elle s'était si âprement battue. Autant se marier, dans ce cas…

— Grâce à ma mère, j'ai encore certains moyens.

— Tu ne vas pas…

— Je vais vendre son collier. Après tout, ce n'est qu'un bijou, dit-elle en haussant les épaules.

— Je ne te laisserai pas faire ça.

Nate refusait de laisser Violet se séparer de la seule chose de valeur ayant appartenu à sa mère. Surtout alors qu'il y avait une autre solution.

De l'argent, il en avait, et pouvait sans problème lui en donner puisqu'il n'y accordait aucune valeur émotionnelle. Ce serait un bon moyen de régler le problème, et cela lui permettrait également de retirer son épingle du jeu plus rapidement.

— Comment ça, tu ne me laisseras pas faire ? A quel titre te mêles-tu de mon histoire ? demanda-t-elle, furieuse, en se penchant vers lui.

— Celui de l'ami. Je sais à quel point tu tiens à tout ce qui concernait ta mère.

— J'ai d'autres choses à elle qui, au moins, ne sont pas liées aux problèmes qui l'empêchaient de dormir. Les bijoux somptueux étaient une façon pour mon père de faire étalage de l'argent qu'il ne possédait plus, pas de l'amour qu'il aurait pu éprouver pour elle.

— Violet… Je refuse que tu te sépares de quelque chose qui t'est précieux seulement pour tenir tête à ton père. Tu le regretterais.

— Pour les regrets, j'ai déjà donné.

Elle parlait de lui, c'était évident dans son sourire triste, et il voulut croire qu'elle l'avait aimé. Si seulement il pouvait avoir la confirmation qu'elle avait regretté de l'avoir quitté et qu'il n'avait pas rêvé la force de leurs sentiments…

Oubliant la colère qu'il avait nourrie contre elle toutes ces dernières années, il tendit la main pour lui repousser une mèche derrière l'oreille.

— Comment en sommes-nous arrivés là, Violet ?

Pourquoi n'avait-elle pas eu le courage de leur donner une chance en dépit de ce que les autres pensaient ? Pour elle, il aurait été prêt à aller n'importe où, à faire n'importe quoi. Aujourd'hui il était un homme seul, indépendant, et effrayé à l'idée de laisser quiconque entrer dans sa vie.

— Je ne sais pas, mais parfois j'aimerais pouvoir revenir en arrière.

Et devant elle avec pour toute parure sa chemise et un sourire mélancolique, il songea qu'ils étaient bien loin de cette époque innocente.

— En ce qui me concerne, juste là, maintenant, je ne céderais ma place à personne.

Il se pencha pour l'embrasser. Un deuxième baiser en douze ans ne risquait pas trop de semer le chaos dans ses émotions. Il voulait seulement savoir si ses lèvres étaient toujours aussi douces, et effacer le mauvais souvenir de son départ. Mais lorsqu'il ouvrit les yeux, lorsqu'il vit qu'elle l'engageait du regard à ne pas s'arrêter là, qu'il sentit ses mains se nouer sur sa nuque, plus rien ne put le dissuader de poursuivre ce qu'il avait commencé. Ils en avaient tous deux autant envie l'un que l'autre.

Il l'attira contre lui, et elle perçut l'effet que leur baiser avait sur lui. Elle eut un gémissement langoureux, qui fut tout l'encouragement qu'il lui fallait.

Il la prit par la taille et la souleva pour l'asseoir sur le bord de la table. Avec un petit cri de surprise, elle enroula les jambes autour de ses hanches tandis qu'il se penchait pour embrasser la peau nue exposée par l'échancrure de son chemisier.

Violet, qui avait senti toute volonté l'abandonner lorsque la bouche de Nate s'était posée sur la sienne, oublia aussitôt qu'ils avaient été en pleine dispute. Il ne cherchait de toute façon qu'à l'aider, comme toujours. Et sa réaction à elle était due à son besoin de réprimer ses émotions et, surtout, au désir incontrôlable qui montait en elle. Un désir dormant qui avait toujours été là, et qui s'était brusquement révélé avec leur premier baiser.

Celui-ci, toutefois, n'avait rien à voir avec le passé. Ils étaient tous deux animés d'une pulsion presque purement charnelle. Faire l'amour sur une table relevait d'une avidité aussi bestiale et dénuée de liens émotionnels que possible.

Comme pour répondre à sa fougue muette, Nate glissa la main sous sa chemise pour lui ôter son slip, et une vigoureuse onde de chaleur la traversa. Sa peau était si sensible que de puissants frissons se propageaient dans tout son corps, et sa brûlure ne fut bientôt plus qu'un lointain souvenir, effacée par celle qu'il provoquait du bout de ses doigts sur ses seins, sur son ventre…

Tant pis si cette table était inconfortable. Nate faisait à présent courir sa langue sur l'intérieur de ses cuisses, jusqu'à cet endroit ardent qui l'appelait avec une exigence dont elle ne se serait jamais cru capable. Tout son corps s'arqua tandis qu'une longue plainte montait de sa gorge, il était tout entier en feu désormais.

Les mains agrippées au bord de la table, elle combattit les vagues de pur plaisir qui voulaient déferler sur elle afin de prolonger cet instant, le faire durer.

Quelque part, comme très loin, elle perçut un bourdonnement… Puis Nate soupira.

— Je regrette, Violet.

Sa voix et l'air soudain froid là où ses lèvres avaient été quelques secondes plus tôt la ramenèrent brusquement à la réalité.

— Hein ?

Comme ahurie, elle cligna les yeux et fit un effort pour se redresser sur un coude.

Son smartphone à la main, il haussa les épaules.

— Je dois partir. On m'attend à l'hôpital.

— On t'a appelé ?

— Oui.

Son souffle court et le regret évident dans ses yeux disaient clairement sa déception. Elle se releva, ses mains glissant sur les quelques factures encore éparpillées sur la table. Faire passer son désir avant le reste lui avait, par le passé, été épargné par son bon sens, mais elle venait de perdre l'essentiel de vue. Ils étaient censés aider son père, et faire en sorte qu'elle puisse repartir au plus vite. Ce petit intermède avec Nate n'avait pas vraiment sa place dans ce programme.

Nate faisait partie intégrante de sa vie ici et elle n'avait aucune intention de changer quoi que ce fût à cela. Mais elle aurait dû faire son possible pour que son père revienne chez lui, au lieu de chercher, elle, des raisons de rester.

— C'est sûrement mieux comme ça. Tu es le cardiologue de mon père et tu m'aides pour Strachmore… C'est bien plus important que… nous.

Nate fut sonné quelques secondes par la réflexion de Violet. Il avait déjà eu du mal à interrompre cet instant de folie ; qu'elle réagisse ainsi le prenait au dépourvu et le privait de ce qui restait de cette bienheureuse libération d'endorphines.

Elle voulait bien de lui en tant que médecin de son père et conseiller financier, mais, lorsqu'elle avait l'esprit clair, il n'était pas assez bien pour être son amant, ne fût-ce que de façon ponctuelle.

Non, s'engager sur cette voie avec elle n'était assurément

pas une bonne idée. Il l'avait su dès la première fois où ils avaient failli franchir le pas ; il avait pris l'aveu qu'elle lui avait fait pour une invitation. Mais en y réfléchissant, cela avait permis à Violet de le quitter avec d'autant moins de scrupules.

— Je suis attendu à l'hôpital, je ne vais pas avoir le temps de te raccompagner. Je te laisse de l'argent pour le taxi. Ferme bien la porte en sortant.

Cette fois, il n'allait pas se torturer pour comprendre pourquoi elle ne voulait pas de lui. Il avait désormais une vie en dehors des caprices de lady Dempsey.

5.

Après la désastreuse soirée avec Nate, Violet s'était arrangée pour être aussi occupée que possible. Elle avait réussi à revendre le collier de diamants de sa mère au bijoutier chez qui son père l'avait acheté. Elle en avait obtenu certainement bien moins cher que ce qu'il l'avait payé, mais la néanmoins coquette somme avait été un véritable soulagement. Depuis deux jours, elle était constamment au téléphone avec ces vautours de créanciers pour les empêcher de fondre sur le château et de faire main basse sur l'argenterie. Elle était parvenue à les apaiser, ne fût-ce que le temps de souffler un peu. En revanche, rien n'avait pu empêcher Nate de s'imposer à son esprit.

Même si, sur le moment, le coup de téléphone de l'hôpital qui les avait interrompus avait été très malvenu, il lui avait providentiellement rappelé les complications d'une relation suivie entre eux. Depuis, Nate avait d'ailleurs repris l'attitude distante qu'il avait eue avec elle le premier jour, et il ne l'avait pas invitée à reprendre où ils avaient été coupés. L'ennui, c'était que son corps, lui, refusait d'oublier ce brûlant intermède d'après-repas.

Désormais, pour régler les affaires de Strachmore, elle retrouvait prudemment Nate dans des endroits publics. Ce qui ne l'empêchait pas de penser à ce qu'ils avaient fait en privé. Mais elle était visiblement la seule à être frustrée, lui n'avait de toute évidence ni le besoin ni le désir de conclure l'interlude. Sa confiance en elle était donc désormais au ras des pâquerettes.

Indépendamment de cela, les deux dernières nuits avaient été éprouvantes. Rentrer seule le soir dans son appartement londonien désert ne l'avait jamais dérangée, mais Strachmore semblait amplifier sa sensation de solitude. Les carillons des horloges anciennes résonnant dans la demeure vide lui évoquaient des souvenirs de ceux qui l'avaient peuplée. Elle ne pouvait pas remonter le temps, et, un jour, sa présence solitaire dans ces lieux deviendrait permanente.

Avec Nate, toutefois, elle n'avait pas le temps de ressasser le passé, pas plus que d'imaginer l'avenir. Avec lui, seul comptait le présent. Sa compagnie lui manquait, surtout lorsque rien, absolument rien, ne l'attendait à son retour chaque soir. Aussi s'attardait-elle volontiers à l'hôpital. Et pas seulement pour rester auprès de son père, dont la propension à s'apitoyer sur lui-même l'épuisait.

Il souffrait toujours et, même si elle compatissait, ses jérémiades étaient difficiles à supporter. Elle faisait tout son possible pour faciliter son retour à Strachmore, ce qui ne lui valait que des reproches. Samuel Dempsey avait toujours refusé qu'on l'aide.

Elle le trouva au poste de soins. Depuis peu, il parvenait à se laver seul et à faire quelques pas sans assistance dans la chambre. Les infirmières avaient-elles critiqué cette initiative ? Elles étaient apparemment désormais dans sa ligne de tir.

— Papa ? Il y a un problème ?

Elle aurait volontiers laissé quelqu'un d'autre s'occuper de lui, son égoïsme était pour partie responsable du chaos qui régnait à Strachmore. A dix-huit ans, elle s'était sauvée elle-même ; le comte et son fichu caractère fonctionnaient sans garde-fou depuis bien trop longtemps. Il n'avait eu de comptes à rendre à personne, aussi l'idée de suivre des conseils lui semblait-elle ridicule. Ils allaient l'un comme l'autre devoir prendre leur part de responsabilité pour l'état actuel des affaires, et faire ce qu'il fallait pour réparer les dégâts. Violet, malgré son désir de résoudre les problèmes pour retrouver sa vie, n'était pas certaine d'y parvenir.

— J'en ai soupé d'être remué et tripoté tous les jours dans cette… cette salle de tortures ! Comment veux-tu que je me repose, on me dérange toutes les cinq minutes pour me faire des scans et des examens ! Je n'ai aucun respect, ici, et j'en ai assez. Je veux rentrer.

Il abattit violemment son poing sur la table, la faisant sursauter de même que plusieurs infirmières.

Ces virulentes critiques firent monter une vive rougeur aux joues de Violet. Elle était habituée à ces incessants reproches, évidemment, mais le personnel de l'hôpital ne méritait vraiment pas d'être traité ainsi.

— Les médecins et les infirmières se sont démenés pour toi. Ces scans et ces examens sont un mal nécessaire, papa. Tout le monde souhaite ton rétablissement.

Elle avait parfois l'impression de s'adresser à un gamin capricieux, avec lui. Surtout lorsqu'il piquait une de ses colères totalement dénuées de logique.

— J'ai expliqué à ton père que nous allions le transférer dans la grande salle, le temps qu'il finisse de récupérer. Nous préférons poursuivre la surveillance ECG pendant encore quelques jours avant de le renvoyer chez lui.

Elle n'avait pas entendu Nate arriver, mais il était là, visiblement prêt à prendre son parti. Même s'il semblait éviter son regard.

— Savez-vous au moins à qui vous vous adressez ?

Violet leva les yeux au ciel en soupirant. Ça y est, son père sortait le grand jeu… Celui qui l'avait toujours horriblement embarrassée.

— Absolument, lord Dempsey, et je peux vous assurer

que vous recevrez le traitement que nous réservons à tous nos pensionnaires.

Nate, lui non plus, n'avait jamais accordé d'importance au statut social. Violet était convaincue qu'il avait le même respect pour tous ses patients, d'où qu'ils viennent et quelle que soit leur place dans la société.

— Et c'est bien ce qui m'inquiète ! rétorqua son père. Alors non merci. Je veux rentrer chez moi, retrouver un lit propre et mon personnel, que je paie suffisamment cher pour qu'il prenne bien soin de moi.

— Papa ! C'est totalement hors de question.

Et complètement faux, en plus. Son père se faisait vraiment des illusions. A l'entendre, son personnel était mieux payé qu'un cardiologue !

Nate ne perdit pas son calme.

— Je comprends que ce soit difficile pour vous, mais nous devons prendre des précautions pour votre santé. Vous allez graduellement refaire des activités physiques, et nous devons nous assurer que vous suivez scrupuleusement votre programme de réadaptation cardiaque.

Compte tenu du ton méprisant de son patient, Nate aurait eu beau jeu de le remettre à sa place. Pourtant, même s'il était vexé, à aucun moment il ne haussa le ton. Violet n'avait encore jamais vu personne tenir ouvertement tête au comte. Elle-même, en pleine rébellion, l'affrontait au téléphone plutôt qu'en direct.

— Je suis sûr que mon médecin saura s'occuper de cela. C'est un professionnel qui a plus de quarante ans d'expérience. Avec lui, au moins, j'ai entièrement confiance.

Une pique empoisonnée adressée à Nate — au médecin *et* à l'homme.

Son père aurait agi ainsi avec n'importe quel membre du personnel, mais Violet souffrait qu'il s'acharne contre Nate. En niant sa réussite, c'était aussi la sienne qu'il foulait aux pieds. L'illustre comte ne reconnaîtrait jamais qu'il avait tort de les confiner à leur classe sociale, ou de refuser de se réjouir de leur réussite. Jusqu'à cet instant, Violet ne s'était pas rendu compte qu'elle attendait son approbation.

Nate, au fil des ans, avait eu affaire à nombre de patients difficiles. Confronté à sa propre mortalité, chacun réagissait avec des mécanismes de défense différents, et certains s'en prenaient au personnel médical. Généralement, il s'en accommodait sans trop de problèmes. Qui savait comment lui-même se comporterait s'il était à l'autre bout du stéthoscope ? Aujourd'hui il découvrait que les limites de sa tolérance pouvaient encore être repoussées.

Sa probité et son professionnalisme venaient d'être remis en question par quelqu'un qui le connaissait depuis toujours. Et sans doute était-ce le vrai problème. L'employeur de ses parents le considérait toujours comme l'adolescent un peu rebelle qui, dans son esprit, lui avait volé sa fille. Le plus drôle était que Nate n'y avait rien gagné, sinon sa carrière. Il aurait beau faire, les résidents de Strachmore ne le verraient jamais que comme la future génération de domestiques. La seule différence étant que les Dempsey ne lui versaient pas de salaire pour accepter cette insulte.

Il avait dû se battre même contre sa propre famille pour embrasser la carrière médicale. A leurs yeux, il foulait aux pieds l'honneur de travailler pour l'aristocratie. Comme si leur servitude exigeait qu'il sacrifie à son tour ses perspectives d'avenir. Ils n'avaient pas compris ses réticences à exercer un travail manuel qui permettait à une famille privilégiée de trôner confortablement sur son piédestal. Il n'avait donc bénéficié d'aucun soutien, ni moral ni financier. Non. Aux yeux de ses parents, il n'avait été qu'un traître, un fils coupable de pécher par ambition.

Cela avait creusé un fossé entre eux. Il les avait haïs pour leur dévotion aveugle envers le comte. Mais, d'une certaine manière, ils avaient aussi concouru à son succès ; la colère l'avait poussé à atteindre les sommets. Aujourd'hui il acceptait ses parents tels qu'ils étaient, et espérait qu'un jour ils en feraient autant pour lui. La vie lui avait appris que garder des rancœurs ou de chercher des réponses là où il n'y en avait pas n'était pas sain, aussi s'accommodait-il désormais simplement des situations qu'il ne pouvait contrôler.

— Dans ce cas, je vous demanderai seulement de signer un papier stipulant que vous êtes sorti contre avis médical et avant que vos soins soient terminés. Il faudra également nous régler avant votre départ.

S'il avait eu affaire à un de ces malades butés et déterminés à imposer leurs quatre volontés, il aurait signé la décharge et serait retourné à ses patients qui, eux, avaient besoin de lui. Mais avec Violet qui se mordait anxieusement la lèvre, c'était bien sûr impossible.

— Je ne resterai pas une seconde de plus ici, décréta le comte, les joues enflammées, pointant agressivement un index noueux vers Nate comme si celui-ci le retenait en otage.

En fait, c'était l'inverse qui se passait. Nate aurait volontiers demandé au service de sécurité de le jeter dehors, mais il ne voulait pas que quoi que ce fût arrive au seul membre encore en vie de la famille de Violet.

— C'est votre droit le plus strict, lord Dempsey, mais il est tout de même dans votre intérêt d'attendre, pour les raisons que je viens de vous signaler. Je vous demanderai également de garder votre calme afin de ne pas déranger davantage les autres patients du service.

Il pensait également à Violet qui, les bras enroulés autour de la taille, semblait invisible aux yeux de son père. Elle semblait de plus en plus désemparée, et Nate avait toujours plus de mal à contenir son irritation.

— Comment osez-vous… ? commença le comte.

— Papa ! dit-elle finalement. Nate t'a dit qu'il ferait ce qu'il fallait. Va t'allonger avant d'aggraver ton état.

Sa lèvre légèrement tremblante démentait son assurance, mais Nate fut apparemment le seul à le remarquer. Le comte, peut-être épuisé par sa colère ou ébranlé par l'autorité de sa fille, retourna en grommelant dans son lit.

Violet se détendit sensiblement. Lui-même n'avait jamais été témoin des disputes à Strachmore, et, même s'il avait parfois été atterré par le comportement de ses propres parents, il n'avait pas eu peur chez lui. Or il avait vu l'anxiété dans les yeux de Violet tandis qu'elle réprimandait son père, et il savait la méchanceté dont cet homme était capable.

Evidemment, Nate aurait pu faire transférer Samuel Dempsey ailleurs et réduire ainsi les chances de croiser sa fille, mais il avait conscience d'être totalement impliqué dans leur histoire. Quand bien même il ne serait jamais un parti convenable pour elle, il ne pouvait s'ôter de l'esprit l'épisode brûlant de la cuisine. Où il avait découvert qu'ils étaient tout à fait compatibles — du moins physiquement.

Violet et lui devaient présenter un front uni. Or il avait beau s'efforcer de préserver la clarté de son jugement, il était impliqué personnellement dans l'existence de Violet et de son père. Quoi qu'il arrive à son patient, les conséquences se répercuteraient dans sa propre vie.

— Tu ne peux pas le laisser partir, dit Violet d'un ton implorant.

— Ah, parce que toi aussi, maintenant, tu me dis ce que je dois faire ?

Elle avait failli lui arracher les yeux quand il avait voulu l'aider pour les bijoux de sa mère.

— Je suis sérieuse, Nate. Tu l'as dit toi-même : il n'est pas assez remis pour rentrer chez lui.

Il était d'accord. S'il avait pu enchaîner son patient à

son lit et éviter ainsi à Violet de subir ses colères, il ne se serait pas gêné. Ils étaient tous deux bien conscients que le retour du comte à Strachmore réduirait à néant le travail qu'ils avaient accompli.

— Je n'ai pas le droit de le retenir, Violet. C'est un adulte sain d'esprit — du moins *présumé* sain d'esprit. Je ne peux que lui conseiller de rester, pas le forcer. Pour lui, l'hôpital est également un environnement extrêmement instable ; prolonger son séjour ici ne lui profitera pas, pas plus d'ailleurs qu'aux autres patients autour de lui.

Il détestait avoir à lui annoncer cela. Derrière son calme apparent, il devinait sans mal le combat intérieur qu'elle menait.

— Qu'est-ce que je vais faire de lui ? Mon domaine, c'est la santé mentale, pas les problèmes cardiaques.

— Je vais appeler son généraliste et voir s'il peut le persuader de patienter quelques jours. Sinon, entre toi, moi, et mes parents, il faudra bien qu'on se débrouille.

— Tu passeras le voir ?

— Nous devrons probablement trouver un moyen pour que je l'examine, oui, mais de toute façon je ne te laisserai pas te charger seule de lui.

— Ah non ?

— Mmh mmh, fit-il en secouant la tête. Je me disais que peut-être, pour l'occasion, tu accepterais d'assouplir ta volonté de fer ?

Ils échangèrent un sourire complice à cette référence à la soirée chez lui. Et à la façon dont ils avaient conclu leur différend concernant la vente des bijoux de sa mère.

Elle regarda ses lèvres. Sans l'ombre d'un doute, leurs pensées avaient suivi le même chemin.

— Docteur Taylor ? On vous demande en salle 1.

Ah. Oui, c'était vrai. Il était censé travailler, pas fantasmer sur la bouche de Violet.

— Je ferais mieux de justifier mes émoluments, dit-il, moqueur. Et ne t'inquiète pas ; je m'assurerai personnellement que ton père, qu'il soit ici ou chez lui, bénéficie des meilleurs soins.

La promesse avait glissé de ses lèvres aussi aisément que les insultes de la bouche de Samuel Dempsey. Tous deux étaient prisonniers d'un dangereux schéma de comportement capable de saborder leur avenir s'ils n'y faisaient pas attention. Tôt ou tard, s'ils voulaient survivre, ils devraient changer. Mais, pour Nate, il ne s'agirait pas de supprimer le whisky et les cigares.

Comme ni Violet ni les dépliants d'information n'avaient pu convaincre le comte de rester, Nate, fidèle à son engagement, avait envoyé une équipe de physiothérapeutes et de diététiciens à son chevet. Sans plus de résultats. Il fallut donc céder à sa volonté et lui signer son bon de sortie. Au grand soulagement du personnel, qui en avait soupé de ses invectives.

Violet s'excusa au nom de son père auprès de ceux qui avaient essuyé ses rebuffades. Bien sûr, c'était auprès de lui qu'elle aurait dû protester, mais elle devait bien se l'avouer : elle le craignait toujours. Si elle devait l'affronter, se montrerait-elle plus forte que sa mère ?

Elle avait perdu le droit de lui dicter sa conduite en quittant la maison familiale à dix-huit ans. Et réciproquement. A la différence qu'*elle* ne mettait pas la vie des autres en danger en s'enfermant dans une attitude bornée en ce qui concernait ses finances. C'était pour cette raison qu'elle s'était assurée que personne ne dépende d'elle. Etre responsable de soi-même était déjà assez difficile comme cela…

Ils ne purent partir qu'à la fin de l'après-midi, au grand dam de son père. Il ne comprenait visiblement pas qu'un vieux bonhomme acariâtre freinant des quatre fers contre les recommandations du médecin ne se mettait pas le personnel dans la poche, surtout dans un service débordant de patients gravement malades.

Même le stagiaire qui venait le chercher eut droit à sa colère.

— Je ne suis pas infirme ! dit-il en donnant un coup de pied dans le fauteuil roulant.

— C'est juste pour t'aider, papa. Bill nous attend dehors. Et le kiné a bien précisé que tu ne devais pas forcer, d'accord ? Ne t'épuise pas avant même d'avoir franchi la porte.

Le service tout entier devait soupirer de soulagement de le voir quitter les lieux.

— C'est beaucoup de tralala pour pas grand-chose, si tu veux mon avis, fit-il en s'asseyant malgré tout dans le fauteuil.

Un mot de reconnaissance à Nate qui lui avait sauvé la vie aurait été le bienvenu, mais elle préféra se taire. Mieux valait préserver le peu qu'il restait de leur relation père-fille et épargner une malédiction éternelle à Strachmore.

Elle espérait apercevoir Nate dans les couloirs, mais sans doute avait-il été réquisitionné pour une intervention. Les excuses qu'elle voulait lui présenter au nom de son père devraient attendre ; il avait subi son agressivité sans en être en rien responsable.

Pourtant, une partie de cette hargne lui était sans doute destinée. Son père avait toujours attribué l'attitude rebelle de sa fille à l'influence de Nate plutôt qu'à son propre despotisme. Il le soupçonnait même peut-être de l'avoir encouragée à voler de ses propres ailes. Auquel cas elle allait devoir mettre les choses au clair et lui assener quelques vérités.

Elle avait bien conscience que son départ pour Londres avait eu des répercussions sur ceux qu'elle avait laissés derrière elle. Mais elle avait préféré penser que leur vie n'en avait pas été autrement perturbée plutôt que de s'encombrer d'une inutile culpabilité. Ce n'était que maintenant que les conséquences de ses actions — et de sa lâcheté — se révélaient clairement.

La prochaine étape serait que chacun admette ses erreurs, ce qui permettrait un nouveau départ à tous. Même Nate, qui semblait avoir réussi sa vie, n'avait pas complètement coupé les ponts avec Strachmore. Elle lui devait cette ultime libération. Mais pas encore. A présent qu'elle allait revivre sous la férule de son père, le soutien de Nate lui serait plus précieux que jamais.

Les Taylor, qui s'agitèrent autour de son père, fournirent un répit bienvenu à Violet. Bill avait transféré son lit au rez-de-chaussée afin de lui éviter les escaliers, et Margaret avait préparé un repas léger en respectant son nouveau régime alimentaire à la lettre. Mais lorsque les Taylor repartirent chez eux, un pesant silence tomba dans la maison. Son père avait insisté pour dîner à la massive table d'acajou, et il avait l'air, installé à son extrémité, d'un roi déchu trônant dans son château désert.

— Mmh, c'est très bon. Les petits plats de Mme Taylor m'ont manqué, dit-elle pour alléger l'atmosphère.

— Qu'est-ce qui t'empêchait de revenir ?

Un point pour lui… Mais ils n'avaient rien à gagner à s'engager sur ce terrain alors qu'il portait encore le bracelet de l'hôpital. S'il fallait vraiment aborder les raisons de leur non-relation, elle attendrait qu'il soit complètement remis et en état d'entendre ses reproches.

— Mon travail m'accaparait trop pour prendre des vacances.

Ce n'était pas totalement faux. Elle passait simplement sous silence que c'était à cause de lui qu'elle n'en prenait pas.

— Depuis douze ans ?

Elle n'avait jamais été très douée pour le mensonge.

— Je n'étais pas certaine d'être la bienvenue…

D'ailleurs, en ce moment même, n'était-elle pas plus une invitée indésirable que la fille prodigue revenant se blottir dans les bras aimants de son père ?

— Je ne t'ai jamais demandé de partir.

— En attendant, je suis ici. J'ai des jours à prendre, et je peux rester le temps que tu récupères.

— Mais, dis-moi… D'où te vient ce soudain intérêt pour moi ? A moins que tu ne reviennes réclamer ton héritage ? Dans ce cas, désolé, mais tu devras patienter encore un peu. J'ai bien l'intention de m'attarder quelques années sur cette terre.

Elle peinait à trouver les mots pour le contredire. Jamais elle n'aurait imaginé devoir se justifier de se soucier de lui.

— Tu es injuste, papa. Je suis ici uniquement pour t'aider.

— Malheureusement pour toi, et pour moi, je vais bien.

Comment interpréter ce qu'il venait de dire ? Avait-il envie de partir… *définitivement* ? Etait-ce pour cela qu'il avait refusé le traitement et insisté pour quitter l'hôpital ? Un frisson la parcourut à l'idée que l'ombre maléfique qui avait emporté sa mère s'attaque désormais à son père.

— Désolée de te contredire, mais tu ne vas *pas* bien. Tu te remets d'un infarctus et tu croules sous un monceau de dettes. Encore une fois, tout ce que je veux, c'est t'aider.

Qu'il le veuille ou non, elle s'occuperait de lui. C'était ça ou se retrouver seule pour de bon.

Il reposa lentement sa cuillère et riva sur elle son regard perçant. Elle aurait voulu se réfugier sous la table.

— Que sais-tu de *mes* affaires ?

Alors seulement, confrontée à l'obligation de lui dire ce qu'elle avait fait ces derniers jours, prit-elle conscience qu'il n'allait pas apprécier.

— Nous sommes tombés sur les factures et les mises

en demeure en mettant de l'ordre dans la maison. Ce n'était pas du tout intentionnel.

— *Nous ?* Qui était avec toi pour fouiner dans mes dossiers ?

Son visage avait brusquement rougi, annonçant l'arrivée d'une de ses redoutables fureurs, et elle se raidit.

— Nate. Il a plusieurs bonnes idées pour ce qu'il serait possible de…

Le poing s'abattit sur la table, faisant trembler les verres.

— Mais qui t'a donné l'autorisation de fourrer ton nez dans mes affaires ? Rien de ce qui se passe à Strachmore ne te concerne. Tu as renoncé à tout en partant, Violet. Quant à lui, à quel titre l'as-tu impliqué dans cette histoire ?

— Je comprends que tu m'en veuilles ; je suis restée bien trop longtemps loin d'ici. Mais Nate… Pourquoi le détestes-tu autant ? Il t'a sauvé.

— Je ne lui avais rien demandé.

Ainsi, il était las de la vie. Elle avait eu affaire à suffisamment d'adolescents suicidaires pour ne pas prendre cette remarque à la légère. Ce n'était pas un simple besoin d'attention. Lord Dempsey ne se serait jamais ouvertement admis vaincu à moins d'avoir de très sérieuses raisons.

— Papa…

La sonnette de l'entrée l'empêcha d'insister.

— Tu ferais mieux de répondre, dit-il avec un soupir. A moins que tu comptes sur moi pour m'en charger ?

Les jambes tremblantes, elle se rendit dans l'entrée. Qui que soit leur visiteur, elle allait le conduire auprès de son père pour changer le cours de la conversation.

— Salut ! dit Nate lorsqu'elle ouvrit. Je voulais juste voir comment ça allait. A ton avis, j'enfile mon gilet pare-balles ou tu l'as déjà terrassé avec un thé au narcotique ?

Nate était resté près de dix minutes à hésiter devant la porte avant de sonner. L'ambiance entre Violet et son père ne devait pas être au beau fixe, et la perspective de se retrouver entre les deux n'avait rien de réjouissant. Mais sa conscience avait été la plus forte ; il n'avait pas le droit de laisser Violet se débrouiller seule avec son ombrageux patient. D'autant qu'il lui avait promis son aide.

— Oh ! Nate… Je suis si contente de te voir.

Elle était presque aussi pâle que les statues d'albâtre du vestibule.

— Quoi ? Que s'est-il passé ?

— Il m'en veut… il *nous* en veut d'avoir fouillé dans ses affaires, et… il dit des choses affreuses, comme s'il était furieux d'être encore de ce monde.

— Bon. Nous savions qu'il n'apprécierait pas que nous nous penchions sur sa situation financière. Quant au reste, la dépression ou l'anxiété sont des manifestations courantes chez les survivants d'attaques cardiaques. Il doit se sentir faible et vulnérable, ce dont, bien sûr, il n'a pas l'habitude. Il lui faudra peut-être un traitement d'antidépresseurs. Mais je vais d'abord discuter avec lui et voir si je peux améliorer son état psychique.

Prolonger son séjour à l'hôpital aurait été préférable, et ce que Violet venait de lui dire lui faisait regretter de ne pas avoir insisté en ce sens. Il y avait tant d'effets secondaires possibles, qui n'étaient pas tous uniquement physiques. Le suivi du patient était une partie essentielle de la récupération. Faute d'avoir pu l'imposer à son patient, c'était Violet qui en faisait les frais.

— Violet… Quoi qu'il arrive, ce n'est pas ta faute, d'accord ? Tu sais comme moi que tu es trop proche de ton père pour réfléchir objectivement, mais ta présence auprès de lui est essentielle.

De son index replié sous son menton, il lui releva le

visage et dut se retenir de l'embrasser. L'intimité qu'ils avaient partagée lui manquait et il eut envie, ne fût-ce que quelques secondes, de la retrouver et de se prouver qu'il ne l'avait pas rêvée.

— Qui est-ce ?

Le ton agressif du comte mit fin à toute idée de tendresse et rappela aussitôt Nate à ses responsabilités.

— Passons aux choses sérieuses, dit-il en suivant Violet jusqu'à la salle à manger.

L'atmosphère y était si dense et si chargée de rancœur, comment aurait-elle pu favoriser la guérison de son locataire…

— Bonsoir, lord Dempsey. Je rends visite à mes parents, j'en profite pour savoir si vous vous acclimatez bien ici.

Un petit mensonge pour s'excuser de venir sans être invité. Ce qu'il n'avait jamais fait durant toutes ces années, alors qu'il vivait la porte à côté.

— Je n'ai pas à m'acclimater, répondit le propriétaire des lieux. Je *vis* ici.

— Violet s'est fait beaucoup de souci pour vous et…

Le comte l'interrompit d'un reniflement acerbe et peu élégant pour un homme de son rang.

— Si elle se tracasse, c'est pour son héritage. D'ailleurs, ne serait-ce pas plutôt pour cela que vous êtes ici, vous aussi ? D'après Violet, vous avez farfouillé dans mes affaires, tous les deux, pendant que je me battais pour survivre.

Il se cala dans son fauteuil, les bras croisés sur le torse. Il prenait un plaisir évident à cette petite démonstration de pouvoir. Mais quel intérêt de jouer au plus fort ? Nate souhaitait simplement s'assurer qu'il était en mesure de conserver son domaine.

— Ce n'est pas du tout ce que j'ai dit, affirma Violet. Nous nous efforcions juste d'organiser ton retour ici.

Une tentative futile de se disculper car le comte, maintenant ses yeux de fouine rivés sur lui, l'ignora royalement.

— Je vois clair dans votre jeu. Vous faites équipe avec ma fille pour me voler ce domaine. Je vous ai vu vous hausser du col au volant de votre belle voiture, vous savez… Mais ne vous faites pas d'illusions : la classe ne s'achète pas. Elle est innée ou elle n'est pas.

La rage qu'il déployait devant ses ennemis imaginaires faisait pulser ses veines sous sa peau empourprée.

Nate eut toutes les peines du monde à garder son calme, ne fût-ce qu'en apparence. Ce n'était pas à lui de renvoyer le comte dans les cordes et de le confronter à ses erreurs.

— Papa, je t'en prie, ne recommence pas, dit Violet d'un ton suppliant.

Sa voix était plaintive et chargée de peur, et Nate l'imagina prise entre deux feux pendant les querelles de ses parents. A aucun prix il ne voulait qu'elle revive ce genre de situation. Aussi prit-il un ton apaisant.

— Ne t'inquiète pas, Violet. Après tout, ton père a le droit d'exprimer ce qu'il ressent ; il est chez lui.

Il ne permettait pas à sa fille d'en faire autant, et c'était bien dommage, d'après Nate. Mais, encore une fois, ce n'étaient ni sa famille ni son combat.

— Absolument, rétorqua le comte. Je devrais mettre ma correspondance sous clé chaque fois que je sors d'ici.

A l'entendre, avoir frôlé la mort n'était qu'un détail, sans plus de conséquences que s'il s'était assoupi le temps d'une sieste. Il présentait Violet et Nate comme deux fouineurs opportunistes.

— Je devrais peut-être vous laisser, fit Nate en interrogeant Violet du regard.

Mais son père fut plus prompt à répondre.

— Bonne idée. Je n'ai jamais eu besoin de personne pour m'occuper de mes affaires.

Nate, jusqu'à un certain point, pouvait compatir. Après tout, qui aimait que l'on consulte ses dossiers personnels ?

Même s'il savait aussi que Violet n'agissait que pour le bien de son père.

— Nous savons tous les trois que c'est faux, rétorqua Violet. Tes revenus se sont taris et tu n'as rien pour régler tes dettes. J'ai pu en couvrir certaines parmi les plus urgentes, mais tu vas devoir trouver un moyen de faire entrer des fonds.

Elle s'était exprimée avec une assurance qui rassura Nate. Elle n'avait pas besoin de lui. Et depuis quelque temps, déjà.

— Je ne t'ai jamais demandé de payer quoi que ce soit. Je suppose que l'argent vient de Monsieur Providence ici présent ? Eh bien, désolé, mais les Dempsey n'ont pas besoin qu'on leur fasse la charité. Encore moins si ça vient des domestiques.

— C'est avec *mon* argent que j'ai payé. Et si tu veux tout savoir, j'ai vendu le collier de maman. Il faut bien que l'un de nous prenne le taureau par les cornes.

Nate eut l'impression qu'elle venait de se jeter devant une voiture lancée à toute allure rien que pour le sauver. En tout cas, elle avait désormais toute l'attention de son père.

— Comment as-tu pu faire ça ? demanda celui-ci, soudain blême, en se redressant dans son fauteuil.

Il réagissait comme si cela était une traîtrise envers lui et pas un énorme sacrifice de sa part à elle.

— Que voulais-tu que je fasse d'autre ? Attendre qu'on nous prenne tous nos meubles en guise de dédommagement ? A moins que tu aies un compte en Suisse que tu aurais « oublié » de mentionner ?

Nate applaudissait intérieurement. Elle était lancée, désormais, et elle s'en sortait avec brio. Pas besoin d'intervenir. Toutes les rancœurs qui avaient macéré en elle se déversaient de ses lèvres, et rien, à moins d'un puissant séisme — et encore —, n'aurait pu l'arrêter.

— Sa mémoire représente donc si peu pour toi que tu sois prête à la vendre pour quelques pièces ?

— Si tu t'étais intéressé à elle, tu saurais qu'elle détestait les bijoux clinquants que tu insistais pour lui offrir. Un des rares auxquels elle était attachée et qu'elle a porté jusqu'à son dernier jour était le petit bracelet tressé que je lui avais fait à l'école primaire.

Cela rappela à Nate celui que Violet portait depuis plus de dix ans. Il eut un serrement de cœur, elle lui avait gardé une petite place dans ses pensées. C'était une raison d'espérer…

— Ta mère méritait le meilleur.

— Mais à quel prix, papa ? Elle savait parfaitement que tu n'avais pas les moyens de ce genre de dépense, ça l'a tourmentée jusqu'à sa mort. Elle serait ravie que cet argent nous sorte d'affaire aujourd'hui.

Pour la première fois, Nate vit le visage du comte exprimer une émotion proche de la honte, puis il baissa la tête.

— Je sais que tu me reproches beaucoup de choses, Violet, mais ta mère était malade. Je n'ai pas le pouvoir de modifier le passé.

S'agenouillant devant lui, elle prit ses mains entre les siennes.

— Non, mais tu peux agir sur l'avenir. Nous pourrions ouvrir Strachmore au public et recueillir assez d'argent pour couvrir tes charges. Nate avait pensé louer une partie du domaine pour des cérémonies de mariage, par exemple.

Alors qu'ils avaient semblé progresser, Samuel Dempsey se leva d'un bond, bousculant sa fille qui renversa une chaise dans sa chute.

— C'est hors de question ! s'écria-t-il. Je suis ici chez moi, ce domaine n'est ni à vendre ni à louer. Pas plus que ma fierté !

Nate tendit la main à Violet pour l'aider à se relever. La manière dont le comte s'adressait à sa fille le révoltait. Il se retourna, prêt à répliquer vertement, quand il le vit crisper la main sur son torse en grimaçant, avant de s'affaler lourdement sur le sol.

— Papa !

Sa brusque pâleur, sa peau moite, tout indiquait qu'il subissait une nouvelle attaque cardiaque. Nate aurait dû l'anticiper, mais il avait été pris par les émotions du moment et n'avait pas eu le recul nécessaire à son rôle de médecin.

Par chance, le comte, en tombant, avait évité le coin de la table, sa tête n'avait pas de lésion visible. Nate lui ouvrit sa chemise avant de contrôler sa respiration. Il n'en perçut aucune.

— Appelle les secours, dit-il à Violet.

Au moins, cela la sortirait de son état de choc. Il s'en voulait tellement. Loin de l'aider, son intervention dans leurs affaires avait provoqué une catastrophe. Pourquoi avait-il fallu qu'ils se retrouvent ? Ils auraient dû poursuivre chacun leur chemin, ceux sur lesquels ils avaient choisi de s'engager douze ans plus tôt.

S'il n'avait pas gardé une place spéciale pour Violet dans son cœur, ni insisté pour s'occuper de son père, leurs retrouvailles auraient pu être sans conséquence. Le comte aurait peut-être tôt ou tard accepté d'être aidé sans subir tout ce stress.

Laisser le passé en sommeil aurait été indiscutablement préférable à être responsable de la mort du père de Violet. Si le pire devait arriver, Nate pourrait à jamais renoncer à ce qu'elle lui pardonne.

Et à son amour.

6.

Violet, d'une voix étranglée, transmit l'adresse et les détails de ce qui venait de se passer à la standardiste. Elle avait du mal à se concentrer et gardait les yeux rivés sur Nate qui, pour la seconde fois, essayait de ranimer son père. A la différence que, cette fois, il n'avait pas de défibrillateur pour faire repartir le cœur.

— L'ambulance est en route, dit-elle en reposant son smartphone.

Elle grimaça. Le corps de son père bondissait à chacune des compressions thoraciques destinées à maintenir la circulation du sang. Dire que tout était sa faute à elle… Si elle n'était pas revenue, si elle n'avait pas entraîné Nate dans leurs histoires familiales, son père se remettrait peut-être encore à l'hôpital. Au lieu de cela, il était étalé là, sur le parquet de la salle à manger, à cause des accusations qu'elle lui avait lancées. Voilà où les avait menés sa première rébellion contre lui.

Jamais il ne le lui pardonnerait. Si toutefois il survivait. Dans le cas contraire, jamais *elle* ne pourrait se pardonner.

Nate poursuivait les compressions, son front luisait de transpiration sous l'effort.

— Tu veux que je te remplace un moment ? demanda-t-elle malgré l'angoisse d'une tâche aussi cruciale.

Mais Nate, c'était évident, avait besoin d'un répit.

— Tu es sûre ? demanda-t-il.

— Oui.

S'interdisant de trop réfléchir, elle s'agenouilla à côté de lui.

— N'oublie pas que tu dois être énergique pour que ce soit efficace. Prête ?

Il se poussa pour lui laisser la place.

— Oui.

Non. Elle n'avait jamais pratiqué ce genre de réanimation sur une *vraie* personne, seulement sur des mannequins. Si elle commettait une erreur, son père le paierait de sa vie. Elle porterait à jamais le poids de sa mort sur la conscience, ainsi que le sort de Strachmore.

Croisant les mains, elle se pencha sur son père et mit tout son poids dans la première compression.

— Un, deux, trois…

Compter afin de maintenir un rythme régulier occupait son esprit et faisait provisoirement barrage à l'angoisse.

— C'est bien. Continue comme ça, l'encouragea Nate en posant une main sur son dos et en sortant son téléphone de sa poche.

Elle sentait la peau froide de son père sous ses doigts et repoussa désespérément l'idée qu'il était déjà trop tard.

— Allez… Tu peux t'en sortir, papa.

C'était la première fois qu'elle avait la possibilité de lui venir en aide, et elle priait pour que ce ne soit pas la dernière.

— L'ambulance arrive, dit Nate. Je vais leur ouvrir. Tu tiens le coup ?

— Oui. Mais dépêche-toi.

Le mouvement répétitif était épuisant ; seule l'adrénaline lui donnait la force de persévérer. Bientôt la sirène annonça l'arrivée de l'ambulance et elle entendit Nate sortir. Il revint aussitôt avec l'équipe qu'il mit au courant de la situation.

— On prend la suite, lui dit-il en s'agenouillant pour poursuivre les compressions tandis que les infirmiers installaient le masque à oxygène et sortaient le défibrillateur.

Cette fois-ci elle assista aux chocs infligés à son père

entre chaque compression. Les infirmiers l'avaient branché sur de si nombreux appareils qu'il aurait aussi bien pu se trouver à l'hôpital.

— On a un pouls, annonça un des infirmiers après le second choc. Lord Dempsey, pouvez-vous nous entendre ? Si oui, ouvrez les yeux.

— Papa ?

Violet, le souffle court, guettait anxieusement la confirmation qu'il était de retour parmi les vivants. Nate posa alors la main sur son épaule, qu'il pressa brièvement.

— Il respire de nouveau seul. Beau travail, infirmière Dempsey.

— On fait une bonne équipe, à nous deux, docteur Taylor.

Elle se mit soudain à trembler. Le choc succédait à l'extrême tension qu'elle avait subie. Il était bien sûr prématuré de se réjouir, mais au moins avaient-ils fait ce qu'il fallait pour leur permettre d'espérer.

— Je vais venir avec toi dans l'ambulance au cas où il y aurait des complications. Il faut peut-être envisager l'opération, cette fois, si on ne veut pas que ça se reproduise.

Même la chaleur de Nate, lorsqu'il l'attira contre lui, ne dissipa pas le frisson glacé qui courait dans son dos. Ils étaient de retour à la case départ, mais avec des enjeux plus élevés que jamais. Et cette fois, elle était directement responsable ; c'était à cause d'elle que son père se retrouvait à l'hôpital, et c'était à Nate qu'il revenait de le sauver.

Dès leur arrivée à l'hôpital, Nate avait insisté sur l'urgence de pratiquer une angioplastie afin de prévenir toute autre attaque. Ce dernier épisode avait tellement effrayé le comte qu'il n'y avait cette fois pas opposé de résistance. A présent, Nate sentait sa tunique coller à son dos. Car si cette intervention était pour lui presque de la routine, c'était différent face à un patient qui le soupçonnait ni plus ni moins d'avoir obtenu sa qualification dans une pochette-surprise, et avec une ex-petite amie qui se rongeait les sangs dans la salle voisine.

Le comte était conscient de tout ce qui se passait dans la salle, et Nate plus que jamais sous pression pour faire ses preuves. Jamais encore il n'avait été plus lucide face aux risques minimes inhérents à cette intervention peu invasive.

— Très bien, lord Dempsey. Vous serez éveillé durant l'opération, mais la dose d'anesthésiant vous permettra de ne rien sentir. Vous pouvez même suivre l'intervention sur l'écran près de vous.

— Merci.

Ils avaient administré un sédatif léger avec l'anesthésiant local, mais Nate fut malgré tout agréablement surpris de l'état d'esprit coopératif de son patient. Enfin… sinon coopératif, du moins plus conciliant qu'il l'avait envisagé.

— Nous allons simplement insérer un cathéter dans la petite incision pratiquée sur votre poignet. Cela nous permettra d'injecter un produit de contraste radiographique dans vos artères afin d'obtenir une idée précise de ce qui s'y passe.

Le patient esquissa un assentiment muet, et Nate poursuivit la préparation comme il en avait l'habitude. Ce cas n'avait rien d'exceptionnel, du moins s'il parvenait à en oublier l'enjeu. Car l'opération pouvait lui gagner l'approbation du comte, essentielle pour leur faciliter la vie, à Violet et à lui. Etant donné le temps qu'il passerait à Strachmore avec elle, il était indispensable d'y être accepté. Et puis c'était aussi une question de fierté professionnelle : c'était son patient qui était réadmis quelques heures seulement après avoir été autorisé à sortir.

Il se concentra pour faire passer le mince tube flexible à travers les vaisseaux sanguins jusqu'aux artères coronaires. C'était une procédure délicate qu'il avait perfectionnée au fil des ans. D'où son irritation lorsque les compétences qu'il s'était donné tant de mal à acquérir étaient traitées par le mépris.

— Vous pouvez voir sur l'écran que votre artère coronaire droite est presque complètement bouchée. En conséquence, le sang ne peut pas atteindre cette partie du cœur.

Le nœud du problème apparaissait désormais clairement et, sauf difficulté imprévue, Nate pouvait y remédier.

— Et ensuite, docteur ?

La coopération du comte l'avait surpris, mais entendre du respect dans sa voix le sidéra.

— Le mieux, pour dilater une artère, est d'insérer un minuscule ballon et de le gonfler pour permettre au sang de s'écouler correctement. Dans votre cas, je pense qu'il faudra également avoir recours à un stent. C'est un petit ressort métallique qu'on introduit dans l'artère au niveau du rétrécissement pour s'assurer qu'elle reste ouverte une fois le ballon enlevé.

— Faites pour le mieux, murmura le comte en fermant les yeux.

Il était soit trop fatigué pour discuter, soit trop anxieux pour regarder.

Cela permit à Nate de se détendre. Il inséra le fil de guidage dans l'artère. Le ballon fut ensuite gonflé afin d'élargir celle-ci et de plaquer les dépôts lipidiques contre sa paroi interne, le stent se déploya par la même occasion. Nate put alors dégonfler le ballon et l'enlever.

— Et voilà. C'est terminé.

L'intervention avait pris tout juste une heure, ce qui était normal. Pourtant, sous le regard de lord Dempsey, Nate avait eu l'impression de subir un interminable test d'évaluation.

— Déjà ?

Le comte fronça les sourcils, doutant visiblement d'avoir bien entendu.

— Eh oui. Nous allons vous renvoyer dans l'unité de soins coronariens pour vous garder sous observation cette nuit, mais, si tout se passe bien, vous pourrez rentrer chez vous demain.

Il ôta le cathéter et l'infirmière appliqua une pression afin de prévenir tout saignement. Cette opération mineure avait été un succès et apportait le soulagement souhaité.

— Merci, Nathaniel.

Comme le comte lui tendait la main, Nate se sentit un petit peu plus grand dans ses confortables sabots hospitaliers.

— N'oubliez pas de remercier aussi votre fille, dit-il. Elle a beaucoup contribué à vous maintenir en vie jusqu'à ce que vous arriviez ici.

Pour une fois, elle méritait une reconnaissance de sa part.

— Violet ?

— Oui. Elle m'a aidé à pratiquer la réanimation cardio-respiratoire jusqu'à l'arrivée de l'ambulance. Elle était visiblement déterminée à vous garder un peu plus longtemps dans sa vie.

— Il faut que je lui parle.

— Il serait grand temps, en effet. Et cette fois, écoutez bien ce qu'elle vous dira. Elle ne veut que le meilleur, et pour vous, et pour la propriété.

Violet et lui avaient, au cours de cette soirée, prouvé leurs véritables intentions. Malgré leur prise de distance de Strachmore et de tout ce qui y était rattaché, ils s'étaient tous deux engagés à leur manière pour le domaine.

Il ôta sa tunique chirurgicale et le tablier de plomb qui le protégeait des rayons X. Il était pressé de rejoindre Violet et, pour une fois, de partager le sentiment d'euphorie qu'il éprouvait toujours après une opération réussie.

Violet se mordillait nerveusement l'ongle du pouce. Nate lui avait bien assuré que l'intervention pratiquée sur son père était relativement simple, mais ce ne fut qu'en les voyant ressortir du bloc opératoire qu'elle put enfin respirer.

— Tout s'est bien passé ?

Son père était éveillé et Nate souriait, mais elle voulait confirmation que tout s'était déroulé comme prévu.

— Très bien, oui. On raccompagne ton père aux soins coronariens. Tu veux venir avec nous ?

Elle eut soudain l'impression d'avoir des ailes. Elle aurait été prête à suivre Nate n'importe où. Impulsivement, elle se précipita vers lui pour l'étreindre et respira une bouffée de savon et de sueur mêlés. Maintenant qu'ils étaient sortis de cette angoissante épreuve, elle n'avait qu'une idée en tête : se retrouver seule avec lui dans une de leurs anciennes cachettes pour décompresser et prendre simplement plaisir à sa présence.

Du coin de l'œil elle vit son père essayer de s'asseoir. Elle s'écarta aussitôt de Nate. En dépit des circonstances, il désapprouverait une telle démonstration publique, surtout avec ce qu'il estimait être « un inférieur ».

— Comment te sens-tu, papa ?

— Endolori.

— Je suis certaine que Nate a fait tout ce qu'il a pu pour…

— Je n'ai rien à dire contre lui. J'ai pu me rendre compte que Nathaniel est un médecin très compétent, mais, après ce que je viens de vivre, je pense être en droit d'exprimer mon inconfort. Maintenant, si tu le veux bien, j'ai besoin de me reposer.

Elle en resta un instant médusée alors qu'on emmenait son père dans le couloir.

Se ressaisissant, elle se tourna vers Nate.

— J'ai rêvé ou mon père vient de te faire un compliment indirect ?

Si c'était vrai, c'était un progrès considérable. Jamais elle ne l'avait entendu féliciter qui que ce fût. De sa part, c'était presque une façon de faire amende honorable. Quelle joie, quand bien même elle-même n'aurait probablement jamais droit à une telle reconnaissance, qu'il admette enfin les mérites de Nate.

Le sourire de Nate lui réchauffa le cœur.

— Je t'avais dit que j'étais doué dans ma partie, non ?

— Oui. Tu l'es incontestablement.

Et il était doué dans d'autres domaines aussi… Leurs regards se croisèrent. Leurs pensées suivaient soudain le même cours. Elle en eut confirmation lorsqu'il toussa nerveusement.

— Il est tard, mais tu peux aller le voir rapidement avant de partir, si tu veux, dit-il.

— Je ne suis pas sûre que ce soit une bonne idée. Ce serait dommage de rejouer la scène qu'on a vécue à la maison.

— Tu crois ? Il est plutôt assommé, pour l'instant. Mais tu as sans doute raison ; même comme ça, il vaut mieux s'abstenir de mentionner Strachmore.

— Message reçu cinq sur cinq.

Encore que… ce n'étaient pas quelques minutes passées auprès de son père qui changeraient grand-chose, si ? Le voir apaisé après ces heures traumatiques serait peut-être pour elle une façon de s'offrir enfin une bonne nuit de sommeil.

Elle se dirigea donc vers l'unité de soins coronariens, et fut heureuse d'entendre Nate lui emboîter le pas.

— Je veux juste m'assurer que tu as tout ce qu'il te faut, papa, ensuite je rentre à la maison.

Elle approcha du lit avec la prudence avec laquelle elle avait toujours abordé son père. Il avait des humeurs imprévisibles, qui de plus changeaient d'une minute à l'autre sans avertissement. Mais, après une telle opération, on pouvait parier que son état d'esprit ne serait pas au beau fixe. Ce n'était donc pas le bon moment pour le mettre face à ses défauts et à ses erreurs. Qui sait ? Peut-être s'en rendrait-il compte par lui-même un jour ?

— Je sais que tu aurais préféré que je meure, plutôt que ta mère. Et j'aurais volontiers pris sa place, tu peux me croire.

Devant cette déclaration inattendue, elle fut momentanément frappée de mutisme. Fut un temps pas si lointain où oui, si on lui avait donné le choix, elle aurait préféré vivre avec sa mère, mais cette étape était désormais derrière elle. Rien ni personne ne pouvait modifier le passé, et sa mère avait elle-même pris la décision de les quitter. Toutefois, ce qui la frappait était que son père avait exprimé quelque chose proche du remords. Avoir frôlé la mort aurait-il finalement sorti sa conscience de son long sommeil ?

— Pourquoi dis-tu cela alors que nous avons fait tout notre possible pour que tu sois encore avec nous ce soir ?

Jamais il n'avait manifesté la moindre émotion après le décès de sa mère. Comme à son habitude, il avait fait comme si le malheur n'existait pas. Il avait donc caché à Violet la vérité quant à l'overdose, laissant d'autres que lui l'en informer. Mais qu'il affirme qu'il aurait été prêt à prendre la place de sa femme si cela avait été possible était si surprenant que cela le rendait plus humain aux yeux de Violet. Cela atténua un peu la rancœur qu'elle avait nourrie depuis envers lui.

Elle se tourna vers Nate. Peut-être avait-il une explication à lui donner ? Offrait-il une sorte de soutien psychologique à ses patients ? Mais Nate ignora son regard pour se pencher vers son père.

— Comment vous sentez-vous, lord Dempsey ?

Il n'avait fait aucune allusion à son état d'esprit. Mais sans doute pourrait-il lui prescrire quelque chose pour lui remonter le moral…

Le comte l'ignora pour s'adresser à elle.

— Je sais que tu es ici par devoir, rien de plus, Violet. Il y a au moins dix ans que je n'ai pas eu de tes nouvelles. J'aurais pu mourir ce soir sans qu'on ait jamais réglé nos problèmes, tous les deux. Alors il est temps que nous le fassions… Je sais que tu me tiens pour responsable de la mort de ta mère, mais crois-tu honnêtement que j'aurais *choisi* de continuer à vivre sans elle ? Comme toi, je me reproche sa mort, mais je ne peux rien changer à ce qui s'est passé. Si je le pouvais, crois-moi, je…

Il s'interrompit pour prendre une profonde inspiration, combattant visiblement les larmes qui montaient à ses yeux.

Nate referma les rideaux autour du lit afin de lui offrir l'intimité dont il avait manifestement besoin, et elle éprouva une oppressante sensation d'enfermement. C'était la première fois que son père reconnaissait sa part de responsabilité dans le suicide de sa mère. Pourtant, même si elle avait toujours attendu qu'il le fasse, elle n'en fut pas soulagée pour autant. Bien au contraire, la détresse qu'il exprimait lui étreignit douloureusement le cœur. Apprendre qu'il avait souffert, lui aussi, la bouleversait. Peut-être, s'il avait alors été plus ouvert avec elle, ne serait-elle pas partie ; ils auraient pu conjuguer leur chagrin et renforcer leur relation au lieu de la laisser stagner et se dessécher.

— Tout ce qu'on te demandait, c'était de nous aimer, dit-elle dans un murmure.

— Je vous aimais. Et je t'aime toujours. Jamais je n'ai voulu vous faire de mal, ni à toi ni à ta mère, mais j'étais tenu par mon hérédité. Toutes les générations qui m'ont précédé ont protégé le manoir pendant les guerres et les troubles qui ont agité la région. Je refusais d'être celui qui l'abandonnerait. Je me suis rendu compte trop tard que c'était ta mère qui avait payé le prix de mon engagement.

— Pourquoi ne m'en as-tu pas parlé ? J'étais ta fille, et

surtout j'étais une adolescente persuadée d'avoir perdu le seul parent qui l'aimait.

Jusqu'à cet instant, elle n'avait vu en lui que son côté sombre, et elle l'avait fui dès qu'elle en avait eu la possibilité. Les remords et les émotions qu'il exprimait venaient trop tard pour sa mère. Peut-être même pour elle. Tout ce qu'elle avait cru savoir sur le mariage de ses parents avait eu une influence négative sur les relations qu'elle avait eues. Même celle avec Nate en avait fait les frais.

Son père soupira en secouant la tête.

— Je réglais les problèmes de la seule façon que je connaissais — avec rigueur et rigidité. Je n'ai sans doute pas fait ce qu'il fallait, mais j'étais dévasté. Seulement, pour toi, je n'avais pas le droit de m'effondrer. Je me devais de rester fort. Mais j'ai frôlé la mort de trop près cette semaine pour repousser encore cette discussion ; je ne veux pas quitter ce monde en sachant que tu me hais. Je souffre déjà assez de savoir que ta mère est morte en me détestant. Aujourd'hui, si c'était possible, j'échangerais sans hésiter ma place avec la sienne, mais on ne peut pas revenir en arrière. Nathaniel m'a offert une seconde chance pour, au moins, essayer de réparer mes torts envers toi.

Le silence retomba dans le petit box que les rideaux formaient autour d'eux. Un silence lourd de regrets non exprimés. Ce repentir, c'était à sa femme qu'il aurait dû le formuler ; il lui aurait montré que lui aussi faisait des erreurs et le reconnaissait.

En toute logique, sa mère, pour agir comme elle l'avait fait, et indépendamment de l'attitude blessante de son père, avait dû souffrir de troubles psychiques. Violet avait choisi de l'ignorer et de lui faire porter, à lui, toute la responsabilité de son comportement. Il n'allait pas être facile à présent de modifier l'opinion qu'elle avait de lui. Elle aurait sans doute besoin de temps pour assimiler ce qu'il lui avait dit.

— Je ne te hais pas, dit-elle d'une voix étranglée. Nous rediscuterons de tout ça quand tu te sentiras mieux. Pour l'instant, tu dois te reposer.

Refoulant ses larmes, elle se pencha pour l'embrasser sur la joue. Ce qu'elle n'avait jusqu'alors jamais fait sans y avoir été invitée. Il espérait son pardon, et elle était prête à le lui accorder si cela pouvait les aider tous les deux à aller de l'avant. Se dirigeait-elle droit vers un nouveau piège ?

— Ça va aller, tu es sûre ? demanda Nate, au pied des marches en marbre de Strachmore.

Violet et lui étaient revenus ensemble en taxi afin qu'il récupère sa voiture, mais elle avait gardé le silence pendant le trajet. Après ce qu'ils venaient de vivre, il pouvait le comprendre. Mais il ne voulait pas qu'elle ressasse toute la nuit ce qui s'était passé en s'en attribuant la faute. Elle n'était pas responsable.

— Je n'ai rien vu venir, dit-elle. Il souffrait dans son coin, il pleurait à sa manière, et je lui ai tourné le dos. Je suis censée être une experte en santé mentale, pourtant je n'ai même pas envisagé cette possibilité.

— Tu ne pouvais pas le savoir, tu étais loin. Même mes parents, qui le côtoient tous les jours, ne se sont rendu compte de rien. Et puis, si tu cherches des coupables, tu en as un devant toi ; j'aurais dû voir qu'il avait du mal à surmonter son chagrin.

Quoi qu'il en fût, culpabiliser ne servait à rien.

— C'est bien le problème, justement : je n'étais pas là. J'étais à Londres, où j'apprenais à accompagner des gens souffrant de problèmes psychologiques, alors que mon propre père était seul pour pleurer sa femme. L'avoir haï pendant tout ce temps a fait de moi l'horrible égoïste que je *lui* reprochais d'être.

— Arrête, Violet, dit Nate en la saisissant par les épaules. Il souhaite que tu restes, c'est évident ; c'est même pour ça qu'il s'ouvre autant à toi. Il veut que vous effaciez les mauvais souvenirs afin de prendre un nouveau départ ensemble ; et ces projets pour Strachmore pourraient être une excellente opportunité de le faire, du moins si on le convainc d'y participer.

Une meilleure entente entre la fille et le père leur permettrait d'avoir l'esprit en paix, et l'aiderait, lui, à prendre un peu de distance. Il était déjà bien trop impliqué dans les affaires des Dempsey ; il aurait volontiers passé le relais. Une fois que tout serait réglé, il ne ferait plus partie de Strachmore, pas plus qu'il n'aurait sa place dans la vie de Violet. Il n'y avait entre eux que des arrangements provisoires dus aux circonstances. Même son premier amour ne l'emportait pas sur son instinct de survie.

— C'est ce que je veux aussi, mais j'ai peur du prix à payer, dit-elle avec un soupir. Et si je quittais une prison pour une autre ? Je me suis enfuie pour l'empêcher de me marier de force et de me garder auprès de lui. Après sa confession inattendue, j'aurais le rôle de la méchante si je repartais. Mais je ne veux pas qu'il s'imagine me garder indéfiniment ici. J'ai toujours un poste à Londres et j'ai bien l'intention d'y retourner.

Il était d'accord. D'une manière ou d'une autre, ils allaient devoir tenir leurs promesses sans pour autant renoncer à ce qu'ils vivaient avant l'infarctus du comte. Des vies où ni Strachmore ni lui pour elle, ou elle pour lui, n'avaient leur place.

— Tu sais quoi ? Le mieux est d'attendre demain que les esprits se soient apaisés et d'envisager avec lui ce que vous souhaitez l'un et l'autre.

Quand chacun, après une bonne nuit de sommeil, aurait eu le temps de réfléchir à ce à quoi ils s'engageaient.

— D'accord, mais je ne voudrais pas le décevoir une fois de plus. Je veux *vraiment* faire quelque chose de Strachmore, mais pas en sacrifiant tout ce qui compte pour moi.

— Alors dis-lui que tu es heureuse qu'il se soit libéré de ce qui le tourmentait, mais que, en ce qui te concerne, ça n'a rien changé. Fixe bien tes limites, pour garder le contrôle ; si tu n'as pas de date précise pour retourner travailler, établis-en une et respecte-la.

Cela leur éviterait de s'enfoncer dans le bourbier de culpabilité et de responsabilités dans lequel ils avaient tous deux basculé malgré eux. Avec une date butoir, ils reprendraient plus aisément le cours de leurs vies.

— Il a toujours eu un tel pouvoir sur moi, s'il évoque de nouveau sa mort, je ne le supporterai pas. Je me sentirai trop coupable pour repartir. Je suis tellement faible…

Ses épaules s'affaissèrent. Quel échec, pour lui qui tentait de réveiller sa combativité.

— Emotionnellement épuisée, peut-être, mais pas faible. Tu m'as remplacé sans hésitation ce soir pour le massage cardiaque quand je commençais à fatiguer, tu t'es démenée pour ton père comme si ta propre vie en dépendait. Et tu voudrais me faire croire que tu es incapable de gérer une crise ?

Elle esquissa un mince sourire.

— J'en ai été étonnée moi-même.

— Pas moi. J'ai toujours su que tu avais ce don en toi, murmura-t-il en se penchant vers elle.

Il avait gagné son respect, ce soir, suffisamment en tout cas pour booster son ego. Il ne serait peut-être jamais totalement accepté pour lui-même, mais sentir sa bouche douce sous la sienne était déjà une fantastique gratification.

Violet entrouvrit les lèvres et leurs langues se mêlèrent. A présent que rien ne s'opposait à une relation entre eux, il put d'autant plus en apprécier le goût presque sucré. Comme lui, elle ne souhaitait pas rester à Strachmore plus qu'il ne le fallait. Ils pourraient cette fois tous les deux repartir à la fin de son séjour sans remords ni reproches.

Ils avaient envie l'un de l'autre, et désormais seule sa fierté aurait pu empêcher leur attirance d'atteindre sa conclusion naturelle.

— On va vraiment le… le *faire* ?

Violet connaissait déjà la réponse mais Nate et elle avaient changé si souvent d'avis qu'elle craignait qu'ils ne soient déçus. La tête lui tournait presque devant toutes les décisions qui avaient été prises ce soir.

Nate l'encourageait à partir aussi vite que possible, et à renverser ainsi le dernier obstacle avant qu'ils se retrouvent nus tous les deux. Cette fois-ci, ils s'engageaient dans cette aventure les yeux grands ouverts et le cœur fermé. Ils n'exigeraient plus que l'autre soit prêt à donner, ce qui leur éviterait culpabilité et incompréhension. C'était ainsi qu'elle avait choisi de régir sa vie amoureuse.

— J'en ai bien l'impression, murmura-t-il, et son souffle contre son cou acheva d'insuffler du désir dans chaque parcelle de son corps.

Puis il la souleva, si facilement qu'elle eut l'impression de n'être qu'une plume pour lui, et gravit les marches jusqu'à sa chambre.

— La porte d'entrée est verrouillée, mon smartphone est éteint, et personne ne m'attend avant demain matin. La nuit est à nous, Violet.

— Ah oui ? Mmmh… Alors ne vous gênez pas, docteur. Je vous donne carte blanche.

— Parce que c'est toi qui commandes, ici, Dempsey ?

— Absolument.

Arrivé en haut des marches, sur le palier, il la plaqua contre le mur et elle enroula les jambes autour de sa taille. Ouvrant son chemisier, il déposa un baiser au creux de son épaule.

— Tu es sûre de ça ? demanda-t-il avec un irrésistible sourire diabolique avant de glisser la main dans son dos pour dégrafer son soutien-gorge.

Comme elle retenait sa respiration, les yeux fermés, il se pencha sur un de ses seins tendus et en prit la pointe entre les lèvres. Elle fut la première surprise du gémissement sourd qui monta de sa gorge.

Elle avait eu raison de retarder les choses lorsqu'ils étaient plus jeunes, songea-t-elle lorsqu'il la reprit soudain dans ses bras pour entrer dans la chambre. Si elle avait su que ce serait aussi bon, jamais elle n'aurait pu quitter Strachmore. Au moins, aujourd'hui, elle était libre de vivre totalement ce qu'il lui offrait sans chercher à imaginer ce qui se passerait ensuite. Elle s'abandonnerait au plaisir sans arrière-pensée et engrangerait des souvenirs qui la réconforteraient pendant ses vieux jours.

Après l'avoir déposée sur le lit, il la déshabilla, prenant son temps, s'attardant délibérément sur son string en dentelle pour exacerber son désir. Elle était submergée de plaisir, c'était la réalisation de ses rêves érotiques les plus fous.

A son tour, elle laissa ses doigts courir sur le renflement de son pantalon et sourit en l'entendant réagir. Bientôt, il fut aussi nu qu'elle.

— Tu es protégée ? demanda-t-il. Je n'ai rien avec moi.

— Pas de souci. Je prends ce qu'il faut.

Il sourit, soulagé. Plus rien, désormais, ne les empêchait de passer à l'étape suivante, de vivre pleinement l'attirance qui les poussait l'un vers l'autre depuis si longtemps.

S'allongeant contre elle, il couvrit ses lèvres des siennes. Elle gémit en sentant son membre dur contre son ventre, et bientôt ils s'unirent pour une brève étreinte qui apaisa leur désir impérieux. Cet instant était aussi puissant qu'elle l'avait imaginé. Et aussi fabuleux qu'elle l'avait craint…

Puis il l'embrassa de nouveau, lui rappelant qu'ils avaient une nuit entière devant eux pour expérimenter ce que leurs corps avides leur inspireraient.

— Tu pleures ? murmura-t-il. C'était si terrible que ça ?

Des larmes avaient roulé sur ses joues sans qu'elle s'en rende compte.

— Non. C'était… très doux. Très bon. Ça me fait oublier tout le reste.

— Ouf, dit-il, léger. Ma réputation est intacte, alors. Et puisque ça te fait du bien, autant continuer sur notre lancée, non ?

Il se retourna sur le dos, l'entraînant avec lui. Ainsi à califourchon sur lui, elle avait le sentiment de maîtriser la situation.

Tout se passerait pour le mieux entre eux. Ils avaient partagé des instants difficiles, aujourd'hui, et ils avaient le droit d'en connaître de plus agréables. De plus excitants.

Demain ils seraient de nouveau confrontés aux problèmes du domaine familial, mais cette nuit leur appartenait.

7.

Incapable de dormir, Violet regardait le torse de Nate se soulever au rythme paisible de sa respiration. Il avait un corps parfait — ventre plat, épaules larges, torse musclé et… Oh non, il ne fallait pas qu'il reste. Faire l'amour avec lui avait été très excitant, mais pas question d'attendre un deuxième round. Ça ne ferait qu'attirer les ennuis.

Car, contrairement à ses aventures précédentes, les sentiments, cette fois, s'en mêlaient. Et surtout, il l'avait vue pleurer. Jamais elle ne pleurait, ou alors toute seule, sans témoins. Et jamais non plus en faisant l'amour. Heureusement qu'il n'avait pas bondi du lit à la première larme. A présent qu'elle y réfléchissait, c'était même curieux. Si c'était purement physique, entre eux, que faisait-il encore ici ?

Il commençait à s'agiter sous le drap… juste au moment où la porte d'entrée s'ouvrit.

— Hello !

Mme Taylor ! Elle avait oublié que les Taylor avaient un trousseau de clés et arrivaient très tôt pour remplir leurs tâches avant que son père se lève.

— C'est moi, Mme Taylor !

Les marches craquèrent sous ses pas. Pas question qu'elle la découvre avec son fils, nus dans le lit ; ils en entendraient parler jusqu'à la fin des temps. Quant à son père, même s'il commençait à apprécier Nate, il piquerait une grosse, une très grosse colère en l'apprenant.

— Nate ! Réveille-toi !

— Mmh ?

Elle attrapa leurs vêtements abandonnés par terre.

— Ta mère arrive.

— Quoi ? !

Il ne se serait pas redressé plus vite sous l'effet d'un seau d'eau glacée.

— Violet ? Ça va ? demanda Mme Taylor depuis l'escalier. Vous n'auriez pas vu Nathaniel, ce matin ? Sa voiture est garée devant la maison.

Nate pesta entre ses dents et enfila son pantalon.

— Bon sang ! Comment se sort-on de ce genre de pétrin ? demanda-t-il tout bas.

— J'ai une idée. Ne bouge pas.

Elle s'habilla à la hâte et sortit de la chambre pour aller se pencher sur la rambarde.

— Oh ! bonjour, madame Taylor. Nous sommes rentrés très tard de l'hôpital, hier soir, Nate m'a raccompagnée. Il était tellement fatigué que je lui ai proposé de dormir dans l'aile ouest. Je vais l'appeler. Vous pourriez peut-être nous préparer un petit déjeuner, en attendant ?

Elle détestait user de sa position pour mentir et arranger ses affaires, mais, en l'occurrence, quel autre choix avait-elle ?

— Bien sûr, répondit Mme Taylor avec un enthousiasme non feint avant de redescendre.

Les Taylor faisaient partie intégrante de Strachmore et prendraient certainement les rênes lorsqu'elle ne serait plus là.

Soulagée, Violet se tourna vers Nate, désormais habillé. Il arborait une expression contrariée. Aïe. Avait-il mal pris la façon dont elle avait menti à sa mère ?

— C'était juste pour gagner du temps, dit-elle.

— Bien sûr. Ma mère adore jouer les domestiques serviles. Je te retrouve en bas dans cinq minutes.

C'était son tour d'être congédiée et elle n'appréciait pas cela. Pas du tout, même. Le conte de fées était bel et bien terminé. Chacun allait reprendre sa place et retrouver la hiérarchie qui régissait leur vie depuis toujours.

Nate peinait à sourire. Existait-il pire qu'un petit déjeuner en compagnie de sa mère et d'une ex ? D'autant plus que, aux yeux de Violet, il resterait sûrement à jamais le fils de la domestique. Il avala donc rapidement son café et ses toasts avant de se lever.

— Merci pour hier soir, dit Violet, une lueur presque rieuse dans les yeux.

— De rien. Tout le plaisir était pour moi.

Ils n'avaient pas évoqué de suite à leur nuit, mais il allait lui falloir une volonté de fer pour qu'il n'y en ait pas. Encore que... Pourquoi, si elle était d'accord, ne pas prolonger cette relation purement physique le temps qu'elle serait à Strachmore ? Ce serait une excellente façon de régler les problèmes en suspens, et de tourner la page une fois pour toutes.

Etat des lieux de leur relation à ce jour : *amants*.

Violet avait eu toutes les peines du monde à se comporter naturellement et à oublier — comme si c'était possible — que Nate et elle avaient passé la nuit à se découvrir plus intimement. Faire l'amour avec lui avait été l'expérience la plus riche et la plus plaisante qu'elle avait eue depuis son retour. Elle ne demandait qu'à vivre d'autres étreintes aussi passionnées dans ses bras.

L'arrivée de sa mère, ce matin, les avait empêchés d'évoquer ce qu'ils allaient faire à l'avenir, mais elle espérait qu'ils étaient sur la même longueur d'onde. Son seul impératif de la journée était de téléphoner à son travail, à Londres, pour prolonger son congé.

Si le changement d'attitude de son père était une agréable surprise, il n'était pas pour autant devenu un « papa gâteau » en une nuit. Lorsqu'elle était allée le voir après le petit déjeuner, le vieil ours était aussi grincheux qu'à son habitude. Elle l'avait laissé aux mains de l'équipe de rééducation et était revenue au manoir. Il allait falloir rendre Strachmore accessible au public et espérer que son père en accepterait l'idée. La première étape était un grand nettoyage des endroits les plus susceptibles d'attirer les férus d'histoire. Car, si Mme Taylor s'assurait que les principaux quartiers étaient irréprochables, l'aile qui avait abrité les domestiques par le passé était depuis longtemps négligée. Violet ôta donc sa veste en jean et, en simple débardeur mais armée de son chiffon à poussière, de son seau et de sa serpillière, elle commença à nettoyer les lieux.

Elle en était à briquer la grande table de la pièce où le majordome nettoyait et cirait les chaussures par le passé quand elle entendit des bruits de pas. L'idée de rencontrer des fantômes ne l'avait jamais effrayée, mais elle retint malgré tout son souffle jusqu'à ce que le visiteur apparaisse dans l'encadrement de la porte.

— Oh ! Dieu merci, c'est toi, Nate, dit-elle. Je préfère…

— Tout le monde a l'air heureux de me voir, aujourd'hui. Ça change. Même ton père a réussi à être aimable.

— Tu l'as vu ?

— Oui. Et il a accepté d'envisager de rencontrer un thérapeute spécialiste du deuil.

— Oh ! super. Ça ne pourra que l'aider.

Et elle aussi, par la même occasion, surtout si cela leur permettait de parler de ce qui était arrivé à sa mère sans en reporter la faute l'un sur l'autre.

— Il s'est nettement radouci, à mon avis tu pourras bientôt le convaincre d'accueillir des cérémonies de mariage à Strachmore.

Comme il posait les mains sur sa taille pour l'attirer à lui, elle abandonna sa brosse et son éponge.

— Tant mieux. C'est en partie pour cela que je suis ici — pour que nous puissions commencer les visites du manoir en douceur.

Sa bouche s'était brusquement desséchée. Il la serrait contre lui en l'embrassant dans le cou, manifestement prêt à reprendre là où ils s'étaient interrompus la veille.

Chaque étape qu'elle franchissait avec lui, aussi excitante soit-elle, mettait son courage à l'épreuve. Elle s'éloignait chaque fois un peu plus de sa zone de confort, et risquait plus de devoir de rester à Strachmore.

— Il y a tellement à faire. Il va falloir tout repeindre, et consolider la structure si on ne veut pas que des visiteurs reçoivent des poutres ou des pierres sur la tête.

— Ne t'inquiète pas, je t'aiderai. On viendra quand on le pourra et on fera avancer le projet en attendant l'autorisation.

— Comment se fait-il que tu sois là, au fait ? Je croyais que tu serais coincé à l'hôpital.

— Je n'ai pas de patient avant plusieurs heures. Je me suis dit que ça nous donnerait le temps de discuter de nos nouvelles… *dispositions.*

— Ah oui ? Tu peux être plus clair ? demanda-t-elle, troublée par les baisers qu'il lui faisait dans le cou.

— Nous avons passé un si bon moment, hier, que je ne vois pas ce qui nous empêcherait de recommencer. Ni pourquoi nous ne le ferions pas tous les soirs d'ici ton départ.

D'ici ton départ. Les mots qu'elle souhaitait entendre. Ainsi elle était certaine qu'il n'y aurait pas de malentendus lorsqu'elle devrait repartir.

— Tous les soirs, mmh ?

— Absolument. Et même tous les jours si ça nous chante.

Il avait passé la matinée à osciller entre excitation et agacement chaque fois qu'il repensait à ce qu'ils avaient partagé la veille. Pour lui aussi bien que pour ses patients, il devait choisir entre tirer un trait sur ce qui n'était encore qu'une aventure, ou réitérer l'expérience. Un simple regard sur elle lui avait donné la réponse.

— Peut-être que mon séjour ici serait plus agréable, après tout, dit-elle avec un profond soupir.

Elle le taquinait. A l'expression de son visage, elle était aussi excitée que lui. Qui franchit le pas le premier ? Sans concertation, ils se déshabillèrent l'un l'autre avec une hâte quasi frénétique.

Comme elle s'énervait sur les fichus boutons du gilet sans manches qu'il avait stupidement enfilé le matin, il les fit sauter d'un coup, puis la débarrassa de son débardeur. Elle lui enleva alors sa chemise, défit la boucle de sa ceinture, et baissa la fermeture Eclair de son pantalon. Puis elle s'agenouilla devant lui. Lorsque ses doigts se refermèrent sur son érection et qu'elle le prit dans sa bouche, un feu d'artifice éclata sous ses paupières fermées.

— Viens, dit-il lorsqu'il reprit pied dans la réalité.

L'aidant à se relever, il fit glisser son jean, puis son string, sur ses jambes.

— Tu sais, nous ne sommes pas les premiers à nous offrir du plaisir ici, dit-elle, les yeux rivés aux siens. D'après la légende, c'était l'endroit préféré d'un des majordomes le plus réputé de la maison. On dit qu'il avait un don pour séduire les servantes et qu'il gravait ses initiales là où il les emmenait au septième ciel… On en trouve partout dans la propriété. Tiens, regarde.

Elle passa le bout de ses doigts sur deux lettres entrelacées inscrites sur le banc. *BH.*

Il commençait à voir où elle voulait en venir.

— Tu as un canif sur toi ?

— Il y en a un sur le rebord de la fenêtre.

Il grava rapidement ses initiales, *NT*, à l'intérieur d'un placard mural.

— Voilà. Maintenant nous sommes nous aussi entrés dans l'histoire.

Après avoir marqué son territoire, il était impatient de terminer ce qu'ils avaient commencé. Plaquant Violet contre les portes du placard, il prit le chemin du septième ciel. Heureusement, ils étaient suffisamment loin pour que leurs cris d'extase n'alertent personne dans la maison. Il ne manquerait plus que sa mère les surprenne en flagrant délit… Il avait beau veiller sur sa réputation, lorsqu'il s'agissait de Violet, il était prêt à prendre tous les risques. Un jeu dangereux, sans doute, mais ce n'était qu'une amourette de vacances, ce qui excusait cette « sortie de route » inattendue.

— Il a dû s'offrir du bon temps, dit-elle lorsqu'ils eurent repris leur souffle. J'ai vu ses initiales dans le cellier, dans la buanderie, et sur l'arche en pierre au fond du jardin.

— Pourquoi ne pas en faire autant ? On pourrait nous aussi signer notre passage partout où il a laissé sa signature. Je ne vois pas pourquoi seuls les domestiques auraient le droit de prendre du bon temps, ici. Il est grand temps que la maîtresse de maison s'éclate, elle aussi.

Il se contenterait parfaitement de cette liaison clandestine maîtresse-serviteur, du moins tant que cela resterait une aventure excitante avec une durée fixe. Ce qu'elle deviendrait s'ils faisaient l'amour dans chaque pièce de la vaste demeure, effaçant par la même occasion les mauvais souvenirs qui y étaient associés. Une très agréable thérapie pour l'un et l'autre. Ainsi qu'une excellente façon de fermer la porte au passé et d'ouvrir leurs cœurs à l'avenir.

Un avenir qu'ils ne pourraient pas vivre ensemble.

8.

Violet ne connaissait rien de *BH,* sinon qu'il avait été un homme très occupé, mais *NT* faisait de son mieux pour égaler ses prouesses. Nate et elle, pendant ces deux dernières semaines, avaient naturellement usé de discrétion et s'étaient assurés de ne pas vandaliser d'objets anciens tandis qu'ils exploraient les pièces oubliées de Strachmore dans le but officiel de les rénover.

Son père, grâce aux séances avec ses physiothérapeutes et au régime de Mme Taylor, reprenait un peu plus de forces chaque jour. Violet avait clairement annoncé qu'elle retournerait travailler à la fin du mois et cela l'avait convaincu d'envisager de rendre le domaine autonome. Il avait même donné son accord de principe aux suggestions qu'elle lui avait faites avec Nate, et apposé sa signature sur les documents administratifs requis.

Nate y avait été pour beaucoup. Ses explications avaient été cruciales dans les négociations. Sa présence avait de plus fait barrage aux obstacles émotionnels. Le père de Violet avait même proposé de vendre quelques tableaux qu'il avait en réserve pour engager un gestionnaire d'événements et tout le personnel nécessaire. A présent que Strachmore présentait un peu plus d'intérêt — et qu'il y avait encore quelques endroits à conquérir pour *NT* —, Violet pourrait même peut-être y revenir de temps à autre.

Nate et elle n'avaient pas envisagé ensemble cette possibilité, pas plus que celle de renouer si elle le faisait. Elle n'aurait pas de place permanente dans sa vie à lui, du moins pas plus qu'elle n'en avait eu jusqu'à présent, et n'avait aucune raison d'espérer davantage que ce qu'ils partageaient déjà. Ils s'entendaient merveilleusement bien au lit. Rompre les ponts alors qu'ils vivaient de si bons moments ensemble aurait été dommage. Passer davantage de temps avec Nate lui donnerait de quoi attendre la fin de la semaine avec des perspectives plus excitantes qu'une pizza avalée devant un film à la télé.

Nate était à cet instant en train de bavarder avec les photographes et les convives d'un mariage. Fascinée, Violet l'écoutait à distance raconter aux jeunes mariés l'histoire de la famille Dempsey. Il faisait désormais autant qu'elle partie de Strachmore. Et plus que jamais après leurs dernières escapades dans le jardin. Elle aurait du mal, désormais, à imaginer la propriété sans lui.

D'un signe, il lui demanda de le rejoindre. Les mariés, des confrères à lui de l'hôpital, avaient choisi Strachmore comme cadre pour leur album de photos. Ils avaient reçu carte blanche pour se promener dans le domaine, ce qui était un premier pas pour accoutumer son père à l'idée de partager son manoir avec des étrangers.

Les jeunes mariés, très émus, s'étreignaient en contenant mal leurs larmes.

— Moi aussi je pleurerais si j'étais condamnée à une vie de misère, dit tout bas Violet en arrivant près de Nate.

Elle n'avait aucune intention de gâcher leur bonheur, mais, pour elle, le mariage était en grande partie responsable du malheur qui avait frappé sa demeure familiale pendant tant d'années. Les aveux de son père sur son amour pour sa mère n'avaient fait que lui brouiller les idées.

A présent qu'elle savait à quel point il avait aimé sa femme et combien elle lui manquait, elle se demandait si refuser d'admettre ses sentiments n'était pas tout aussi destructeur. Apparemment, une fois que l'amour vous tenait dans ses serres, les jeux étaient faits. Plus question de faire semblant ou de fuir.

— Tu ne trouves pas les mariés attendrissants ? demanda Nate d'un air intrigué.

Elle haussa les épaules.

— Je ne suis pas une fan du mariage. Tu as vu toi-même ce que ça a fait à ma famille. Et ces deux-là… Ils ont les yeux pleins d'étoiles, mais elle a sans doute renoncé à tous ses rêves pour jouer la parfaite maîtresse de maison.

Elle s'accrochait à sa croyance que sa mère avait été la seule victime de son mariage. C'était cela ou admettre que ses deux parents avaient leur part de responsabilités, donc qu'ils avaient vécu une association plutôt qu'une dictature, et qu'ils étaient par conséquent aussi responsables l'un que l'autre de leurs actions. Cette idée de libre consentement remettait en question tous les prétextes derrière lesquels elle se retranchait pour rester célibataire.

— On n'est plus au XIXe siècle, tu sais, dit Nate calmement. Les femmes peuvent se marier, avoir des enfants, et continuer à travailler si elles le souhaitent.

Elle fronça les sourcils pour l'observer. Pour un homme aussi rétif à tout engagement, il tenait un discours curieusement pro-mariage.

— Je ne t'imaginais pas en défenseur des épousailles, dit-elle, moqueuse.

— Je ne le suis pas. Mais certains, c'est évident, s'en accommodent parfaitement. Mes parents, par exemple. En ce qui me concerne, je n'ai rien contre la lune de miel. C'est de me sentir prisonnier qui me poserait problème. Et puis…

— Oui… ?

— Je n'aime pas l'idée que l'amour peut venir à bout des problèmes, alors qu'en fin de compte il ne fait qu'en créer encore plus. Tout ça, c'est bon pour les sentimentaux qui rêvent d'une maison avec jardin et 2,4 enfants. Mais tu as raison, certains d'entre nous ont des rêves plus ambitieux.

En fait, il partageait ses idées, et elle aurait dû en être soulagée. Or, pas du tout. Qu'il soit devenu aussi cynique qu'elle sur ce sujet l'atterra. Il avait tellement changé… et elle était certaine d'être responsable de son attitude. Elle l'avait blessé plus qu'il ne voudrait l'admettre. L'égoïsme dont elle avait fait preuve l'avait empêché de fonder la famille heureuse qu'il méritait. La malédiction des Dempsey avait encore frappé.

Ils suivirent la noce à travers le parc et Violet alla s'asseoir sur un banc de pierre abrité sous un eucalyptus. Roulant une feuille entre ses doigts, elle en respira l'odeur agréablement mentholée, qui apaisa la légère nausée qu'elle éprouvait.

Elle aurait bientôt ses règles, ce qui expliquait sans doute ce mal de cœur. Encore que… Elle procéda à un rapide calcul. Elle était là depuis trois semaines, et ses dernières règles remontaient à… une quinzaine de jours avant qu'elle prenne son congé. Elle fronça les sourcils. Non. Elle devait faire erreur. Son cycle durait vingt-huit jours et avait la régularité d'un métronome. Elle compta de nouveau, et non, elle ne se trompait pas. Il s'était écoulé bien plus de temps qu'elle ne le pensait. Ce devait être dû au stress.

Un nouveau haut-le-cœur la souleva et elle enroula les bras autour de la taille. Nate vint aussitôt s'asseoir près d'elle.

— Hé !… Ça va ? Tu es toute pâle, tout à coup.

Il posa la main sur son front soudain moite. La santé de son père était passée avant tout le reste et elle n'avait pas tenu compte de la sienne. Elle se rappela l'horrible nuit où elle avait attendu avec Nate d'avoir de ses nouvelles. Elle en avait été si perturbée qu'elle avait oublié de prendre sa pilule. Oui, elle payait aujourd'hui son imprudence. Et au prix fort.

Comment pourrait-elle jamais fuir Strachmore si elle

était enceinte ? Vers qui se tournerait-elle, à Londres, pour s'occuper d'un bébé pendant qu'elle travaillait ? Elle n'avait pas les moyens de payer une nourrice. Et Nate ? Ce n'était sûrement pas dans ses projets non plus, d'autant qu'elle lui avait assuré qu'il n'y aurait jamais entre eux plus qu'une aventure. Il avait été très clair : il ne voulait pas s'engager. Inutile d'espérer le faire changer d'avis en le mettant face à une paternité inopinée.

Avoir un enfant n'avait jamais été dans ses projets. Elle ne voulait ni de la responsabilité ni du chaos que cela occasionnerait dans la nouvelle vie qu'elle s'était créée. Une vie tranquille, bien organisée, d'où l'amour était tout simplement banni. C'était bien pour cela qu'elle avait été impatiente de repartir, pour mettre autant de distance que possible entre Nate et ses sentiments pour lui. Mais à présent…

A présent, elle avait un gros problème. Si le pire se confirmait, elle devrait implorer la pitié de son père et le supplier de s'occuper de sa fille enceinte — et célibataire. Sa vie en serait à jamais bouleversée.

— Je crois que je vais vomir.

Nate avait voulu suivre Violet quand elle s'était brusquement levée du banc de pierre, mais elle l'avait envoyé rejoindre la noce. Il avait dû obtempérer ; la réputation de Strachmore s'établirait comme bien souvent par le bouche-à-oreille, tout manquement à ses fonctions aurait nui au succès de l'entreprise.

Une fois les mariés et leurs invités partis poursuivre les festivités ailleurs, toutefois, il courut auprès de Violet, qu'il trouva dans sa chambre, assise sur le lit ; elle s'était changée et avait troqué la robe achetée spécialement pour l'occasion contre son jean et son sweat gris. Démaquillée, elle semblait encore plus pâle. Comment avait-il pu la laisser si longtemps seule ?

Puis il vit la valise ouverte au pied du lit, avec les vêtements qu'elle avait commencé à y jeter. Et il paniqua.

— Qu'est-ce qui ne va pas, Violet ? Tu as mal quelque part ? Tu veux que je te conduise à l'hôpital ?

— Non, ça va. Enfin… pas vraiment. Mais je n'ai pas besoin d'aller à l'hôpital. Je veux rentrer chez moi.

S'agenouillant devant elle, il lui prit la main. Quel idiot… Il l'imaginait déjà en robe blanche alors qu'elle avait de toute évidence d'autres projets, qui ne l'incluaient pas.

— Ce n'est pas la peine. Le couple et son cortège sont partis. Si c'est une allergie au mariage que tu nous fais, va traîner dans un ou deux tribunaux spécialisés en divorces, ça neutralisera les toxines.

Sa plaisanterie ne la fit même pas sourire.

— Ce n'est pas ça. Merci d'avoir organisé la séance de photos, aujourd'hui ; tout le monde semble avoir beaucoup apprécié. C'est juste que je… je ne peux pas continuer…

La tête enfouie dans les mains, elle se mit soudain à sangloter.

Elle allait donc repartir, et sans préavis, alors qu'il aurait dû avoir encore deux semaines à passer avec elle. Il eut la même sensation de vide que la première fois.

— Tu as besoin de quelque chose ?

— Comme quoi ? Un test de grossesse, par exemple ? demanda-t-elle avec un rire qui sonnait faux.

— Ne plaisante pas avec ce genre de chose, Violet.

— Ça n'a rien d'une plaisanterie, malheureusement. J'ai du retard.

Atterré, il eut un mouvement de recul.

— Mais… tu prends la pilule, non ?

— Je crois que j'ai manqué le soir où papa a fait son deuxième infarctus.

— Mmh. Tu étais en plein stress.

Se redressant lentement, il se passa la main dans les cheveux, répertoriant les solutions possibles. De celles qui ne les lieraient pas pour le restant de leur vie.

— J'ai eu des nausées, aujourd'hui… D'une certaine manière, je ne suis pas surprise. J'aurais dû me méfier ; tout se passait trop bien.

Les larmes roulèrent de nouveau sur ses joues ; il était évident qu'elle ne souhaitait pas plus que lui avoir un enfant. Ni lui ni elle n'avaient cherché à être parents ; ils n'étaient même pas ensemble depuis un mois.

— Bon. On trouvera une solution. J'ignore encore laquelle, mais on trouvera.

Son anxiété le contaminait ; il en avait presque des crampes d'estomac.

Un enfant… Il allait bouleverser tant de vies — celle de Violet, la sienne, celle de ses parents, du comte. Bon sang, il aurait dû prévoir, au lieu de se laisser mener par son désir. A présent c'était l'avenir de Violet qui était gâché, cet avenir qu'elle avait bien organisé pour qu'il n'y ait pas sa place.

— Ce n'est pas à toi d'en subir les conséquences, Nate. C'est pour ça que je m'en vais. C'était ma faute, je réglerai le problème seule.

Evitant son regard, elle recommença à jeter des affaires dans la valise.

Soudain il eut l'impression qu'un étau lui étreignait la poitrine. Si Violet attendait un bébé, il voulait l'inclure dans sa vie et prendre part à toutes les décisions qui le concerneraient. Quels que soient les sentiments de Violet pour lui, il n'était pas question qu'elle s'en charge seule. Un enfant avait besoin d'un bon départ dans l'existence et, surtout, il ne devait pas se sentir abandonné, comme lui l'avait été lorsqu'il avait cherché à améliorer son sort.

— Ne précipitons rien, Violet. D'abord, allons chercher un test.

Ils devaient avant tout être certains qu'elle était bien enceinte. Ce qui lui donnerait le temps de la convaincre de rester. Et cette fois pour toujours. Même si cet enfant n'avait pas été planifié, Nate assumerait ses responsabilités. Violet était la seule femme avec laquelle il avait imaginé passer le reste de sa vie.

Seulement, cette grossesse imprévue n'améliorerait probablement pas ses chances que son amour soit payé de retour. En outre, la nouvelle risquait fort d'anéantir les timides progrès de Violet avec son père, pour qui la réputation passait en priorité.

Le trajet jusqu'à la pharmacie lui permit de voir plus clair et de prendre sa décision.

— Epouse-moi, Violet, lui dit-il une fois que, de retour au manoir, elle eut fait le test.

Il l'aimait. Ses sentiments s'imposaient à lui avec trop de force pour qu'il puisse les nier. C'était la meilleure solution pour tous les deux — tous les trois. Ils avaient besoin l'un de l'autre.

— Ne sois pas bête, répondit Violet à Nate.

Ce n'était pas une proposition de mariage qui l'aiderait à combattre ses vertiges. Surtout après qu'il lui avait révélé ce qu'il en pensait vraiment. Il ne l'aimait pas, et n'avait même jamais envisagé de passer le restant de sa vie avec elle — jusqu'à ce qu'ils voient l'écran afficher leur avenir.

Enceinte.

2-3 semaines.

Un rire étranglé jaillit de sa gorge nouée, mais elle était prête à fondre de nouveau en larmes.

— Je suis sérieux, Violet. Ce bébé a besoin d'un père, et

toi d'un mari — même si je connais ton opinion au sujet du mariage. Ça peut n'être que sur le papier, à moins que nous continuions à faire l'amour quand nous en avons envie. Ce que je veux dire, c'est que rien ne nous oblige à nous aimer. Je n'attendrai rien de toi sur ce plan-là, mais j'ai une maison où cet enfant pourra vivre, j'ai de quoi subvenir à tes besoins et aux siens, et de cette façon ta réputation sera intacte.

Il avait l'air très content de lui, alors qu'il déchirait son cœur en petits morceaux.

L'homme qu'elle n'avait jamais cessé d'aimer, le père du bébé qu'elle portait, lui offrait un mariage de convenance. Ni plus, ni moins. C'était pire encore que celui que son père avait voulu arranger pour elle. Sans doute parce qu'elle se savait amoureuse de Nate et qu'elle avait gâché ses chances que ses sentiments soient payés de retour. C'était pour cette raison qu'elle avait voulu repartir à Londres : pour l'oublier. A présent, toutefois, avec l'enfant qui grandissait dans son ventre, il n'y avait aucune chance qu'elle y parvienne jamais.

Nate cherchait à agir pour le mieux. C'était pour cela qu'il lui proposait de l'épouser. Mais elle avait suffisamment semé le désordre dans sa vie, il aurait été injuste de l'encombrer d'une femme et encore plus d'un enfant qu'il n'avait pas souhaité. Quant à elle, elle ne renoncerait pas à son emploi pour une vie de couple forcée. Pas question de reproduire la vie tragique de sa mère.

Elle préférait encore élever son enfant seule plutôt que de lui donner un père qui ne serait là que par sens du devoir. La nouvelle génération des Dempsey méritait mieux, surtout après le mal qu'elle s'était donné pour s'émanciper des sacro-saintes règles de la bonne société.

— Ça ne marcherait jamais, Nate. Tout ce que nous réussirons à faire, c'est de nous rendre l'un et l'autre malheureux. Le mariage n'est pas pour nous. C'est bon pour ceux qui s'aiment et qui sont prêts à renoncer à tout pour être ensemble. Non… Oublie-moi, oublie le bébé, et fais comme si je n'étais jamais revenue.

Plus facile à dire qu'à faire. La tête lui tournait rien qu'en songeant aux semaines qu'ils venaient de passer ensemble et à la relation tumultueuse de ses parents qui, pour avoir commis une erreur, avaient dû consentir à de nombreux compromis. Dans son cas à elle, l'erreur avait été de tomber amoureuse d'un homme qui, parce qu'elle lui en avait fait voir de toutes les couleurs, ne pourrait jamais plus partager ses sentiments.

— Impossible, dit-il en lui posant doucement la main sur le ventre, revendiquant ainsi ses droits sur cet enfant qui y grandissait.

Elle la repoussa vivement.

— Pas si je repars. Je ne veux pas de toi dans ma vie, Nate. Ça n'a jamais été notre choix.

Ce mensonge était sa façon à elle de le protéger : en le faisant passer avant ses propres désirs. Même si c'était au prix d'un douloureux sacrifice.

Nate était anéanti. Tout ce qu'il avait accompli, tout ce qu'il avait investi semblait trouver son aboutissement dans cet instant où il avait proposé à Violet de tout partager avec elle et leur enfant. Et pourtant elle ne voulait toujours pas de lui. La maison, son travail, la voiture… rien de tout cela ne pouvait la convaincre. Or sans elle, qu'avait-il à faire de tout cela ?

— Je sais que ce n'est pas ce que nous avions prévu, mais j'essaie de faire au mieux pour nous, Violet, dit-il en s'efforçant de garder son calme.

Mieux valait éviter de la rendre encore plus nerveuse qu'elle n'était déjà.

Elle s'était toujours défilée devant les discussions trop

intenses, et surtout trop personnelles, choisissant de fuir plutôt que d'affronter la vérité — comme il l'avait déjà découvert à ses dépens. Après leur premier baiser, elle avait disparu pendant douze ans. Si elle repartait, cette fois il la perdrait pour toujours.

— Je veux juste que tu t'en ailles, Nate.

Elle avait déjà le ton las de la mère célibataire fatiguée s'adressant au père absent. Même s'il ne souhaitait pas rendre les choses plus difficiles ni se quereller avec elle, il lui était impossible de lui tourner le dos ; c'était tout de même lui qui l'avait mise dans cet état.

Il voulait être auprès d'elle pour voir son ventre s'arrondir, pour la voir s'épanouir, pour découvrir avec elle leur bébé sur l'écran de l'échographe. Le rôle de père attentionné était essentiel pour lui, d'autant plus que ni elle ni lui n'y avaient eu droit en grandissant. Celui de Violet s'était avant tout soucié de sa place dans la société, et la priorité de ses propres parents était Strachmore.

Lui non plus n'avait pas eu une enfance insouciante. Il en gardait surtout le souvenir d'une interminable succession de corvées, et de sermons sur l'art et la manière d'être respectueux et de se rendre invisible aux yeux du comte. Rien qui donne à un enfant le sentiment d'être aimé. Peut-être, s'ils avaient tous deux été acceptés par leurs familles respectives pour ce qu'ils étaient, Violet et lui n'en auraient-ils pas été là.

Si Violet ne voulait pas de lui dans sa vie, il ne pouvait que s'incliner, mais il tenterait au moins de faire partie de celle de leur enfant. Ce qui serait compliqué si elle retournait à Londres. Mais il était prêt à consentir à des sacrifices pour la convaincre de rester, si cela pouvait éviter de faire grimper les statistiques des enfants issus de parents séparés.

— D'accord. Je m'en irai, mais à la condition que tu restes à Strachmore jusqu'à ce que tu reprennes ton travail.

Je veux que tu sois totalement certaine que c'est ce que tu souhaites.

Il se dirigea vers la porte avec des semelles de plomb. Lui qui avait tant souffert de sa disparition soudaine, il aurait cru plus facile d'être au courant de son départ. Rien n'était plus faux. La voir sortir de sa vie serait la pire épreuve qu'il ait jamais connue.

— J'en suis certaine.

Ce fut comme si, tuant l'ultime espoir auquel il s'était accroché, elle lui plantait un couteau dans le dos.

9.

— Ça ne devrait plus être long, maintenant.

Violet, dans la salle d'attente de l'hôpital, s'efforçait de calmer son père, dont la patience n'était pas le fort. D'autant qu'il regimbait encore à consulter un thérapeute spécialiste du deuil. Elle-même était mal à l'aise, et craignait de tomber sur Nate. Il s'était écoulé plus d'une semaine depuis qu'elle lui avait demandé de la laisser tranquille. Comme elle s'y attendait, il avait tenu parole et gardé ses distances. Elle avait donc passé ces derniers jours à Strachmore en s'efforçant d'envisager ce qu'elle comptait faire.

— Il y a un moment que je n'ai pas vu Nathaniel, dit son père, choisissant le seul sujet qu'elle aurait voulu éviter. Vous êtes brouillés, tous les deux ?

La seule idée de lui annoncer la venue prochaine d'un petit-fils ou d'une petite-fille la liquéfiait.

— Il est très occupé, tu sais, on a sans doute perturbé son emploi du temps en le faisant venir trop souvent à Strachmore.

Elle n'abuserait pas plus longtemps de lui en le rendant comptable de sa propre erreur. Qu'elle reste ou qu'elle retourne à Londres, elle devait se résigner à ce qu'il ne soit plus dans sa vie.

— Je ne suis ni idiot ni aveugle, Violet. Ce garçon est amoureux de toi depuis des années, et toi de lui. Alors, pour qu'il disparaisse aussi soudainement, c'est qu'il s'est passé quelque chose. Ça ne me regarde pas, mais je ne veux pas que cela influe sur ta décision de revenir ici. Je sais que mon comportement a pu t'éloigner de Strachmore par le passé, mais je voudrais sincèrement que tu continues à me rendre visite de temps à autre.

Il venait de franchir un énorme pas en admettant ses erreurs et son désir qu'elle revienne dans sa vie, mais… Nate amoureux d'elle ? Si seulement son père pouvait avoir raison. Elle tripota nerveusement le bas de son T-shirt, résolue, même s'il lui en coûtait beaucoup, à lui révéler son état. La fille du comte enceinte du fils de la gouvernante ! Scandale assuré dans les potins mondains… Elle prit une forte inspiration et se lança.

— Je suis enceinte.

Elle se raidit…

— Et il refuse de prendre ses responsabilités ?

C'était tout ? Pas de cris, pas d'invectives ?

— Non. Il… il m'a même proposé de m'épouser.

— Mmh. Alors quel est le problème ?

— Je ne veux pas qu'il le fasse juste parce que c'est la chose correcte à faire. J'aime mieux rester seule que vivre avec quelqu'un qui se sacrifie au nom des convenances.

Bien sûr, la façon dont elle éconduisait Nate pouvait paraître insensible, surtout à la lumière de la situation, mais c'était pourtant la vérité. S'il y avait eu un peu plus de tendresse entre ses parents, ou entre Nate et elle, les choses auraient pu se passer autrement. Et si elle-même avait été honnête quant à la force de ses sentiments pour lui douze ans auparavant, peut-être auraient-ils eu une chance.

Contre toute attente, un demi-sourire apparut sur les lèvres de son père.

— Le mariage a toujours été ton point de friction. Mais ça ne veut pas dire que vous ne pouvez pas vivre ensemble. Les temps ont changé, tu me l'as assez répété.

Il avait donc écouté ses diatribes contre le sens de la tradition qu'il n'avait pas pu lui transmettre. Il n'y avait encore pas si longtemps, un enfant illégitime aurait été pour lui le summum de la honte, mais désormais il cherchait avant tout à préserver leur relation.

— Je ne pourrais pas vivre avec un homme qui ne m'aime pas. Ce ne serait pas sain, ni pour moi ni pour mon enfant.

— Ecoute, Violet… Seul un homme amoureux peut supporter un bonhomme aussi irascible que moi et faire son possible pour assurer l'avenir de Strachmore. Tu veux mon avis ? C'est *toi* qui ne veux pas t'engager.

— En attendant, il ne me l'a jamais dit, rétorqua-t-elle, vexée.

Après tout, elle lui avait tout de même permis de se retirer du jeu s'il le souhaitait. Ce genre de magnanimité n'était pas donné à tout le monde. Surtout alors qu'elle était folle de lui et qu'elle portait son enfant !

— Et toi ? demanda son père. Tu sais, si j'avais le pouvoir de changer les choses, je ferais en sorte que ta mère et moi parlions à cœur ouvert. Et je l'écouterais. Alors fais bien attention, Violet. Ne tourne pas le dos à ce qui t'arrive par peur de la vérité. Tu passerais le reste de ta vie à le regretter.

Mais n'était-il pas déjà trop tard ? Elle avait repoussé Nate, lui avait dit des choses horribles pour être certaine qu'il ne revienne pas. Son silence, depuis, était la preuve qu'elle avait réussi au-delà de toute espérance.

— Mais toi, papa… Tu ne m'en veux pas, pour ce bébé ?

Il soupira en secouant la tête.

— Ce n'est pas ce que j'aurais souhaité pour toi, bien sûr, mais ce n'est pas non plus la fin du monde. Tout ce que je veux, c'est ton bonheur.

Se penchant, il lui pressa la main. Le seul geste de tendresse qu'il se soit jamais permis. Elle sentit les larmes lui monter aux yeux.

— Lord Dempsey ? appela la réceptionniste. Le médecin vous attend.

Violet se redressa brusquement — *trop* brusquement. Le sang afflua à sa tête et elle dut se retenir au siège pour ne pas tomber. La réceptionniste vint aussitôt la soutenir.

— Vous ne vous sentez pas bien ?

— Elle est enceinte, répondit son père pour elle en lui frottant le dos.

— C'est juste un étourdissement, dit Violet en esquissant un faible sourire. Mon cœur bat un peu vite mais ça m'arrive assez souvent, ces temps-ci.

Il ne manquerait plus que Nate l'apprenne… En attendant, elle se sentait vraiment faible et sur le point de s'évanouir.

— Au moins vous êtes au bon endroit pour ça, répondit gentiment la jeune femme. J'appelle tout de suite pour qu'on vous conduise aux urgences.

Violet, qui s'efforçait de rester consciente, eut tout juste la force d'acquiescer d'un battement de cils.

Violet fut rapidement allongée sur un lit et reliée à un moniteur cardiaque. On lui avait fixé des électrodes sur tout le corps et fait des prises de sang. Que s'attendaient-ils à trouver ? Son anxiété croissait à chaque seconde qui passait. Instinctivement, elle posa les mains sur son ventre en s'efforçant de ne pas céder à la panique.

Le médecin étudiait les résultats de son examen et ses sourcils froncés ne faisaient rien pour apaiser son angoisse.

— Votre pouls est un peu trop rapide. Les contractions du cœur sont désorganisées, et c'est le manque d'oxygène qui est responsable de vos étourdissements.

— Est-ce que… c'est mauvais pour mon bébé ?

C'était tout ce qui comptait. Même si cet enfant n'avait

pas été programmé, elle ne voulait pas qu'il lui arrive quoi que ce fût. Il était tout ce qui lui restait de Nate, désormais.

Le médecin secoua la tête avec un sourire rassurant.

— Vous n'avez pas à vous inquiéter. Mais nous allons tout de même vous envoyer aux soins intensifs ; vous bénéficierez d'une surveillance accrue pendant le traitement.

Les soins intensifs ! Le seul service de l'hôpital où elle était certaine de rencontrer Nate. Le père de son enfant ne risquait pas de rester à l'écart si elle et son bébé pénétraient sur son territoire. Il interviendrait pour s'occuper d'eux. La destinée s'assurerait qu'ils se rencontrent une dernière fois avant son départ pour Londres.

Londres. Cette ville avait été son salut, son chemin vers l'indépendance, mais, aujourd'hui, rentrer dans son appartement vide ne serait plus qu'un châtiment. Ici, elle avait sa famille. Des amis. Et elle avait Nate. A Londres, elle n'avait que son travail. Occupée à protéger son cœur, elle s'était isolée à la fois physiquement et émotionnellement de tous ceux qui avaient tenté de l'approcher. Une situation certainement pas idéale pour élever un enfant seule. Et s'il y avait des complications durant sa grossesse ? Elle n'avait personne vers qui se tourner, là-bas. Elle y avait soigneusement organisé son autonomie. Mais sa maternité à venir bouleversait ses désirs d'indépendance à tous crins.

Ces dernières semaines lui avaient rappelé le plaisir d'être proche de quelqu'un, d'être aimée et d'aimer. Son père attendait patiemment d'avoir des nouvelles d'elle et du bébé, c'était un virage majeur dans leur relation, en même temps qu'un aperçu de la vie qu'elle aurait pu avoir ici. Alors non, retourner dans son studio, enceinte et émotionnellement brisée, n'était pas une perspective réjouissante. Strachmore et ceux qui y étaient associés lui manqueraient cruellement.

Après avoir posé un stimulateur cardiaque à un de ses patients, Nate se préparait pour ses visites. Depuis une semaine, il s'immergeait dans son travail, ce qui lui évitait de courir jusqu'à Strachmore pour voir si Violet y était encore. Elle lui avait clairement dit qu'elle ne voulait plus de lui, mais cette fois, quitte à la suivre jusqu'à Londres, il refusait de se soumettre à sa décision. D'ailleurs, rien ne le retenait ici. La maison dont il avait été si fier lui paraissait désormais trop grande, trop vide. Des jouets auraient dû traîner un peu partout dans ces pièces vides, qui lui rappelaient constamment ce qu'il avait perdu.

Jamais il ne serait digne de la fille du comte. Ou peut-être ne l'avait-elle jamais vraiment aimé et il avait choisi d'en attribuer la faute à son éducation. Quoi qu'il en fût, elle ne voulait pas de lui, et il se retrouvait totalement seul et perdu sans elle.

Il allait tout de même devoir, tôt ou tard, annoncer à ses parents qu'ils auraient bientôt un petit-fils ou une petite-fille qu'ils ne connaîtraient sans doute jamais. Et se résigner à ce qu'un jour Violet trouve le bonheur avec un autre. Si elle continuait à refuser de le voir, peut-être s'installerait-il ailleurs. Il ne pourrait plus supporter d'aller à Strachmore, ni même d'en entendre parler.

Tout à ces pensées, il sursauta. L'espace d'une seconde, alors que les portes des soins intensifs s'étaient brièvement ouvertes, il avait cru voir le comte dans le couloir. Impossible. Comment aurait-il été réadmis sans qu'il soit au courant ? Il devait tout de même s'en assurer auprès de l'infirmière en chef…

— Samuel Dempsey a-t-il été de nouveau hospitalisé ?

— Non, cette fois, il est ici pour sa fille. Elle est arrivée hier.

— Quoi ? Et comment se fait-il qu'on ne m'en ait pas informé ?

— Elle a insisté pour que personne ne le sache. Nous l'avons installée dans la 1 et…

Il courait déjà vers la chambre en question. Une femme enceinte n'était pas admise en soins intensifs sans raison. Si Violet ou son bébé étaient en danger, rien ni personne ne pourrait l'empêcher d'être auprès d'elle.

— Nate ! s'écria-t-elle lorsqu'il surgit dans sa chambre.

Elle était si pâle, allongée dans ce lit blanc entouré de moniteurs cardiaques.

— Tu vas bien ? Et le bébé ? demanda-t-il en attrapant aussitôt le dossier médical qu'il parcourut fébrilement.

— Nous allons très bien tous les deux, oui. C'est juste que je n'ai pas très bien dormi la nuit dernière, ils m'ont trouvé une chambre un peu plus calme.

En dépit de leur dernière rencontre, elle semblait heureuse de le voir.

— Pourquoi ne pas m'avoir averti ? demanda-t-il à son père assis à son chevet.

— Il n'est pas responsable, répondit-elle pour lui. C'est moi qui lui ai demandé de ne pas le faire. Je ne voulais pas t'entraîner dans mes problèmes.

— Pourquoi ? C'est *mon* enfant aussi. Je veux être informé.

Il regretta, mais trop tard, d'avoir dévoilé le secret. Peut-être ne voulait-elle rien dire à son père avant de retourner à Londres. A présent, il aurait cela de plus sur la conscience.

— C'est exactement ce que je lui ai conseillé de faire, soupira cependant le comte en se levant. Et il est grand temps que vous ayez une discussion sérieuse à propos de cet enfant à venir, tous les deux.

Dès qu'il fut sorti, Nate se pencha vers elle.

— Pourquoi lui as-tu dit ?

— Je n'aurais pas pu le cacher très longtemps, de toute façon. Et il l'a pris bien mieux que je ne le craignais. En fait, il n'a même pas été surpris. Nous n'avons probablement pas été aussi discrets que nous le pensions…

Troublé par son petit sourire amusé, il s'efforça de reprendre une attitude professionnelle. Au moins était-il rassuré qu'elle ne soit pas en danger dans l'immédiat.

— Bon, voyons où tu en es…

Il connaissait la tachycardie ventriculaire pour l'avoir très souvent rencontrée chez ses patients, dont des femmes enceintes. Les complications éventuelles étaient généralement dues à la présence d'une maladie cardiaque, ce qui aurait pu être inquiétant étant donné le récent infarctus de son père. L'échographie et l'ECG avaient heureusement exclu cette possibilité. Violet avait toutefois été admise avec une sévère tachycardie de près de cent quarante battements par minute.

— Je t'assure que je vais bien, dit-elle.

— Peut-être, mais on va faire ce qu'il faut pour rétablir ton rythme cardiaque avant que tu sortes d'ici.

Pas question de la laisser repartir avant d'être certain qu'il n'y avait aucun problème. On lui avait déjà administré un bêtabloquant sans résultat. Or il y avait toujours une chance, fût-elle infime, que les remèdes traversent le placenta, aussi estimait-il préférable d'interrompre ce traitement puisqu'il n'y avait aucun bénéfice apparent. Mais l'autre option ne lui plaisait pas non plus.

— Ils veulent m'emmener en salle d'opération, dit-elle d'une voix légèrement tremblante qui démentait son apparente assurance.

— Si ton rythme cardiaque ne se régule pas, ils envisagent une cardioversion électrique. Autrement dit, ils redonneront un rythme à ton cœur grâce à de légers chocs électriques.

— Comme tu l'as fait pour papa ?

— En quelque sorte. Mais sans le stress.

Il ne put s'empêcher de relever une mèche tombée sur son front. Si elle choisissait de partir seule à Londres, c'était peut-être la dernière fois qu'il la voyait. Et son ultime chance de lui ouvrir son cœur. Après tout, qu'avait-il à perdre, désormais ?

Violet, troublée par ce contact, frissonna.

— Nate…

— Tu m'as fait très peur, tu sais. Apprendre que tu étais ici m'a complètement paniqué. Alors, même si tu ne veux pas l'entendre, je te le dis tout de même : je veux t'épouser, Violet. Afin que nous voyions notre enfant grandir ensemble.

— Je comprends, mais moi je ne veux pas d'un mariage de raison, Nate. Tu ne m'aimes pas et il n'est pas question que tu bouleverses ta vie pour moi. Et je ne veux pas non plus sacrifier la mienne, pour personne. J'ai vu à quoi cela a mené ma mère.

— Mais qui parle de sacrifices ? Je te demande simplement de vivre avec moi. Et d'où sors-tu que je ne t'aime pas ? Je t'ai aimée dès notre première soirée dans le hangar à bateaux et je n'ai jamais cessé depuis. C'est *toi* qui me fuis.

— Pourtant… à t'entendre, m'épouser est une simple obligation pour toi. Jamais tu ne m'as dit que tu… que tu m'aimais.

— La dernière fois que je l'ai fait, tu as disparu pendant plus de dix ans. Alors oui, j'ai des réticences à recommencer. Je sais que je ne suis pas à la hauteur. Malgré mes diplômes, je ne serai jamais membre de l'aristocratie, mais je te promets de veiller sur toi et sur notre enfant. Je ne te demande rien de plus que de nous donner une chance, Violet.

Son cœur cognait si fort dans sa poitrine… Elle ferma les yeux une seconde, comme étourdie, puis les rouvrit.

— J'avais peur, c'est pour ça que je suis partie, la première fois, et pour ça aussi que je m'apprêtais à partir de nouveau. Je me disais que c'était préférable pour toi. J'ai vu l'amour de mes parents, à cause des pressions de la bonne société, se transformer peu à peu en haine. Pour rien au monde je ne voudrais que ça se passe comme ça entre nous. Et il n'était pas question non plus que je t'enferme dans une vie que tu n'aurais pas choisie. Pourquoi te chargerais-tu de ton plein gré d'un bébé, d'un comte acariâtre et d'un domaine endetté ?

S'asseyant sur le bord du lit, il lui prit la main.

— Je t'aime, Violet. Mon amour est assez fort pour me permettre de tout accepter.

Jamais elle ne se lasserait de l'entendre prononcer ces mots.

— Tu es sérieux ?

— Je ne l'ai jamais été plus qu'à cette seconde. Je veux t'épouser parce que je t'aime. Et cet enfant est la cerise sur le gâteau, si je peux dire, fit-il avec une lueur amusée dans les yeux.

Il se pencha pour l'embrasser et elle ferma les yeux afin de répondre à son baiser. Dès que leurs lèvres se rencontrèrent, toute tension la quitta ; une sensation de paix descendit enfin sur elle, la libérant des fardeaux du passé. C'était tout ce dont elle avait rêvé.

Après une longue minute de pur plaisir, Nate se releva.

Rouvrant les yeux, elle le vit observer le moniteur cardiaque et craignit aussitôt le pire.

— Quoi ? Il y a un problème ?

— Non. Au contraire. Ton cœur se stabilise tout seul.

En effet, les chiffres étaient redevenus ce qu'ils devaient être. Découvrir que Nate souhaitait réellement passer le reste de sa vie avec elle avait rétabli le rythme de son cœur.

— Dans ce cas, nous allons avoir beaucoup de choses à envisager. En l'occurrence l'arrivée de notre bébé.

Oui. Et ils avaient suffisamment remué le passé. A présent, ils avaient l'avenir devant eux.

Leurs vies seraient à jamais bouleversées, et de nombreux

défis les attendaient. Mais avec Nate à ses côtés, elle avait confiance ; elle saurait les relever et en venir à bout.

Après tout, un seul de ses baisers avait suffi à soigner son cœur.

Epilogue

De la fenêtre de sa chambre, Violet regardait les convives contourner le manoir pour se regrouper dans le jardin d'hiver victorien. Le grand jour était arrivé. *Son* grand jour. Celui qu'elle avait toujours fui. Aujourd'hui, toutefois, elle était plus heureuse qu'elle l'avait jamais été.

Elle allait épouser Nate.

Strachmore était désormais officiellement autorisé à accueillir les mariages, et il leur avait paru tout naturel que le leur soit le premier. Ils s'étaient mis d'accord pour une cérémonie très simple avec la famille et les amis proches. Aujourd'hui, c'était leur amour qu'ils fêtaient. Rien d'autre. Et tout était parfait.

Sa main, machinalement, se posa sur son petit ventre rond dissimulé par son ample robe blanche. Les quatre derniers mois avaient été riches en résolutions. Après avoir longuement hésité, elle avait décidé de s'installer de nouveau en Irlande du Nord. Au moins leurs deux familles seraient sur place pour l'arrivée du bébé. Nate l'avait accompagnée à Londres et aidée à préparer ses bagages pendant qu'elle terminait sa période de préavis.

Après la naissance, elle comptait travailler à mi-temps dans la région, en partageant la garde du bébé avec Nate et ses parents. Tout s'organisait à merveille. Elle n'avait qu'un regret : que sa mère ne soit plus là pour participer à son bonheur.

Un coup à la porte interrompit ses réflexions, juste avant qu'elles jettent une ombre sur le plus beau jour de sa vie.

— Je voulais voir si ma superbe future femme était prête.

Nate, éblouissant dans son smoking noir, s'avança dans la pièce, et elle sentit aussitôt sa joie revenir.

— Je le suis, mais ça ne porte pas malheur de se voir avant la cérémonie ?

Elle n'avait jamais été superstitieuse, mais ce jour était trop important pour qu'elle prenne le moindre risque.

— Je croyais que nous étions au-delà de ce genre de croyance, non ?

— Tu as raison. Et je suis certaine que plus d'une m'envie aujourd'hui… Tu sais, j'ai du mal à me convaincre que je ne rêve pas. Que je vais réellement prononcer mes vœux d'ici quelques minutes.

— Nous avons encore quelques instants devant nous…

Une lueur dans ses yeux lui disait que *NT* voulait une dernière fois laisser sa marque de célibataire.

— Tu sais combien de temps il m'a fallu pour entrer dans cette robe ? demanda-t-elle, faussement sévère. Alors ne compte pas sur moi pour l'ôter maintenant.

— Qui te demande de te déshabiller ?

Son expression faussement offusquée la fit rire.

— Alors, si tu ne viens pas me séduire, que fais-tu dans ma chambre, monsieur Taylor ?

— J'ai un cadeau pour toi.

Plongeant la main dans sa poche, il en ressortit une petite boîte à bijoux en velours qu'il ouvrit, révélant un délicat collier en argent.

— Oh… Il est superbe, murmura-t-elle en le prenant délicatement dans sa paume pour mieux examiner les petits hippocampes incrustés de diamants qui dansaient au bout de la chaîne.

Elle avait ôté son bracelet pour l'occasion, et s'était curieusement sentie comme nue, sans lui.

— Je n'ai pas pu récupérer le collier de ta mère, mais j'ai pensé que tu accepterais de le remplacer par celui-ci.

— Merci, dit-elle dans un souffle.

C'était sa façon à lui de célébrer le début de leur vie commune et de laisser le passé s'émousser graduellement.

— Je pensais aussi que nous pourrions avoir notre première danse ici. Sans témoins, sans spectateurs…

Comme il l'attirait dans ses bras, elle croisa les doigts sur sa nuque et ferma les yeux. Aussitôt elle se détendit dans son étreinte. La soirée qu'ils avaient passée dans le vieux hangar à bateaux, lors du bal de leur promo, lui revint en mémoire. C'était là que leur amour s'était révélé pour la première fois. Nate était celui qu'elle avait attendu sans le savoir. Elle voulait qu'il entre dans sa vie. Pour toujours.

A cet instant, alors que leurs corps étaient pressés l'un contre l'autre, les battements de leurs cœurs pour toute musique, Violet sut qu'elle avait enfin trouvé le véritable bonheur.

LOUISA HEATON

Diagnostic : amour

Traduction française de
EVELINE CHARLÈS

BLANCHE

HARLEQUIN

Titre original :
ONE LIFE-CHANGING NIGHT

Ce roman a déjà été publié en 2016.

1.

A la fin de ce premier jour de travail aux urgences du Memorial Welbeck, Naomi Bloom sentait sa tête bourdonner d'informations, de protocoles et de procédures.

Son service avait duré douze heures, ce qui lui semblait amplement suffisant. Mais la perspective de retrouver son petit meublé n'était pas vraiment alléchante. Dans son appartement, rien ne l'attendait. Pas même un chat.

Repartir de zéro, c'était une chose, mais commencer sa nouvelle vie dans cet appartement qui sentait le moisi, c'en était une autre…

Comme la fin du mois de janvier approchait et que les décorations de Noël n'avaient toujours pas été retirées, elle proposa de s'en charger avant de rentrer chez elle.

La surveillante à qui elle s'adressa se montra très gentille.

— Vous n'avez pas à faire cela, voyons.

— Il n'y a pas de problème ! insista Naomi. Ça porte la poisse de garder ces décorations aussi longtemps. C'est comme de confondre la nouvelle année et l'ancienne.

— Très bien, mais faites attention à vous ! Vous trouverez un escabeau dans mon bureau. Assurez-vous que quelqu'un le tienne quand vous grimperez dessus, sinon le service de santé au travail pourrait nous tomber sur le dos.

Naomi trouva les cartons de rangement empilés dans le bureau de la surveillante et elle passa la première demi-heure à décrocher les colifichets suspendus aux branches les plus basses.

Ce vieux sapin artificiel était presque chauve à certains endroits. Cela faisait certainement plusieurs années qu'on le sortait de sa boîte pour tenter d'égayer les urgences...

Comme elle se redressait, elle perçut une odeur d'alcool et de sueur. Un homme dépenaillé aux vêtements tachés titubait dans sa direction. Lorsqu'il passa près d'elle, elle voulut le soutenir, mais il tourna vers elle un visage furieux.

— Laissez-moi tranquille ! Vous ne devriez pas travailler, au lieu de jouer avec cet arbre ? On attend ici pendant des siècles, et vous, vous flânez là sans rien faire.

On voyait beaucoup d'alcooliques aux urgences. Pour la plupart, ils n'étaient pas dangereux. Il lui suffisait de se montrer aimable pour désamorcer le conflit.

Souriante, elle le conduisit dans la salle d'attente.

— On va bientôt vous recevoir, ne vous inquiétez pas.

— Ne prenez pas ce ton condescendant avec moi ! Vous devriez faire votre boulot !

Inutile de préciser à l'aimable personnage qu'elle avait terminé un long service de douze heures et qu'elle aurait dû être chez elle.

— Je suis certaine que ce ne sera pas très long.

Une fois qu'il fut assis sur un siège, elle retourna à son arbre.

Pour retirer les décorations du sommet, il lui faudrait un escabeau et quelqu'un pour l'aider. Malheureusement, tout le monde était occupé, et elle n'oserait jamais interrompre un collègue dans son travail.

Après tout, il ne s'agissait que de quelques marches ! Si elle allait vite, elle ne risquait pas l'accident. En plaçant l'escabeau près du sapin, elle remarqua qu'il branlait légèrement. Regardant autour d'elle pour s'assurer que personne n'allait la réprimander, elle grimpa sur la plate-forme et ôta quelques guirlandes qu'elle jeta dans un carton.

Elle travaillait vite, se stabilisant elle-même quand elle

sentait l'escabeau vaciller sous ses pieds. Au sommet de l'arbre, l'étoile était hors de sa portée, elle dut se pencher pour l'attraper.

L'escabeau bascula, et elle sentit qu'elle tombait.

Et voilà, elle l'avait bien cherché !

Elle se prépara au choc mais, au lieu de heurter un sol dur et implacable, elle fut cueillie au vol par deux bras puissants.

Stupéfaite, elle leva les yeux pour remercier, mais sa voix fut comme bloquée dans sa gorge.

Son sauveur n'avait rien à voir avec l'ivrogne qui l'avait apostrophée un instant auparavant. Il sentait bon, avait une mâchoire énergique et des yeux d'un bleu extraordinaire.

Elle qui voulait entamer sa nouvelle vie comme une femme libre et indépendante, elle se retrouvait serrée contre une large poitrine à la façon d'une héroïne de roman ! Sans compter que l'inconnu était splendide ! Elle ne s'attendait pas à tomber dans les bras d'un bel inconnu le jour de son arrivée, la faute à un escabeau branlant !

Les joues écarlates, elle sentit qu'il la déposait sur ses pieds et s'assurait qu'elle tenait debout.

Il la dominait d'une bonne tête. Le costume qui mettait en valeur son corps athlétique était certainement taillé sur mesure. Une écharpe rouge négligemment nouée autour de son cou accentuait les reflets auburn dans ses cheveux. Quant à ses yeux ombrés de longs cils, ils étaient d'un bleu qu'elle n'avait jamais vu.

— Merci, balbutia-t-elle. Je n'aurais jamais dû monter là-dessus.

— Vous êtes *cinglée ?*

L'accent était raffiné, mais il était clairement en train de la réprimander.

Rouge jusqu'aux oreilles, elle lissa ses vêtements.

Cet homme devait être habitué à ce que les femmes rougissent en sa présence. Mais elle n'allait pas se laisser impressionner par un bel homme. Elle ne connaissait que trop leur effet sur les femmes, à commencer par sa propre mère ! Qui était-il, d'ailleurs ?

Elle chercha des yeux un badge comme celui que portaient tous les employés de l'hôpital, mais n'en trouva pas.

Lui, en revanche, il avait remarqué le sien.

— Vous devez être nouvelle, ici ?

— Je m'appelle Naomi Bloom. Je suis infirmière, et c'est mon premier jour aux urgences, dit-elle en lui tendant la main.

Il jeta un coup d'œil à sa main comme si elle lui offrait une pleine poignée de crachats.

— Tom Williams, chef du service des urgences, répondit-il froidement.

C'était son patron !

Elle détourna un instant les yeux pour se donner du courage avant de le regarder à nouveau.

— Je suis désolée. Je…

— Vous avez pris votre poste ce matin ?

Il avait une voix grave, un accent distingué. Le genre d'accent que l'on attribue aux lords anglais dans les films américains. Dans d'autres circonstances, elle l'aurait écouté pendant des heures.

— Oui, mais…

— Le service de santé au travail ne vous a pas fait ses recommandations habituelles ?

Elle hocha la tête comme une élève désobéissante sermonnée par son professeur principal.

— Si, mais comme je ne voulais déranger personne j'ai pensé me débrouiller toute seule, débita-t-elle très vite, horrifiée d'être prise en flagrant délit d'infraction.

Le Dr Williams jeta un coup d'œil au sapin.

— Eh bien, vous avez eu de la chance que je vous épargne une entorse ou pire encore ! dit-il en haussant les épaules. Si vous vous étiez rompu le cou, vous auriez mal terminé votre premier jour aux urgences. Quant à moi, j'aurais dû remplir un rapport de trois pages après avoir travaillé non-stop pendant vingt-quatre heures.

— Je suis désolée, docteur Williams.

— Qui vous a demandé de faire ça ?

— Je me suis portée volontaire.

— Vraiment ? En ce cas, je ferais bien de m'assurer que vous terminiez le travail sans vous estropier.

— Oh ! Vous n'êtes pas obligé de…

— Redressons cet escabeau, l'interrompit-il.

Posant son manteau sur sa mallette, le Dr Williams retira son écharpe et retroussa ses manches.

Elle admira au passage ses avant-bras à la fois musclés et lisses.

— Euh… Merci.

Il entreprit de retirer les décorations qu'il pouvait atteindre avant de les lui passer pour qu'elle les range dans les cartons un peu plus soigneusement qu'elle ne l'avait fait auparavant.

Comme elle détestait se sentir dans la peau d'un enfant chapitré, elle tenta de se mettre au niveau de son binôme impromptu en engageant la conversation.

— Donc, vous travaillez ici depuis un certain temps ?

Il lui jeta un coup d'œil de côté.

— En effet. Et vous ? Qu'est-ce qui vous a fait choisir Welbeck ?

Il n'avait pas besoin de connaître son histoire. D'ailleurs, il lui posait certainement cette question par pure politesse. Elle s'était juré de ne jamais parler de son passé à personne. Elle ne voulait pas qu'on lui manifeste de la pitié, et c'est ce qui arriverait si elle disait aux gens qu'elle avait été l'infirmière de son mari davantage que son épouse.

— J'ai vécu dans les East Midlands, mais j'avais envie de changer de rythme, alors j'ai loué un meublé ici et trouvé un poste.

— Il me semblait bien avoir reconnu votre accent. Bon ! Je vais grimper sur cet escabeau et ôter ce qu'il reste.

— Très bien.

Elle maintint l'escabeau pendant que son chef de service gravissait les marches.

Très vite, le sapin fut débarrassé de ses ornements et remis dans sa boîte jusqu'à l'année suivante. Il n'avait pas fallu plus d'un quart d'heure pour que tout soit terminé.

— Merci pour votre aide, dit-elle. C'était vraiment très gentil de votre part.

— Pas de problème, grommela le Dr Williams.

Il la fixa assez longtemps pour qu'elle se sente mal à l'aise, puis il secoua la tête comme pour chasser une pensée importune avant de reprendre son manteau et sa mallette.

— Essayez de ne pas vous blesser d'ici à demain, mademoiselle Bloom. D'accord ?

— Bien sûr !

Elle le regarda s'éloigner et elle ne s'aperçut qu'elle avait retenu son souffle que lorsqu'elle expira longuement.

Quel ours ! C'était son patron, et il l'avait prise en faute dès son premier jour. Elle était bien décidée à ne plus croiser le chemin du Dr Williams dans la mesure du possible !

Réconfortée par cette idée, elle se dirigea vers le vestiaire.

Le climat londonien faisait tout son possible pour que les gens n'aient aucun doute sur le fait qu'on était en hiver. La neige tombée quelques jours auparavant n'avait pas fondu. Quand Naomi sortit de l'hôpital, les immeubles lui parurent humides et froids. Elle n'avait aucune envie de regagner son meublé, sachant qu'il était aussi horrible à l'intérieur qu'à l'extérieur.

Ayant noué son écharpe autour de son cou, elle enfila ses gants avec résignation.

Plusieurs personnes fumaient devant l'entrée, leurs mains en coupe autour de leurs cigarettes comme pour profiter d'un peu de chaleur. L'une d'entre elles était l'ivrogne qui l'avait agressée verbalement. Dès qu'il l'aperçut, il tituba dans sa direction, et elle respira de nouveau une odeur d'alcool et de corps mal lavé.

Lui posant un doigt sur la poitrine, il gronda :

— Vous m'avez forcé à attendre !

Cette fois, elle éprouva une légère crainte.

A l'intérieur de l'hôpital et vêtue de son uniforme, elle se sentait capable de gérer ce genre de situation. Par ailleurs, d'autres membres du personnel pouvaient lui venir en aide, et il y avait aussi des agents de sécurité. Mais, une fois sortie de sa zone de confort et habillée normalement, elle se sentait plus vulnérable.

— Ecoutez, monsieur…

— Espèce de petite…

Il la poussa en arrière, et elle eut du mal à conserver son équilibre. Reculant de quelques pas, elle leva les mains pour rendre les armes, apeurée à l'idée de ce qui pouvait arriver.

A ce moment, un homme de haute stature s'encadra dans la porte du hall. Tel un preux chevalier, il s'avança lentement vers l'ivrogne sans le lâcher des yeux.

Le Dr Williams !

— Du large ! ordonna-t-il froidement.

— Je connais mes droits ! protesta l'individu en postillonnant.

Mais il avait clairement perdu toute sa superbe.

— Si vous touchez encore une fois un seul cheveu d'un membre de mon personnel, rétorqua le médecin, vous vous retrouverez sous les verrous plus vite que vous ne pouvez l'imaginer !

L'homme battit en retraite.

— Très bien, très bien… Je m'en vais. Vous êtes tous les

mêmes, vous autres, dit-il en laissant échapper un nuage de fumée, qui l'enveloppa comme un nuage crasseux.

Le Dr Williams le regarda s'éloigner. Quand tout risque fut écarté, il se tourna vers elle. Visiblement inquiet, il parcourut Naomi du regard pour s'assurer qu'elle n'était pas blessée.

— Tout va bien ?

Elle hocha la tête sans répondre.

— Mick vient souvent à l'hôpital. Comme beaucoup d'alcooliques, je suppose qu'il souffre de la solitude, précisa-t-il sur un ton bizarre.

— Il se conduit étrangement vis-à-vis des gens qui veulent l'aider, déclara-t-elle en suivant Mick des yeux, contente que son patron soit intervenu.

En fait, elle aurait pu s'en sortir seule. Un an auparavant, elle avait pris des cours de kick-boxing pour évacuer un trop-plein d'énergie. A la maison, elle marchait sur des œufs et devait faire très attention à chacun de ses gestes si elle ne voulait pas provoquer un désastre. A la fin, son mariage était devenu une prison, du moins sur le plan physique.

— Encore merci, dit-elle. Vous m'avez sauvée deux fois, aujourd'hui, ajouta-t-elle sur un ton volontairement léger. Vous devriez porter une armure étincelante et chevaucher un cheval blanc…

Le Dr Williams la fixa, impassible.

D'accord, pas de blagues trop familières.

— Quoi qu'il en soit, merci, conclut-elle.

— Vous allez pouvoir rentrer chez vous ?

Elle hocha la tête en remontant le col de son manteau.

— C'est tout près, sur St Bartholomew's Road.

— En ce cas, je vais vous raccompagner. Mick pourrait encore vous ennuyer. Je le connais, je sais qu'il ne fait pas toujours les meilleurs choix.

A l'idée que son patron allait voir le taudis infâme où elle vivait, elle se sentit très embarrassée. Si elle en croyait ses vêtements coûteux, cet homme était du genre à habiter dans un palace. Qu'allait-il penser s'il jetait un seul coup d'œil à son meublé ? Que penserait-il d'elle, surtout ? Il devait déjà la croire incompétente, elle ne tenait pas à ce qu'il voie en elle une sorte de cendrillon.

— Vous n'êtes pas obligé de faire ça, protesta-t-elle.

— Bien sûr que si, dit-il en souriant. Si vous glissez sur le verglas, il n'aura servi à rien que je vous sauve d'une chute éventuellement mortelle.

Très bien... Mais elle ne l'inviterait pas à entrer chez elle.

— D'accord.

Près de l'hôpital, il y avait un grand parc où les gens promenaient leur chien et où les couples marchaient main dans la main. C'étaient eux que Naomi suivait des yeux, d'habitude. Elle n'avait pas connu cela avec Vincent, puisqu'elle poussait toujours son fauteuil roulant.

Mais aujourd'hui, c'était son patron qu'elle se surprit à observer du coin de l'œil.

Tom Williams était vraiment beau, à la fois grand et large d'épaules, et en même temps mince. C'était sans doute le spécimen masculin le plus séduisant qu'elle avait jamais rencontré.

Si elle en croyait son expérience, ce genre d'hommes n'apportait que des ennuis. En tout cas, ils en avaient causé pas mal à sa mère, qui avait accumulé les liaisons avec de grands séducteurs. L'un conduisait des voitures de sport, l'autre était d'une élégance étudiée, le troisième était un beau parleur. Chacun d'entre eux avait amené son lot de problèmes. Ils empruntaient de l'argent, ne rappelaient jamais... Vêtus de costumes bien coupés, ils ne causaient que de la souffrance et ils avaient tous brisé le cœur de sa mère.

C'était pour cette raison qu'elle-même était si facilement

tombée amoureuse de Vincent et qu'elle l'avait épousé : il ne leur ressemblait pas, il n'était pas particulièrement beau et il était physiquement handicapé. Avec lui, elle avait toujours su où elle en était. Et elle ne risquait pas qu'il la trompe ou qu'il la quitte pour une autre.

— Alors ? demanda le Dr Williams. Comment s'est passée cette première journée ?

Elle fixa un instant les voitures qui défilaient dans la rue.

Elle pouvait très bien se comporter comme si la situation était normale. Après tout, il n'était qu'un collègue qui la raccompagnait chez elle et avec qui elle discutait.

— C'était passionnant mais épuisant. La perspective d'une bonne nuit de sommeil me réjouit. Et vous ? Vous avez été très occupé ?

— Oui.

— Pourquoi avez-vous choisi d'être urgentiste ?

— On ne chôme pas.

Elle attendit en vain qu'il s'explique mais s'abstint d'insister.

Lui non plus n'avait sans doute pas envie de fournir des raisons personnelles à une parfaite inconnue.

— Vous savez, dit-elle en remontant son écharpe, ce n'est plus très loin, maintenant. Vous avez certainement fait un détour à cause de moi, rien ne vous empêche à présent de rentrer chez vous. Je ne pense pas avoir d'ennuis pendant les cinquante derniers mètres.

— Vous n'aimez pas que l'on vous aide, remarqua le Dr Williams en se tournant vers elle.

— J'ai appris à m'occuper de moi, et ça me plaît, lâcha-t-elle d'un trait. De cette façon, je suis indépendante…

Elle pouvait difficilement lui dire pourquoi c'était aussi important pour elle.

Ils continuèrent à marcher en silence et, à mesure qu'ils se rapprochaient de chez elle, elle se sentit de plus en plus nerveuse.

Elle savait ce qu'il allait penser lorsqu'il verrait le jardinet où trônaient un canapé défoncé et un vieux réfrigérateur. Il y avait aussi des bouteilles de lait et des canettes vides, de vieux vêtements… Sans compter la pollution causée par les pots d'échappement des voitures.

Elle avait fait ce qu'elle pouvait pour améliorer son intérieur, mais cela ne semblait jamais suffisant. En vérité, elle n'avait pas les moyens de louer un logement plus convenable jusqu'à ce qu'elle ait fait suffisamment d'économies pour déménager. Pour cela, elle avait calculé qu'il lui faudrait à peu près six mois.

— J'espère que vous ne me trouvez pas impolie, dit-elle.

Il émit un rire léger.

— Je crois pouvoir le supporter.

— En tout cas, je n'en avais pas l'intention. Eh bien, nous y sommes… Malheureusement, ajouta-t-elle sans un coup d'œil pour la maisonnette où elle habitait.

Tom regarda derrière elle.

— Vous avez laissé votre porte ouverte ?

— Non, pourquoi ?

Elle se retourna et vit la serrure fracturée.

Poussant un cri, elle fit un pas en avant, mais le médecin la retint aussitôt par le bras.

— Attendez-moi ici et appelez la police.

— Vous n'allez pas entrer !

Le voleur pouvait très bien être encore à l'intérieur ! Et s'il était armé ? C'était dangereux…

— Restez là, ordonna-t-il.

Après avoir posé une main rassurante sur son bras, il franchit le seuil du logement, tel un justicier prêt à en découdre avec un éventuel intrus.

Elle sortit son téléphone et forma le numéro de la police. Lorsqu'elle eut mis son interlocuteur au courant de l'effraction dont elle était victime, elle s'approcha de sa porte, le cœur battant et les jambes tremblantes.

Aucun bruit ne lui parvint. Pas de combat de titans, pas de lutte mortelle. Le malfaiteur devait être parti depuis longtemps.

Au bord de la nausée, elle jeta un coup d'œil à l'intérieur.

— Docteur Williams ?

— Vous pouvez entrer, répondit-il. Il n'y a personne.

Elle le rejoignit dans la salle de séjour.

On aurait dit qu'un typhon avait traversé la pièce. Les coussins du canapé avaient été éparpillés, la table à café, renversée et démolie, ses livres, dispersés sur le sol. Les quelques tableaux qu'elle avait chinés dans des brocantes étaient par terre, leur cadre cassé, leur verre brisé.

Toutes ses précieuses possessions avaient été traitées comme des détritus.

Enfouissant son visage dans ses mains pour ne plus voir ce spectacle de désolation, elle se mit à pleurer toutes les larmes de son corps.

Elle n'avait jamais prétendu être riche, mais elle tenait énormément à tous ces objets, qui symbolisaient sa liberté toute neuve. L'idée que quelqu'un avait violé son intimité lui brisait le cœur.

Elle se calma au bout d'un instant lorsqu'elle s'aperçut que le Dr Williams avait entrepris de trier ses affaires : il avait commencé par les livres, qu'il plaçait sur les étagères.

Seigneur, il devait la considérer comme une catastrophe ambulante ! D'abord, il l'avait empêchée de se rompre le cou, ensuite il s'était interposé entre un ivrogne et elle, et maintenant elle venait de pleurer comme un bébé sous ses yeux ! Elle ne pourrait plus jamais le regarder dans les yeux.

Sortant un mouchoir de sa poche, elle se moucha vigoureusement. Quel spectacle elle devait offrir, avec ses yeux rouges et son visage gonflé !

— Vous pouvez partir, lui dit-elle. Vous avez sûrement autre chose à faire. Je vais attendre l'arrivée de la police.

— Je reste.

— Vous n'êtes pas obligé de faire ça.

— Je vais rester jusqu'à ce que vous en ayez terminé avec les policiers. Ensuite, il va falloir vous trouver un hébergement. Cet endroit n'est pas sûr.

— La police va réparer la porte.

— Avec une planche de contreplaqué ? Cette protection est insuffisante, et je ne vous laisserai pas toute seule ici.

Elle apprécia cette délicatesse.

— Merci.

— Maintenant, vous devriez vérifier si quelque chose vous manque.

Il avait raison. Elle ne tenait qu'à peu de choses : une photo de Vincent et son alliance, rangée dans un tiroir de sa table de nuit.

Dans sa chambre, elle fit l'amère découverte que l'anneau avait été dérobé, ainsi que quelques bijoux et une vieille montre.

Cependant, lorsqu'elle en parla à la police un instant plus tard, elle se sentit étrangement détachée.

Pendant qu'on l'interrogeait, le Dr Williams était resté assis. Ensuite, il leur prépara à tous deux une tasse de thé et mit beaucoup de sucre dans sa tasse à elle pour l'aider à surmonter le choc.

La situation avait beau être terrible, elle prit plaisir à leur conversation. Depuis la mort de Vincent, elle avait perdu l'habitude de s'asseoir pour parler avec quelqu'un. Son mari lui manquait énormément.

En même temps, elle avait été soulagée qu'il soit finalement libéré de sa prison. Son squelette l'avait gardé prisonnier dans un corps qui ne fonctionnait plus normalement. Ils avaient passé les dernières heures ensemble, à se tenir la main. Elle avait vu l'obscurité envahir peu à peu ses yeux. Son départ avait presque constitué une bénédiction.

— Il faut que vous preniez quelques affaires pour la nuit, lui dit le Dr Williams.

— Vous avez raison, mais…

— Mais quoi ?

Elle se mordit la lèvre.

— Je n'ai nulle part où aller.

— Vous devez bien avoir de la famille ?

— Dans le nord, à quatre heures de voiture d'ici.

— Des amis ? l'interrogea-t-il en fronçant les sourcils.

— Je viens juste d'arriver, je ne connais personne.

— Vous pourriez prendre une chambre d'hôtel.

Elle fit la grimace.

— Je n'en ai pas les moyens, dit-elle à regret.

— Bon. En ce cas, vous n'avez qu'à venir chez moi pour cette nuit. Je vous conduirai à l'hôpital demain matin.

Elle s'efforça de ne pas montrer à quel point cette proposition la stupéfiait.

Elle venait de faire sa connaissance, il était son patron, c'était un homme froid et distant même s'il s'était conduit envers elle de façon très chevaleresque. Sérieusement, elle ne pouvait pas accepter sa proposition.

— C'est très gentil de votre part, mais…

— C'est réglé. Allez faire votre sac, et partons d'ici.

Elle ouvrit la bouche et ne la referma qu'en prenant conscience qu'elle devait ressembler à un poisson rouge hors de l'eau.

Alors, elle gagna sa chambre sans un mot.

2.

Pendant que l'infirmière Naomi Bloom faisait sa valise, Tom s'assit sur le canapé et regarda dans le vide.

Que s'était-il passé, exactement ?

Comme d'habitude, il s'était focalisé sur sa tâche. Il avait été de garde toute la nuit, et ensuite il avait enchaîné avec son service de douze heures aux urgences.

C'était ce qu'il lui fallait. Le travail le sauvait… A la façon d'un cataplasme sur la plaie ouverte dans son cœur. Pendant qu'il prenait soin de ses patients, qu'il traitait leurs blessures, il ne pensait plus aux siennes. C'était ainsi qu'il gardait son chagrin sous cloche, en prenant bien soin de ne jamais lui accorder la moindre attention.

Il s'apprêtait à rentrer chez lui, pressé de prendre une douche et de se changer. Peut-être ferait-il même une petite sieste avant de retourner à l'hôpital.

Et puis, il avait vu cette jeune femme dégringoler de l'escabeau branlant sur lequel elle n'aurait jamais dû grimper. Juste avant, il l'avait vue tendre la main vers des ornements qu'elle n'avait aucune chance de saisir.

Lâchant sa mallette, il l'avait rattrapée au vol. La barrette de l'irréfléchie était tombée dans sa chute, libérant une longue chevelure châtaine qui s'était répandue sur son bras, douce et soyeuse. Il avait plongé dans ses prunelles d'un brun liquide, pailletées d'or et de vert. A cet instant précis, il avait eu l'impression qu'on lui décochait un coup de poing au creux de l'estomac.

Il lui avait fallu un moment pour prendre conscience qu'il avait fixé cette femme bien trop longtemps et qu'il devait la poser. Comme si elle était un animal dangereux, qui pouvait mordre ou piquer.

Il avait eu l'intention de lui passer un savon. Elle s'était montrée irresponsable. Si elle avait présumé que tout allait bien se passer et que les règles les plus élémentaires ne s'appliquaient pas à elle, elle avait tort.

Mais sa beauté l'avait déconcerté. Pendant une seconde ou deux, il avait été littéralement fasciné par ses yeux chocolat.

Ensuite, il avait écarté ces pensées inopportunes. D'accord, elle était séduisante, et alors ? La beauté n'avait aucune importance aux urgences. Il avait besoin de collègues compétents, d'excellentes infirmières, d'équipes solides. De personnes qui respectent le règlement et ne s'attendent pas à ce que les autres résolvent leurs problèmes.

Visiblement embarrassée, elle avait rougi et s'était détournée pour ne pas le regarder en face. Cette fragilité évidente l'avait ému au point qu'il avait eu du mal à lui parler.

Ensuite, il lui avait paru logique de l'aider à débarrasser le sapin de ses ornements. Une façon pour lui de reprendre ses esprits… En réalité, cela faisait longtemps qu'une femme ne lui avait pas fait un tel effet.

Pas depuis Meredith.

Il n'avait pas pensé à elle depuis des siècles, et c'était mieux ainsi. Cela voulait certainement dire qu'il laissait le passé derrière lui. Le souvenir de sa défunte épouse avait hanté sa mémoire pendant trop longtemps.

Chaque fois que son image s'imposait à lui, au début, il la revoyait après l'accident. Assis près de son lit d'hôpital, il lui tenait la main et priait pour qu'elle guérisse.

Et puis, les années avaient passé, et il ne s'était plus souvenu que des bons moments passés ensemble. Il se rappelait leur mariage, leur amour. Le chagrin était toujours là et le tourmentait encore — du moins quand il le lui permettait, mais il avait pris une forme atténuée.

En revanche, son vœu de ne plus jamais s'engager avec une autre femme résistait au temps qui passait : jamais il ne pourrait aimer une autre comme il avait aimé sa femme, c'était tout simplement impossible.

Jusqu'à maintenant, il n'avait pas douté de cette évidence ou pensé que cette promesse était menacée. Pourtant, quelque chose chez Naomi Bloom le touchait profondément. Il ne la connaissait que depuis quelques heures, mais il s'était senti obligé de lui apporter aide et protection. Aucun homme digne de ce nom ne l'aurait laissée en butte aux menaces de Mick, pas plus qu'il ne l'aurait abandonnée après ce cambriolage.

Lorsqu'il avait appris qu'elle ne savait pas où aller, il n'y avait pas eu d'autre solution que de l'inviter chez lui.

Cette cohabitation ne serait pas si difficile, ils s'arrangeraient. Naomi occuperait l'atelier de Meredith transformé en chambre d'amis. Elle rentrerait chez elle dès que sa porte aurait été réparée. Ça ne durerait pas bien longtemps.

Naomi apparut sur le seuil de la pièce, traînant derrière elle une grosse valise.

— Vous emportez beaucoup d'affaires, pour une nuit ! s'étonna-t-il.

— J'ai peur qu'on me vole encore.

— Vous n'avez rien d'autre à prendre ?

— Non, mes papiers sont dans mon sac. Je suis prête à partir.

— Allons-y, en ce cas. Vous avez faim ? Je pourrais acheter quelque chose en chemin.

— Seulement si vous mangez aussi. Je ne veux pas vous déranger plus que je ne l'ai déjà fait.

— Vous ne me dérangez pas du tout, prétendit-il tout en se penchant pour prendre la valise.

Il gagna la porte en espérant qu'elle n'avait pas compris qu'il mentait.

Ils regagnèrent le parking de l'hôpital en silence. Après avoir mis les affaires de Naomi dans le coffre, il ouvrit la portière pour elle, côté passager.

Elle parut surprise, sourit et le remercia avant de s'asseoir.

L'esprit envahi par mille pensées contradictoires, il fit claquer la portière et se glissa derrière le volant.

La seule femme à être entrée chez lui était Meredith, puisqu'ils vivaient ensemble. Et voilà qu'il ramenait une inconnue très séduisante !

Ce ne serait pas trop difficile de la tenir à distance jusqu'à ce qu'elle s'en aille, se répéta-t-il. Son appartement était spacieux. Et, si rien d'autre ne marchait, il pourrait toujours mettre ses écouteurs et fermer les yeux.

Situé au dernier étage de l'immeuble, l'appartement du Dr Williams parut fabuleux à Naomi, avec son parquet ciré et ses canapés de cuir. Rien à voir avec le meublé étriqué et pauvre où elle vivait. Elle se faisait l'effet d'une cendrillon pénétrant dans un château ! Il y avait même un vase garni de fleurs sur le piano… Etonnant, dans la demeure d'un célibataire.

Remarquant sa surprise, son hôte hocha la tête.

— Ma femme de ménage les apporte.

Elle caressa les longues tiges vertes.

— C'est très gentil de sa part.

— Elle prétend que cela rend un foyer plus accueillant.

— Elle a raison, dit Naomi en passant un doigt sur la surface brillante du piano. Vous en jouez ?

— Un peu. Et vous ?

— Non, malheureusement. Vous avez un très bel appartement, docteur Williams.

— Appelez-moi Tom.

Elle lui adressa un sourire un peu gêné.

— D'accord… Tom.

— Je vais vous montrer votre chambre, ensuite vous pourrez vous installer pendant que je prépare à manger.

— Vous cuisinez ?

— Bien sûr !

Prenant la poignée de sa valise, il la traîna derrière lui sur le parquet.

Elle le suivit dans une pièce spacieuse qui aurait pu contenir en entier son propre appartement.

— C'est magnifique ! s'exclama-t-elle.

— Vous avez une penderie et des cintres.

Lorsqu'il la guida dans la salle de bains, la lumière s'alluma toute seule, et elle se vit dans le miroir.

Elle était dans un état lamentable ! Son visage était blême, ses pommettes, trop roses et ses cheveux, en bataille. Tom, en revanche, était toujours aussi impeccable.

Elle passa une main dans sa chevelure.

— Cela ne vous ennuie pas, si je prends un bain ?

— Bien sûr que non.

— Merci pour tout, Tom. Vous en avez fait bien plus pour moi que la simple galanterie ne l'exigeait, dit-elle d'une voix tremblante.

Elle réprima ses larmes de gratitude. Pour rien au monde elle ne voulait pleurer encore devant lui.

Il se contenta de lui sourire avant de se retirer.

Il avait sûrement hâte de se débarrasser d'elle…

Elle s'assit lourdement sur le lit et regarda autour d'elle.

La vie lui avait réservé bien des surprises, aujourd'hui : le nouveau travail, le cambriolage, cet endroit extraordinaire où elle allait passer la nuit…

Elle allait prendre un bain, peut-être manger un peu et, avec un peu de chance, avoir une bonne nuit de sommeil.

Elle doutait pourtant de s'endormir facilement, sachant qu'elle se trouvait sous le toit de son patron.

Ils ne se connaissaient pas, mais elle était certaine qu'il était du genre à tenir les gens à distance. Et pourtant, il lui avait offert l'hospitalité. Comment allait-elle pouvoir le remercier pour sa générosité ?

Dans la cuisine, Tom battait furieusement des œufs pour confectionner une omelette.

Il avait du mal à croire qu'il n'était pas seul. Qu'il y avait quelqu'un d'autre chez lui. Une femme. Une belle femme. Une collègue de travail… A n'en pas douter, les potins allaient se déchaîner à l'hôpital s'ils arrivaient ensemble. Peut-être devrait-il la déposer quelque part avant d'arriver ?

Il secoua la tête, atterré d'avoir eu une telle pensée.

Une telle grossièreté, ça ne lui ressemblait pas. De toute façon, chacun savait à quel point il travaillait dur. Personne ne colporterait des ragots sur son compte.

Naomi était dans l'ancien atelier de Meredith, là où son épouse dessinait, découpait ou faisait des collages. Elle avait un talent indiscutable. Lorsqu'il la rejoignait pour voir sur quoi elle travaillait, il était toujours ébloui par le colibri, le paon ou la créature mythique qu'elle avait créés.

Il se rappela son sourire, lorsqu'elle levait les yeux vers lui.

— Qu'est-ce que tu en penses ? lui demandait-elle.

Et maintenant, c'était Naomi qui se trouvait là.

Avait-elle deviné son malaise ?

Il avait du mal à rester dans cette pièce, qu'il avait modifiée au prix d'un effort phénoménal.

Autrefois bleus, les murs étaient maintenant couleur pêche. Tout le matériel de Meredith avait disparu, et il avait fait installer à la place un grand lit de fer forgé et des meubles en bois très simples et fonctionnels. C'était devenu une chambre d'amis... Non qu'il en attende aucun, d'ailleurs, mais cette perspective lui avait donné un but. De cette façon, il pouvait oublier les rêves qu'il avait faits à propos de cette chambre. Elle devait accueillir un enfant quand le temps serait venu. Merry et lui avaient espéré fonder une famille un jour...

Mais tout cela appartenait au passé. Et maintenant, l'infirmière Naomi Bloom allait y dormir... Pour une nuit, pas plus.

Il tenta de se focaliser sur les œufs, puis il râpa du fromage et coupa des champignons.

Mais il ne cessait de penser aux yeux de Naomi, lorsqu'il l'avait saisie au vol.

Stupide ! Quelle importance qu'ils soient beaux, que sa peau soit blanche comme de la porcelaine ou que ses lèvres semblent pleines et douces ? Ils étaient des collègues, rien de plus, et il ne l'aidait que parce qu'elle était dans l'embarras.

Jurant sourdement, il reposa le saladier et demeura immobile un instant.

Il avait juste besoin d'une petite pause pour penser à ce qui était vraiment important : les patients qu'il avait vus dans la journée, leurs dossiers, les traitements et les protocoles.

Oui ! Ça marchait !

La porte de la chambre d'amis s'ouvrit, et Naomi ne tarda pas à apparaître dans la cuisine, vêtue d'un peignoir qui lui arrivait à mi-cuisse, les cheveux enveloppés dans une serviette. Elle se percha sur un tabouret devant le comptoir, et il put voir ses longues jambes, ses pieds fins et ses ongles vernis en rose.

Il tâcha de ne pas respirer toutes les odeurs qui flottaient autour d'elle. Il y avait une pointe de lavande et quelque chose d'autre, de doux, de chaud et de propre.

— Vous avez faim ?

— Je suis affamée.

— Parfait. Je lance l'omelette, alors.

— J'ai hâte de la déguster !

Déglutissant avec peine, il tourna le dos à Naomi, reprit vivement le saladier et battit de nouveau les œufs.

3.

En se réveillant, Naomi ne sut pas tout d'abord où elle se trouvait. Elle se frotta les paupières et balaya du regard cette pièce qu'elle ne connaissait pas.

Tom…

Elle jeta un coup d'œil au réveil posé sur la table de chevet.

5 heures du matin.

Dans la mesure où elle prenait son service à 7 h 15, elle ne voyait pas l'utilité de se rendormir.

Repoussant les couvertures, elle se leva et fit son lit avant de s'habiller.

Elle fit le moins de bruit possible pour ne pas réveiller Tom, que, elle le sentait, elle dérangeait déjà suffisamment par sa présence.

Sous des dehors un peu froids, c'était visiblement un homme bien. Il avait ouvert sa maison à une parfaite étrangère, lui permettant du même coup de respirer après une journée particulièrement éprouvante.

La veille, après qu'ils avaient partagé une délicieuse omelette parfumée au tabasco, il lui avait souhaité bonne nuit avant de disparaître dans sa chambre.

Elle en avait profité pour regarder autour d'elle et elle avait découvert que le Dr Tom Williams était un homme solitaire. Il n'y avait chez lui aucune place pour les sentiments. Chaque objet, chaque meuble avait été choisi selon des critères esthétiques. Il n'y avait sur les murs aucune photographie de personnes aimées. Tout était propre, bien rangé, et seuls les livres alignés sur les étagères trahissaient quelque chose de son caractère : ils concernaient tous la médecine.

Tom Williams ne pensait-il qu'au travail ? En tout cas, rien ne démontrait un quelconque intérêt pour autre chose, à part peut-être le piano.

A condition qu'il en joue !

Jusqu'à quel point sa propre présence chez lui pouvait-elle l'embarrasser ? Peut-être s'était-il senti obligé de l'accueillir ? Si elle en croyait le peu qu'elle savait de lui, le Dr Williams était à l'évidence un gentleman.

En tout cas, elle était bien décidée à débarrasser le plancher d'ici à la fin de la journée.

Elle était contente de s'être réveillée tôt. Peut-être pourrait-elle préparer le petit déjeuner avant qu'il ne se réveille ? Evidemment, elle ignorait ce qu'il aimait, mais un coup d'œil dans la cuisine lui donnerait un aperçu de ses goûts.

En sortant de sa chambre, elle fut surprise de trouver les lumières allumées et Tom déjà dans la cuisine.

— Vous avez bien dormi ? demanda-t-il.

Même quand elle était mariée, personne ne se souciait de savoir si elle avait passé une bonne nuit. Elle s'effondrait le soir après une journée exténuante et, au matin, lorsqu'elle entrait dans la chambre de son mari, c'était elle qui s'inquiétait de savoir comment il se sentait.

— Très bien, merci. Et vous ?

— Sept heures de sommeil, ça me va. Je peux vous offrir quelque chose ? Du café ? Quelques toasts ?

— Je pensais justement préparer votre petit déjeuner. Je ne croyais pas que vous seriez déjà levé.

Il devait l'être déjà depuis un certain temps. Il était rasé de près, et ses cheveux étaient encore humides de la douche.

— Qu'est-ce que vous aimeriez ?

— Juste un toast, s'il vous plaît.

— Rien dessus ? De la confiture ? Du miel ?

— Vous avez tout cela ? demanda-t-elle en souriant.

— Bien sûr.

— De la confiture, ce sera parfait.

Il coupa deux tranches de pain, qu'il glissa dans le grille-pain, puis il lui servit une tasse de café, après quoi il lui passa le lait et le sucre.

Elle appréciait de le voir évoluer dans la cuisine, grand, mince et athlétique, aussi gracieux qu'un chat. Vêtu d'un pantalon bleu marine, d'un gilet assorti et d'une chemise blanche, il était vraiment très élégant.

Elle devait reconnaître que ce raffinement était plutôt plaisant. Vincent, qui ne quittait pas son fauteuil roulant, ne portait que des vêtements larges, comme des joggings et des T-shirts faciles à enfiler et confortables.

— On voit que vous êtes un homme d'intérieur, docteur Williams.

Il parut réfléchir un instant.

— Parce que je peux faire griller une tartine et préparer du café ?

— Parce que vous faites en sorte que je me sente la bienvenue chez vous, alors qu'il ne doit pas être évident de recevoir une étrangère. Alors… Merci.

Leurs regards se croisèrent et se retinrent pendant quelques secondes.

— Vous avez une idée de ce que vous allez faire, pour votre appartement ? s'enquit-il.

Elle se demanda s'il changeait de sujet parce qu'elle l'avait mis mal à l'aise.

— Je ne sais pas. Je dois d'abord aller travailler, alors je m'en occuperai plus tard.

— Tout sera fermé, plus tard. Pourquoi ne pas prendre une journée de congé ?

— Je viens tout juste de prendre mon poste ! Non, c'est

impossible. Mais je vais m'arranger pour faire réparer ma porte.

Tom sembla hésiter, comme s'il s'apprêtait à dire quelque chose, mais il se tut. Les toasts jaillirent hors du grille-pain, et il les posa sur une assiette qu'il poussa devant elle, ainsi que plusieurs pots de confiture.

— Merci beaucoup. Je vous sais vraiment gré de votre hospitalité !

— Il n'y a pas de problème.

Elle espérait qu'il disait la vérité.

Naomi balaya du regard la salle d'attente.

— Joséphine McDonald ?

L'infirmière du triage avait indiqué dans le dossier que Joséphine s'était enfoncé un clou de quinze centimètres dans l'index en utilisant le pistolet à clous de son père.

Une jeune femme se leva et se dirigea vers elle en faisant la grimace. Sa main gauche était enveloppée dans une serviette.

Naomi la conduisit dans un box et tira le rideau derrière elles. Elle fit asseoir sa patiente sur le lit avant d'examiner sa main.

— Comment est-ce arrivé ?

— J'aidais mon père, qui est charpentier. J'ai été… distraite. J'ignore comment c'est arrivé, mais mon doigt a été transpercé.

— Qu'est-ce qui avait détourné votre attention ?

— Un type, avoua Joséphine en rougissant.

— Je vois, dit Naomi en souriant. Il en valait la peine ?

Joséphine hocha la tête avec enthousiasme.

— Absolument !

Le sourire de Naomi s'accentua. Elle pressa légèrement le doigt de la jeune femme.

— Vous sentez quelque chose ?

— Oui.

— Parfait. Je pense qu'aucun nerf n'est endommagé. Vous pouvez plier l'index ?

— Oui, mais je sens que ça tire sur le clou.

— Nous allons devoir faire une radio pour nous assurer qu'il n'a pas pénétré l'os, ensuite nous pourrons le retirer. Vous avez été vaccinée contre le tétanos, récemment ?

— Oui, répliqua Joséphine en pâlissant légèrement. Vous allez l'enlever ? Ça ne fera pas mal ?

— Vous aurez une anesthésie locale. Votre père est là ? Ou quelqu'un qui puisse vous réconforter ?

— Papa est dans la salle d'attente.

— Vous n'avez pas amené le type canon avec vous ?

— Euh… Non. Apparemment, il supporte mal la vue du sang.

— Je comprends, dit Naomi avec un sourire. Vous ne saignez pas, on peut faire la radio.

Naomi remplit un formulaire qu'elle remit à la jeune femme avant d'écarter le rideau.

— Suivez cette ligne rouge, sur le sol. Tournez à droite et déposez ceci dans l'étui accroché à la porte avant de vous asseoir. On vous appellera.

— Merci beaucoup.

Naomi regarda sa patiente s'éloigner, puis elle retira le drap de papier qui recouvrait le lit et le remplaça.

A cet instant, le rideau qui la séparait du box voisin fut tiré.

Le Dr Williams !

Son cœur ne battait-il pas un peu plus vite que d'habitude ?

Elle inspira profondément tout en s'exhortant au calme.

Elle n'avait aucune raison d'être nerveuse. Cet homme était son patron, rien de plus, et elle allait quitter son appartement un peu plus tard.

Pendant que son patient sortait du box, appuyé sur ses

béquilles toutes neuves, Tom Williams se tourna vers elle, un sourire aux lèvres.

— Mademoiselle Bloom, plus rien ne rappelle Noël dans le service, vous avez remarqué ?

Elle se mit à rire.

— Oui. Il faudra attendre les œufs de Pâques, maintenant.

Ils gagnèrent ensemble la station centrale où d'autres membres du personnel remplissaient les dossiers ou entraient des informations dans des ordinateurs.

— Vous aimez célébrer les fêtes ?

— J'apprécie le chocolat, répliqua-t-elle en haussant les épaules. C'est mal ?

— Pas du tout, dit Tom.

Il s'assit derrière le comptoir et commença à rédiger des notes.

Elle remarqua ses doigts fins de pianiste. Il portait ce qui ressemblait à une alliance, mais à la main droite.

S'en voulant d'attacher autant d'importance à des détails qui ne la regardaient en rien, elle prit un nouveau dossier et le parcourut rapidement.

Il s'agissait d'un enfant blessé à la tête.

Comme elle s'éloignait, Tom la rappela.

— Mademoiselle Bloom !

Elle se retourna, admirant malgré elle son menton énergique. Un muscle tressaillait dans la mâchoire, comme s'il débattait avec lui-même.

— Quand vous aurez un moment de libre, pourriez-vous passer me voir ? Je voudrais vous dire quelque chose.

Lui dire quelque chose ?

Maintenant, elle avait le cœur qui battait la chamade.

— Je… Ai-je commis une erreur quelconque ?

— Non, non… C'est personnel.

— Oh ! D'accord.

De quoi pouvait-il s'agir ? Est-ce qu'elle avait oublié de

reboucher le tube de dentifrice, chez lui ? Il était certainement du genre maniaque pour qui chaque chose doit être à sa place.

Un peu inquiète, elle gagna la salle d'attente et appela son patient suivant.

Après avoir soigné l'enfant blessé au front, elle s'occupa d'une vieille dame souffrant d'une infection des voies respiratoires, puis d'une fillette au poignet foulé, et enfin d'un jeune homme qui avait un hématome sous l'ongle d'un doigt. Il fallait évacuer le sang pour soulager la pression.

Tout en les traitant, elle se demandait avec inquiétude ce que Tom Williams avait à lui dire de personnel. Si cela ne concernait pas le travail, de quoi pouvait-il s'agir ?

Pendant sa pause, elle dit à la surveillante où elle allait, puis elle se mit en quête du médecin chef, l'estomac noué par l'appréhension.

Elle avait déjà eu suffisamment de problèmes dans sa vie et elle repartait de zéro. Elle était venue à Londres pour se prouver qu'elle était capable de s'assumer toute seule sans avoir à s'inquiéter de quelqu'un d'autre.

Peut-être Tom voulait-il simplement s'assurer qu'elle quittait bien son appartement le soir même ?

Elle espérait que non, car elle ne terminait son service qu'à 16 heures. Elle aurait de la chance si elle trouvait le temps de faire réparer sa porte.

Combien cela allait-il lui coûter ? Elle n'avait que très peu d'argent devant elle, et ses petites économies devaient servir de caution dès qu'elle trouverait un autre logement.

Tom était dans la salle de repos.

— J'ai pris ma pause, lui annonça-t-elle en franchissant la porte.

— En ce cas, allons boire un café et manger un morceau.

Il l'emmena à la cafétéria où il commanda deux cappuccinos, avec un panini pour lui. Lorsqu'il lui demanda ce qu'elle voulait, elle secoua la tête négativement.

— Vous devez manger quelque chose, décréta-t-il.

Il plaça un yaourt et une banane sur le plateau de Naomi, puis il paya, et ils s'installèrent à une table.

— Vous devez sans doute vous demander ce que je veux vous dire ?

Elle sourit et le regarda mordre dans son sandwich.

Cela sentait délicieusement bon, et elle tâcha d'ignorer les effluves de saucisse qui lui chatouillaient les narines.

— Vous avez excité ma curiosité, admit-elle en ouvrant son yaourt.

— Je veux vous aider.

Elle le fixa un instant sans rien dire, attendant la suite.

— Oui ?

— Pour la bonne marche du service, il vaut mieux que vous restiez chez moi un jour ou deux de plus, en attendant que vous ayez résolu votre problème d'appartement.

— Mais je pensais…

— Ce n'est pas l'idéal, je sais, mais j'ai repensé à votre situation et je m'en voudrais si vous vous sentiez obligée de partir tant qu'elle n'est pas réglée.

— C'est très généreux de votre part, dit-elle en rougissant. Merci.

— Pas du tout ! Je suis seulement pragmatique.

S'il le disait…

Tom vit Naomi changer de visage. L'incertitude et l'appréhension qu'elle exprimait un instant auparavant se dissipèrent pour faire place au soulagement.

Cette proposition le surprenait lui-même. Si quelqu'un lui avait dit la veille qu'il offrirait à une jeune femme d'habiter chez lui quelques jours de plus, il l'aurait traité de fou.

La présence de Naomi chez lui le mettait un peu mal à l'aise, pourtant il avait cuisiné pour elle, il lui avait un peu parlé, et elle l'avait intrigué. Il ne s'agissait pas d'attrait sexuel ou sentimental, bien entendu ! Chaque être humain ne rencontre qu'une seule fois dans sa vie l'amour vrai, l'âme sœur. Il avait déjà eu cette chance, même si cela n'avait pas duré longtemps. Son épouse était morte dans un tragique accident de voiture dès leur première année de mariage, mais son cœur appartenait toujours à Meredith. Depuis le décès de celle-ci, il le gardait enfermé, bien à l'abri du monde extérieur ou des événements cruels.

Il n'y avait de place dans sa vie pour aucune autre femme, même si la présence de Naomi dans la chambre voisine l'avait tourmenté la nuit précédente. Contrairement à ce qu'il avait prétendu, il avait eu beaucoup de mal à trouver le sommeil : étendu sur son lit, il revoyait ses longues jambes émergeant du peignoir, ses lèvres gourmandes. Et sa façon de rire ! A chaque fois, c'était tout son visage qui s'éclairait.

Non, il ne pouvait se permettre de trop penser à Naomi Bloom. Elle représentait tout ce qui pourrait mettre en péril les règles qu'il s'était fixées. En revanche, il avait la possibilité de l'aider.

— C'est tellement inattendu ! dit-elle.

— Sans doute. Mais exiger de vous que vous régliez cette situation en un jour serait totalement irréaliste. De toute façon, St Bartholomew's Road n'est pas un quartier convenable pour vous. Pardonnez-moi, mais vous méritez beaucoup mieux.

— Vous pensez vraiment que je peux rester chez vous quelques jours de plus ?

— Tout à fait.

— Je n'arrive pas à y croire ! Vous ne voulez pas en savoir un peu plus, à mon sujet ? Après tout, je pourrais être une meurtrière...

— J'en sais suffisamment. Mon appartement est assez spacieux pour que nous ne nous dérangions pas mutuellement. Cela vous permettra de chercher un logement qui vous convienne mieux.

Naomi but quelques gorgées de cappuccino avant de le fixer.

— Pourquoi voulez-vous m'aider ?

Parce qu'il était terrifié à l'idée de la savoir dans ce trou infâme et qu'il ne parvenait pas à la chasser de son esprit.

— Je ferais la même chose pour n'importe qui, si je pensais que cette personne mérite mieux.

Quel menteur ! Mais il ne pouvait pas lui dire combien il avait apprécié de pouvoir parler à quelqu'un, même très brièvement. D'habitude, il se focalisait sur son travail et ne discutait avec personne avant d'arriver à l'hôpital.

Ce matin, c'était différent. Presque comme quand Meredith était là.

Meredith…

Faisait-il quelque chose de mal ? Non, sûrement pas ! Mais alors, pourquoi se sentait-il coupable tout à coup ?

Jamais Naomi n'aurait pensé vivre un jour dans un appartement aussi luxueux. La cuisine était tout simplement sublime !

Elle caressa du doigt le plan de travail en hêtre et les portes de placard en verre dépoli.

C'était la maison idéale, et elle y habitait, même si ce n'était que pour quelques jours.

Elle avait vidé sa valise, toutes ses affaires étaient bien rangées dans la penderie de sa chambre. Tom l'avait raccompagnée en voiture, et elle avait proposé de préparer le repas pendant qu'il se changeait.

Non qu'elle soit un fin cordon-bleu, loin de là ! La plupart du temps, elle se contentait de faire réchauffer le contenu de conserves, auquel elle ajoutait un œuf.

Elle trouva un gros steak dans le réfrigérateur.

Elle pourrait le couper en deux, préparer une purée de pommes de terre et faire cuire quelques brocolis.

Quand Tom la rejoignit, elle faisait bouillir de l'eau dans deux casseroles après avoir pelé et découpé ses légumes.

— Vous cuisinez ?

— Oui. Vous mangerez un steak ?

— Volontiers.

Il portait un jean noir et un T-shirt blanc qui dévoilait ses bras musclés. Qui aurait pu deviner qu'un corps aussi magnifique se cachait sous sa blouse blanche de médecin ?

— Comment l'aimez-vous ?

— A point, s'il vous plaît.

— Très bien… Euh… A quoi reconnaît-on que la viande est à point ?

Il eut un petit sourire.

— Donnez-moi votre main.

Sa main ? Que voulait-il faire, avec sa main ?

Elle obéit et l'observa tandis qu'il lui appuyait l'index sur son pouce.

— Vous sentez la pulpe de mon pouce ? C'est à peu près la même impression si vous touchez de la viande saignante. Maintenant, pressez votre index et votre pouce l'un contre l'autre. Vous sentez ? C'est bien cuit.

Elle l'imita, s'étonnant de la différence des sensations suivant les endroits qu'elle palpait.

— Pour finir, pressez votre pouce contre votre annulaire. Le steak est à point.

— Extraordinaire !

— Je suis content que la démonstration vous ait plu. Désormais, vous saurez.

— Désormais, je saurai, répéta-t-elle en passant un

brocoli sous l'eau du robinet. Mais il y a quelque chose que je ne sais pas.

— Quoi donc ?

— Si vous jouez du piano, dit-elle en désignant l'instrument.

Le visage de Tom exprima une succession d'émotions, et ses yeux se voilèrent légèrement.

Si elle avait battu des paupières une seule fois, elle ne s'en serait pas aperçue, mais elle ne l'avait pas quitté du regard.

Cette question avait sûrement réveillé un mauvais souvenir.

— Je ne joue plus depuis longtemps.

Elle n'aurait pas dû insister, mais il suscitait sa curiosité.

— Pourquoi ?

— Parce que je ne l'ai fait que pour mon épouse.

Tournant les talons, il regagna sa chambre en toute hâte.

Elle resta plantée dans la cuisine, la bouche entrouverte.

Elle ignorait que Tom avait été marié, mais elle se rappelait maintenant cette alliance à sa main droite. Elle aurait dû le deviner et éviter de le bouleverser !

Soudain, elle se sentit stupide. C'était leur seconde nuit sous le même toit, et elle perturbait son hôte en le forçant à évoquer un passé dont il ne voulait visiblement pas se souvenir.

Elle jeta les steaks sur l'huile bouillante et brancha la petite télévision.

Tom arpentait sa chambre de long en large.

Pourquoi avait-il réagi de cette façon ? Quel âge avait-il ? Douze ans ?

Se sentant ridicule, il ouvrit la porte, prêt à s'excuser auprès de Naomi pour son comportement.

Mais la cuisine était envahie par la fumée, et l'alarme se déclencha brusquement.

— Qu'est-ce… ?

Naomi secouait une serviette au-dessus de la poêle envahie par des flammes, qu'elle attisait en les éventant.

— Stop ! cria-t-il.

La poussant de côté, il éteignit le gaz et s'empara d'un torchon qu'il abaissa lentement sur le feu, qui mourut en un instant.

Naomi toussait tant qu'elle pouvait.

— Je suis désolée, lâcha-t-elle. Je ne sais pas ce qui s'est passé.

Prenant un autre torchon, il l'agita sous l'alarme de façon à dissiper la fumée pour qu'elle cesse de hurler. Dès que le silence fut rétabli, il perçut un son léger derrière lui et se tourna vers Naomi.

— Je suis désolée, Tom. Il y avait une émission de cuisine à la télé. Ils mettaient de l'alcool dans la poêle pour…

— Pour flamber la viande ?

— Oui, et ça avait l'air de marcher.

— Trop bien, apparemment. Combien en avez-vous mis ?

— Une goutte, je vous assure !

— Hum…

— Je me sens tellement stupide ! Je ne l'avais jamais fait et je voulais vous impressionner avec un bon steak, après vous avoir bouleversé par mes questions indiscrètes.

— Tout va bien. Personne n'a souffert, à part les steaks.

Jetant un coup d'œil à la viande calcinée, il ne put s'empêcher de pouffer de rire.

Naomi ne tarda pas à l'imiter.

— Vous devez me prendre pour une catastrophe ambulante, dit-elle lorsqu'elle eut repris son souffle.

— Un peu… Comment avez-vous survécu, pendant toutes ces années ?

Les joues de Naomi prirent une belle couleur écarlate.

— Le micro-ondes est devenu mon meilleur ami, ainsi que les plats tout préparés.

— Personne ne vous a jamais appris à faire la cuisine ?

Elle secoua la tête.

— Ma mère n'était pas du genre à transmettre des compétences. Elle n'en avait d'ailleurs aucune, sinon celle de tomber amoureuse des pires individus qu'elle pouvait trouver.

Souriant, il fixa Naomi pendant quelques secondes de plus que la politesse ne le permettait.

Malgré son peu de dons en cuisine et sa tendance à tomber des échelles, elle lui plaisait. Il la trouvait innocente, douce, drôle…

Il ne devait pas s'aventurer sur ce terrain !

Le visage de Meredith flotta un instant dans son esprit, et il se sentit coupable. Il n'avait pas le droit d'admirer une autre femme, et il était urgent qu'il pense à autre chose… Et surtout pas au fait que Meredith aurait dû être dans la cuisine avec lui, au lieu de Naomi.

— Je vous apprendrai à cuisiner, déclara-t-il en repoussant cette pensée.

— Quoi ? Vous m'avez déjà sauvée, vous m'hébergez… Vous n'êtes pas obligé, en plus, de me transformer en chef étoilé.

Prenant la poêle, il en vida le contenu dans la poubelle.

— Il le faudra bien, si je veux rester en vie cette semaine.

Naomi laissa échapper un soupir et sourit.

— Très bien. Le menu de ce soir se réduira donc à la purée de pommes de terre et aux brocolis.

— Il doit y avoir du poisson pané dans le réfrigérateur.

— Je devrais m'en sortir.

Il hocha la tête avec approbation.

— Super ! Je m'attends à des délices culinaires.

Tom mit la table, et Naomi ne tarda pas à apporter deux assiettes fumantes qu'elle posa devant eux.

Elle était contente de servir de nouveau un repas à quelqu'un, de partager ce moment. Cela faisait partie des plaisirs simples. Même si elle avait souhaité goûter à la liberté, elle s'apercevait maintenant qu'elle avait besoin de compagnie.

— Je n'avais pas fait ça depuis longtemps, remarqua-t-elle.

— Manger du poisson pané ? demanda Tom.

— Dîner avec quelqu'un, répliqua-t-elle en souriant. J'avais oublié combien c'est agréable.

Tom sembla pensif un instant, puis il lui rendit son sourire.

— Je suis d'accord.

Poussant son brocoli de côté, elle aplatit sa purée avant de la sculpter avec sa fourchette.

Après l'avoir gêné avec sa question à propos du piano, elle voulait qu'il se sente bien. Si elle lâchait quelques confidences sur son mariage et la perte qu'elle avait faite, cela détendrait peut-être l'atmosphère.

— J'étais mariée il n'y a pas très longtemps, moi aussi.

Leurs regards se rencontrèrent.

— Il s'appelait Vincent, continua-t-elle, et nous avons été ensemble pendant huit ans.

— C'est long.

— Oui, c'est ce que j'ai parfois pensé. Ensuite, j'ai mesuré combien c'était court.

Tom piqua un morceau de brocoli avec sa fourchette.

— Vous n'êtes pas obligée de m'en parler, si vous n'en avez pas envie.

Mais elle souhaitait poursuivre son récit. S'ils devaient vivre côte à côte pendant quelque temps, elle ne voyait aucune raison pour ne pas partager une partie de son passé avec lui. D'ailleurs, elle pensait qu'il pouvait être intéressé sur le plan médical.

— Mon mari souffrait de fibrodysplasie ossifiante progressive.

La fourchette de Tom s'arrêta à mi-chemin entre l'assiette et sa bouche.

— La maladie de l'homme de pierre ? C'est rare. Une personne sur deux millions en est atteinte.

— Il vous est arrivé de soigner ce genre de patients ?

— Jamais.

— Vincent présentait les symptômes dès son plus jeune âge. Lorsqu'il était bébé, on avait remarqué une malformation des orteils, mais le diagnostic n'a été posé que plus tard. L'ossification s'est d'abord manifestée au niveau du cou et des épaules. Quand j'ai fait sa connaissance, il était déjà en fauteuil roulant, obligé de rester assis. Il faisait des allers et retours entre l'hôpital et la maison, pour que l'on soigne une pneumonie ou des infections pulmonaires.

— Cela n'a pas dû être facile pour vous deux.

— C'est dur de voir quelqu'un que l'on aime emprisonné dans son propre corps. Le moindre choc provoquait une poussée osseuse… J'ai abandonné mon travail pour le soigner à plein temps.

Visiblement fasciné par son histoire, Tom reposa son couteau et sa fourchette.

— Ce devait être un homme extraordinaire !

— Oui. Il était optimiste, positif… Du moins, autant qu'il l'a pu jusqu'à la fin. Bien sûr, il avait ses mauvais jours.

— Comme nous tous. Je suis désolé que vous l'ayez perdu.

Elle repoussa son assiette avec un sourire.

— En tout cas, je n'ai pas incendié la maison.

Après avoir débarrassé la table, elle vida les restes dans la poubelle.

Tom la rejoignit dans la cuisine et leur servit deux verres de vin. Ils trinquèrent.

— Que faisiez-vous pour vous détendre, quand vous ne vous occupiez pas de votre mari ?

— Je lisais, je faisais des recherches sur sa maladie. J'espérais trouver des traitements expérimentaux. N'importe quoi qui aurait pu le soulager.

— Et qu'est-ce que vous faisiez pour vous ?

— Pour moi ? répéta-t-elle avec surprise. Je ne m'en souviens pas.

Tom la fixa un instant avant de siroter pensivement son vin.

4.

Tom et Naomi étaient tous deux de service aux urgences, ce matin-là. Pour une raison inconnue de lui-même, Tom se sentait d'humeur maussade en arrivant à l'hôpital.

La semaine s'était avérée plus compliquée qu'il ne l'avait imaginé. Il avait cru qu'il pourrait facilement organiser l'emploi du temps de Naomi et le sien de façon qu'ils ne se croisent pas trop souvent. Mais, même lorsqu'elle n'était pas là, son parfum flottait dans l'air, sa brosse à dents et sa petite trousse à maquillage étaient dans la salle de bains…

Et, quand ils se retrouvaient dans l'appartement, c'était encore plus dur.

Une fois, il était rentré au milieu de la nuit, s'attendant à ce que Naomi soit endormie.

C'était bien le cas, mais elle était étendue sur le canapé avec la télévision allumée.

Il était resté un long moment à contempler son visage si détendu, si paisible. Puis, se sentant soudain coupable de l'observer à son insu, il avait regagné sa chambre en vitesse. Et, une fois couché, il avait eu le plus grand mal à trouver le sommeil.

Au début, il était bien décidé à ne pas l'apprécier. Mais ensuite, il avait constaté qu'elle était une excellente infirmière, qui parvenait à établir un bon contact avec les patients les plus difficiles. Et à la maison…

A la maison, elle lui préparait des sandwichs et lui laissait des mots sur le réfrigérateur pour qu'il sache où les trouver.

Un soir, elle avait même fait des cookies. Par bonheur, elle n'avait pas mis le feu à l'appartement. Ses biscuits étaient un peu résistants sous la dent, mais il les avait mangés pour la récompenser de ses efforts.

Elle avait même réussi à s'occuper de son propre logement : la porte avait été remplacée, les serrures changées. Elle était censée repartir le lendemain, et il ne savait pas très bien s'il devait s'en réjouir ou le regretter.

Une ambulance amena la première patiente de la journée.

C'était une vieille femme frêle aux mains parsemées de taches de vieillesse et aux cheveux gris. Sa chemise de nuit rose pâle bordée de dentelle était bien trop grande pour elle.

— Elle s'appelle Una Barrow, déclara l'ambulancier. Elle a quatre-vingt-neuf ans et elle habite à la maison de retraite des Grands Chênes.

C'était une résidence réservée à des patients atteints de la maladie d'Alzheimer. Le personnel s'était inquiété lorsqu'elle avait cessé de manger et de boire, la veille. Ce matin, elle avait 38 de fièvre, la saturation en oxygène était de 90 %, la tension artérielle de 9/6, ce qui était habituel pour elle.

— Elle ne nous a pas laissés vérifier son taux de glycémie, précisa l'ambulancier. Elle est devenue agressive et, vu la fragilité de sa peau et son ostéopénie, nous avons préféré ne pas prendre le risque de la blesser. J'espère que ça vous convient, doc ?

— Bien sûr, répondit Tom. On s'en chargera nous-mêmes. Rien d'autre sur son passé médical ?

— Rien de significatif.

— Elle a de la famille ?

— Une fille qui habite à plus de cent kilomètres. Les Grands Chênes lui ont passé un coup de fil, et je crois qu'elle est en route.

Il restait à installer Una avant l'arrivée de sa fille. Avec un peu de chance, ils auraient de bonnes nouvelles à lui annoncer.

— Très bien, tout le monde, nous allons procéder à un bilan complet, lança Tom.

Se tenant à l'écart, il laissa son équipe, y compris Naomi, lire à voix haute les résultats des examens et les observations déjà rassemblées dans le dossier de leur patiente.

Tous les symptômes indiquaient une possible infection urinaire, mais il avait besoin d'une analyse d'urine pour confirmer ce diagnostic.

Naomi tentait de lui faire une prise de sang, quand Una saisit sa main.

— Rosie ? s'enquit-elle d'une voix tremblante.

— Non, Una. Je m'appelle Naomi et je suis infirmière. Je suis là pour m'occuper de vous, répondit Naomi en pressant gentiment les doigts de la vieille dame.

Mais Una resserra son étreinte, l'empêchant de s'éloigner.

— Ne m'abandonne pas, Rosie ! Ils veulent me tuer !

Naomi jeta un coup d'œil en direction de Tom, lui signalant d'un geste qu'elle ne pouvait rien faire tant que la patiente s'agrippait à elle.

Il fit quelques pas dans leur direction.

— Una ? Je suis médecin. Vous n'êtes plus aux Grands Chênes, mais dans un hôpital.

Una battit des paupières. Ses yeux vitreux se posèrent sur Tom avant de revenir à Naomi.

— Un hôpital ?

— C'est cela. Vous êtes en sécurité ici, personne ne vous fera de mal. Mais vous n'allez pas très bien, Una. Vous avez de la fièvre. C'est pourquoi nous allons vous soigner.

— Ne me laisse pas, Rosie, geignit la vieille dame.

Naomi et Tom échangèrent un regard.

La maladie d'Alzheimer est une affection cruelle, qui enlève chaque jour à sa victime une partie de ce qu'elle a été.

Naomi avait assisté à la lente dégradation de l'état de son mari, et de son côté il avait regardé Meredith s'en aller jour après jour. Il lui avait tenu la main, priant pour qu'elle lui revienne, mais les pronostics des médecins prédisaient le contraire. Pour finir, le verdict était tombé : mort cérébrale. Le respirateur la maintenait en vie, mais les parents de Meredith et lui avaient décidé de débrancher la machine.

Une décision horrible, qu'il ne souhaitait à personne !

— Laissez-la croire que vous êtes Rosie jusqu'à ce que sa fille arrive, dit-il doucement à Naomi. Si elle se sent en sécurité, nous pourrons lui faire la prise de sang et prélever un échantillon d'urine.

— Très bien, répliqua Naomi, je ne bouge pas d'ici.

Elle tendit le bras pour attirer une chaise de plastique près du lit, puis elle s'assit et sourit.

— Etant donné la façon dont elle s'accroche à moi, je ne risque pas de m'éloigner !

— Parfait. Vous pourrez noter les constantes toutes les demi-heures ?

— Par bonheur, ma main droite est libre, remarqua Naomi en prenant le dossier.

La respiration d'Una s'apaisait, et elle ne tarda pas à s'endormir.

Regagnant la station centrale, il commença à taper son rapport sur un ordinateur, non sans garder un œil sur Naomi et Una.

Peu après, Stefan, un des infirmiers, entra dans le box.

— Ah, Naomi ! Si seulement tu me tenais la main comme ça !

Coureur invétéré, Stefan tentait sa chance auprès de toutes les femmes de l'hôpital. Tom le savait, pourtant la façon dont il s'adressait à Naomi lui donna la chair de poule.

Mais en quoi cela le concernait-il ?

— Je ne pense pas que ce soit ma main que tu veuilles tenir, Stefan, répondit simplement Naomi.

L'infirmier se mit à rire. Prenant l'emballage stérile qu'il était venu chercher, il fit mine de s'en aller.

— Tu me connais trop bien, ma douce, dit-il. Et je devine que je n'arrive pas à la cheville du Dr Williams. Mon thorax de poulet ne vaut pas une poitrine aussi musclée. Ce doit être agréable à regarder, chaque matin, non ?

Sur cette boutade, Stefan gagna les portes battantes et quitta le service.

Choqué, Tom fixa Naomi en silence.

Etaient-ils déjà l'objet de ragots ? Naomi vivait chez lui depuis une semaine, mais il n'en avait parlé à personne. Peut-être les avait-on vus arriver ensemble à l'hôpital, les fois où leurs services concordaient ?

Il détestait l'idée que des rumeurs ternissent sa réputation ou celle de Naomi. Ils partageaient temporairement son appartement, rien de plus. D'ailleurs, cette situation ne durerait pas, puisque le logement de Naomi était quasiment remis en état et qu'elle allait en chercher un autre.

Il se rapprocha du box.

— Naomi, est-ce que vous avez mis quelqu'un au courant de notre arrangement ?

— Bien sûr que non ! Ce ne sont que des commérages. Ils ne tarderont pas à se lasser.

— Vous êtes plus optimiste que moi.

Il regarda Naomi, dont la vieille dame serrait toujours la main.

Avait-elle conscience de sa beauté ? Savait-elle qu'elle pourrait être mannequin, si elle le souhaitait ?

Elle avait des traits fins et délicats, de longs cheveux maintenus à l'arrière de la tête avec une barrette. Elle n'avait certainement pas passé des heures à se coiffer, pourtant sa chevelure semblait incroyablement douce et soyeuse. Elle ne portait pas de bijou, mais elle n'en avait pas besoin, tant il y avait de couleur et d'éclat dans ses yeux. Ces yeux chocolat qui le retenaient prisonnier chaque fois qu'elle le regardait. Elle avait un petit grain de beauté sur la joue droite, des lèvres pleines et roses, et quand elle souriait elle lui faisait un effet proprement dévastateur.

Il détestait l'admettre, mais elle le captivait.

A voir Naomi, on ne pouvait qu'imaginer qu'il tenterait de la séduire. Stefan et les autres colporteurs de ragots avaient beau jeu. Il ne leur venait tout simplement pas à l'esprit que sa relation avec elle était innocente.

En l'invitant à rester chez lui, il avait commis une terrible erreur…

— Où en est votre recherche d'appartement, demanda-t-il.

C'était un changement de sujet brutal, en totale contradiction avec ce qu'il lui avait dit peu de temps auparavant. Mais il n'aurait peut-être pas dû lui proposer de s'installer dans sa maison, un lieu privé où il conservait tous ses souvenirs.

— Je n'ai rien trouvé qui convienne jusqu'à maintenant…

— La patiente s'est endormie, mademoiselle Bloom. On a peut-être besoin de vous en petite traumatologie. Rendez-vous dans ce service, s'il vous plaît.

Naomi leva vers lui un regard troublé, puis elle se tourna vers Una pour voir si elle pouvait lui retirer sa main sans la bouleverser.

— Qui va noter les constantes dans son dossier ? demanda-t-elle lorsqu'elle y fut parvenue.

— Je m'en charge.

— Très bien.

Lorsqu'elle s'éloigna, il se passa la main dans les cheveux et laissa échapper un grand soupir, exaspéré.

Il s'en voulait de s'être comporté aussi grossièrement, mais il n'avait pas pu s'en empêcher.

Que lui arrivait-il ?

En petite traumatologie, Naomi s'aperçut que le personnel était suffisant. Elle s'apprêtait à retourner aux urgences, lorsqu'elle vit une femme d'une cinquantaine d'années qui traversait le service, l'air perdu.

— Je peux vous aider ? demanda-t-elle.

— S'il vous plaît, oui ! s'exclama la femme avec soulagement. On m'a appelée pour me prévenir que ma mère, Una Barrow, avait été hospitalisée. Je crois que je me suis trompée d'étage.

— Cela arrive tout le temps, ne vous inquiétez pas. Je sais où est votre maman.

— Comment va-t-elle ?

— Actuellement, elle est stable. On pense qu'elle souffre d'une infection urinaire.

— Encore ! Mais elle n'est pas en danger ?

— Pour l'instant, elle dort.

En poussant les portes des urgences, Naomi remarqua l'expression surprise de Tom à sa vue.

— Docteur Williams, je vous présente la fille de Mme Barrow.

— Rosie, dit-il en s'approchant d'elles, la main tendue.

— Oui. Je m'appelle Rosemary.

— Votre mère vous a réclamée.

Il la conduisit dans le box et la regarda prendre la main de la vieille dame.

— Lorsqu'elle est arrivée, elle avait de la fièvre, expliqua-t-il, mais sa température baisse lentement. Nous lui avons administré du paracétamol en perfusion, ainsi qu'une solution pour l'hydrater et du triméthoprime.

— Qu'est-ce que c'est ?

— Un antibiotique qui marche dans 90 % des cas.

— Qu'est-ce que vous ferez, s'il est inefficace ?

— Nous la traiterons aux céphalosporines.

— Très bien. Vous semblez savoir ce que vous faites.

A cet instant, Una ouvrit les yeux et aperçut sa fille.

— Rosie…

— Bonjour, maman.

Naomi se retira avec Tom.

— Tout va bien ? lui demanda-t-elle.

— Bien sûr. Pourquoi cette question ?

— Vous sembliez contrarié, dit-elle en haussant les épaules. Si c'est parce que je suis toujours chez vous, je voulais vous dire que je n'ai pas encore trouvé d'appartement qui corresponde à mes moyens, et…

Le cœur battant sourdement, il souhaita soudain qu'elle s'en aille.

— Vous voulez bien vérifier le contenu des chariots, s'il vous plaît ?

Elle leva vers lui un visage inquiet, mais il fit ce qu'il put pour l'ignorer.

Qu'y avait-il de particulier en elle pour qu'il soit affecté à ce point ? Il côtoyait sans cesse des femmes, mais elle était la seule à l'émouvoir. Et puis, il y avait ces rumeurs… Après le décès de Meredith, il en avait déjà été la victime à l'hôpital. On s'était étonné qu'il reprenne si vite son poste, on l'avait jugé.

Peut-être devrait-il aider Naomi à trouver un nouveau logement pour mettre fin à cette attraction.

Pendant sa pause du matin, Naomi prenait un café dans la salle de repos avec sa nouvelle amie, Jackie, une aide-soignante qu'elle avait aussitôt appréciée pour sa rigueur dans le travail et sa joie de vivre. Il y avait dans la salle quelques autres personnes, dont Stefan qui bavardait avec des collègues.

Cela faisait maintenant deux semaines qu'elle vivait chez Tom. Ils avaient connu un moment un peu pénible quand Stefan leur avait fait comprendre qu'on parlait dans leur dos, mais ça s'était arrangé. En tant que collègues, ils étaient toujours sur la même longueur d'onde. Et, pour ce qui était de leur cohabitation, elle se sentait la plupart du temps la bienvenue chez Tom, même s'il semblait parfois mal à l'aise.

Jackie était en train de lui parler du bal de printemps.

— Tu comptes y aller ? demanda-t-elle.

— Non.

— Tu devrais ! C'est encore mieux que la réception de Noël. Tu peux t'habiller comme une princesse et danser avec un bel homme. Le Dr Williams pourrait t'accompagner.

— Je ne vois pas pourquoi.

— Eh bien, tu couches avec lui, non ?

Naomi se sentit devenir écarlate.

— Quoi ? Mais non, voyons ! C'est ce que tout le monde dit ?

Jackie se pencha vers elle et baissa la voix.

— Vous partez ensemble, vous arrivez ensemble, alors…

— Mais c'est faux ! s'écria Naomi en se levant d'un bond. J'ai été cambriolée, mon appartement était saccagé. Le Dr Williams m'a proposé de m'héberger jusqu'à ce que je trouve un logement, voilà tout !

Jackie leva les mains en signe de paix.

— D'accord, je te crois, calme-toi ! Je te rapporte seulement ce qu'on dit. Allez… Il est canon, ce mec !

— C'est un ami, un collègue de travail et mon patron, rien de plus, affirma Naomi avec force.

A ce moment, Tom entra, un mug à la main. Il s'immobilisa pour la fixer, le visage impassible, puis il balaya du regard tous ceux qui se trouvaient là et attendaient visiblement sa réaction. Il se contenta d'approcher de la cafetière pour se servir.

Naomi ne s'était pas aperçue qu'elle retenait son souffle.

Elle laissa échapper un soupir, se demandant comment elle pourrait jamais s'excuser auprès de lui pour l'avoir ainsi exposé aux ragots.

Se laissant retomber sur la chaise près de Jackie, elle reprit sa tasse.

— Tu ne connaîtrais pas un appartement à louer ?

Tom se tenait devant l'entrée de l'hôpital, les doigts crispés sur sa chope, brûlant d'envie de retourner dans la salle de repos.

Ce serait une mauvaise idée. Il n'était pas du genre violent et il n'aimait pas particulièrement les affrontements, mais il aurait voulu dire à tous ces gens sa façon de penser.

Naomi Bloom était une collègue. Elle occupait sa chambre d'amis, rien de plus. Mais tout allait de travers dans sa vie depuis qu'elle était tombée de cette échelle pour atterrir dans ses bras.

Il s'assit sur un banc et sirota son café.

C'était l'une de ces rares journées de février où le soleil brille et où il n'y a pas de vent. On se serait presque cru au printemps. Les jonquilles montraient le bout de leur nez, et malgré la circulation il entendait le chant des oiseaux.

C'était un jour comme celui-ci que Meredith avait été renversée par une voiture. Le conducteur avait bu, il roulait trop vite, mais il avait aussi prétendu avoir été aveuglé par le soleil. Parce qu'il n'avait pas vu l'autre véhicule, il avait fait une embardée, était monté sur le trottoir et avait heurté Meredith. Celle-ci faisait son jogging le long de la rue, ses écouteurs aux oreilles, elle n'avait pas entendu le moteur…

Tom poussa un gros soupir.

Il devait faire attention, pas question d'avoir une liaison avec Naomi. Mais, depuis son irruption dans sa vie, il était indéniablement troublé. Parfois, il avait du mal à se concentrer. La nuit, il trouvait difficilement le sommeil, la sachant dans la pièce voisine. Et maintenant, les ragots allaient bon train !

Ce n'était pas le genre de réputation qu'il revendiquait. Il voulait qu'on voie en lui un excellent médecin, et rien d'autre !

Dans la soirée, Naomi commençait à préparer le repas. Elle avait mis des pâtes dans l'eau en train de bouillir, ouvert une boîte de sauce tomate au basilic et elle lavait une salade. C'était dans la limite de ses talents culinaires et une bonne façon de se faire pardonner.

La radio était branchée, et elle se mit à chanter faux, sans se soucier du fait qu'elle ne connaissait pas la moitié des paroles de la chanson.

Elle tendait la main vers un flacon rempli d'herbes aromatiques, lorsqu'elle s'aperçut que Tom était sorti de sa chambre et qu'il la regardait se trémousser en rythme.

— Salut ! dit-elle en rougissant.

— Vous cuisinez de nouveau ? demanda-t-il, un sourire amusé aux lèvres.

Elle se tapota machinalement les cheveux pour s'assurer qu'ils étaient bien en place.

— Euh… Oui. Mais cette fois, je suis certaine de ne provoquer aucun dégât.

— Pas de camion de pompiers ?

— Non, répliqua-t-elle en riant. Enfin… J'espère que non. Ecoutez, Tom, je suis vraiment désolée pour ce qui s'est passé aujourd'hui.

— Ne le soyez pas ! De mon côté, j'ai mal réagi. Je vous ai ignorée au lieu de faire front commun avec vous et je m'en excuse.

L'espace d'un instant, elle éprouva l'envie de le serrer

dans ses bras comme elle le faisait avec Vincent après une dispute.

Elle réprima très vite cette pensée absurde.

— Depuis que je vous connais, dit-elle, vous n'avez cessé de me rendre service. Tout ce que vous obtenez en retour, c'est que je traîne votre nom dans la boue.

— N'exagérons rien ! Ce n'est rien, en comparaison de ce que supportent certaines personnes.

Faisait-il allusion à son expérience avec Vincent ? Oui, il était difficile de regarder quelqu'un mourir sans rien pouvoir faire. Elle éprouvait la même impuissance avec les patients atteints de la maladie d'Alzheimer.

— Je suis d'accord avec vous.

— Vous n'avez pas eu l'impression que je souhaitais vous voir quitter mon appartement, j'espère ?

— Un petit peu.

— Je suis navré mais, quand Jackie a laissé entendre que nous étions… Que nous couchions ensemble, j'ai eu le sentiment que, tous autant qu'ils étaient, ils ne tenaient aucun compte de l'amour que j'avais pour ma femme. Ces rumeurs n'ont pas lieu d'être parce que je ne fréquenterai jamais une autre femme.

— Jamais ?

— J'ai connu le véritable amour, et cela n'arrive qu'une seule fois dans une vie.

— Vous croyez vraiment que, sur les milliards d'individus qui peuplent la planète, il n'y a qu'une seule personne qui puisse être notre âme sœur ?

Tom réfléchit un instant avant de répondre.

— Ce serait un miracle s'il y en avait une autre.

— En disant cela, vous vous condamnez à rester seul. J'ai aimé Vincent, mais je ne pense pas qu'il soit mon seul et unique amour.

— Nous avons peut-être tous les deux raison, mais

dorénavant je ne veux plus de ragots à notre propos. Nous allons devoir mettre tous ces gens au pas.

— D'accord.

— Et je voudrais vous aider à trouver un appartement qui vous convienne. Je peux utiliser mon réseau.

Il voulait clairement qu'elle débarrasse le plancher.

— Merci beaucoup, Tom, dit-elle, amèrement déçue.

Il la regarda comme s'il allait dire autre chose, mais il se ravisa et lui sourit avant d'aller s'asseoir sur le canapé.

Zut, l'eau des pâtes allait déborder !

Elle baissa le feu juste à temps.

Au moins, la catastrophe avait été évitée.

5.

Les portes s'ouvrirent devant des ambulanciers qui amenaient un nouveau patient. Quelques minutes plus tard, l'équipe effectuait le transfert vers un lit.

Tom et Naomi avaient passé une semaine à rechercher un appartement, sans succès. Soit le logement était trop petit, soit il était situé trop loin de l'hôpital. Ils s'étaient donc installés dans une sorte de routine. Tom faisait en sorte d'éviter les sujets de conversation trop dangereux. Comme il ne voulait pas se dévoiler, il avait l'impression qu'il devait constamment empêcher Naomi de lui poser des questions indiscrètes.

L'ambulancier lui tendit son rapport.

— Derek, quarante-deux ans. Accident de voiture il y a une demi-heure. Il roulait à soixante à l'heure, quand il a fait une embardée et a heurté un réverbère. L'airbag s'est déployé. Il présente une entaille au-dessus du sourcil gauche, des contusions au niveau de l'épaule droite, et son poignet gauche est peut-être brisé. Le patient a admis qu'il avait bu une grande quantité d'alcool, ce qui a été confirmé par l'alcootest.

Tom parcourut le rapport, le visage impassible.

Encore un imbécile qui se croyait au-dessus des lois ! Quand ces gens comprendraient-ils qu'ils mettaient en danger la vie d'autres personnes ?

— Personne d'autre n'a été blessé ? demanda-t-il.

— Non, mais il s'en est fallu de peu, répondit l'ambulancier. Il y avait des enfants. Ils ont eu de la chance que leur mère le voie arriver et ait eu le temps de les écarter de son passage.

Des enfants ?

En Tom, la colère commençait à bouillonner.

Il remercia l'équipe de l'ambulance, qui récupérait son matériel, et il rejoignit ses collègues.

Naomi posait une perfusion tandis qu'un médecin palpait l'abdomen du patient et qu'un autre prenait sa tension.

Les techniciens de radiologie arrivèrent et prirent plusieurs clichés du thorax, ainsi que du bassin. Tom administra ensuite à Derek quelques antalgiques et attendit les résultats.

L'homme avait de la chance, il n'avait rien de cassé. Son poignet n'était que foulé. Le principal problème à présent, c'était sa blessure en haut du front, qui nécessitait des points de suture.

Naomi disposa un kit de suture et des gants stériles sur un chariot, puis elle nettoya la plaie et l'irrigua.

— Tout va bien ? demanda-t-elle à Derek, qui faisait la grimace.

— Ça fait mal ! Vous ne m'anesthésiez pas ?

— Le Dr Williams va s'en charger.

— Ce sera long ?

— Vous êtes pressé ?

— Mon frère se marie à 15 heures.

— Vous avez tout le temps devant vous.

Tom se lava les mains.

C'était son métier, mais les gens comme Derek le mettaient en colère. Il ne pouvait pas s'empêcher de penser qu'un individu du même genre avait tué l'amour de sa vie. Derek avait eu de la chance. Il s'en tirait plutôt bien et n'avait blessé personne, mais c'était tout juste ! Les enfants n'avaient pas été renversés grâce à la promptitude d'esprit de leur mère.

Tom se sécha les mains avec une serviette de papier avant d'enfiler les gants.

— Eh, doc, donnez-moi de la bonne came, hein ? Je ne supporte pas bien la douleur.

Tom remplit sa seringue sans répondre.

Il avait conscience que Naomi l'observait, les sourcils froncés, mais ce n'était pas le moment de lui fournir une explication. Surtout pas en présence de cet abruti !

Il se pencha sur le patient pour examiner la plaie et trouver le meilleur endroit pour enfoncer son aiguille.

— Vous allez sentir une piqûre, dit-il.

Il éprouva une petite satisfaction quand Derek fit la grimace.

— Ouille, doc !

Il fit plusieurs injections avant de retirer ses gants et de retourner à l'évier pour se laver les mains.

— On va attendre un instant, annonça-t-il. Mademoiselle Bloom, inscrivez la posologie dans le dossier.

Elle le suivit jusqu'à la station centrale.

— Tout va bien ? Vous aviez l'air… distrait, comme si vous étiez mécontent.

— Pourquoi le serais-je ?

Revenant sur ses pas, il se lava une nouvelle fois les mains et enfila une autre paire de gants, conscient que Noami le regardait bizarrement avant de s'éloigner.

Naomi trouva Jackie en train de vider un bassin dans le local destiné à cet effet.

— Salut, Naomi. Quoi de neuf ? lui demanda Jackie avec son habituelle bonne humeur.

— Rien.

Jackie referma le couvercle du lave-bassin et appuya sur le bouton qui activait la désinfection thermique.

— Allons ! Raconte ce qui te tourmente à tatie Jackie.

— Le Dr Williams se comporte bizarrement.

— Une querelle d'amoureux ?

Devant son air outragé, son amie secoua la tête.

— Je plaisante ! C'est peut-être à cause de ce chauffard ivre.

— On en voit tout le temps, aux urgences.

— Exact… Mais tu devrais peut-être le lui demander.

— J'imagine que tout le monde est au courant ?

— Presque. Je pensais que, toi aussi, tu étais au courant, puisque tu vis chez lui depuis un mois. Questionne-le… Enfin, si tu es assez gonflée pour ça. Ces temps-ci, il est plutôt irritable, et je ne me hasarderais pas à le provoquer !

— Raconte-moi, alors.

— Je crois que tu peux te permettre de lui en parler.

— Pourquoi ?

— J'ai vu la façon dont il te regarde.

Ce soir-là, Tom raccompagna Naomi en voiture. A son silence, elle devina qu'il réfléchissait ou qu'il était contrarié.

Regrettait-il une fois de plus de devoir l'héberger ?

Mais, une fois qu'ils furent rentrés, Tom s'approcha du piano, l'air songeur. Du bout des doigts, il caressa la surface lisse et noire.

Pensait-il à sa femme ? se demanda-t-elle.

Il lui avait dit qu'il n'avait jamais joué que pour elle. Cela avait-il un rapport avec le conducteur ivre qu'ils avaient soigné ? Et, si oui, de quelle nature ?

Elle ouvrit le réfrigérateur en quête d'inspiration pour le repas du soir, mais il était presque vide.

— Je crois que nous allons devoir faire des courses, dit-elle à Tom, qui venait la rejoindre dans la cuisine.

— Ça ne me dit rien, ce soir.

— Moi non plus. Dites-moi ce que vous aimeriez manger, je le commanderai pour vous.

Fourrant les mains dans ses poches, il s'appuya au comptoir.

— Vous aimez les fruits de mer ?

— J'adore. Pourquoi ?

— En ce cas, je connais l'endroit parfait pour en manger.

Naomi n'avait aucune idée de la façon dont elle devait s'habiller. Pour finir, elle choisit une robe de lainage blanc et un châle parsemé de petites roses, qu'elle drapa autour de ses épaules.

Lorsqu'elle sortit de sa chambre, Tom hocha la tête avec approbation.

De son côté, il était vêtu d'un costume noir et d'une chemise blanche ajustée. Il était tellement beau qu'elle sentit son cœur se mettre à battre plus vite.

Pourvu que de vilaines rougeurs n'apparaissent pas sur sa nuque et sa poitrine, comme cela lui arrivait quand elle était nerveuse !

Tom avait commandé un taxi, qui les emmena à destination. A peine arrivée, elle laissa échapper une exclamation émerveillée.

Le Phénix était un bateau-restaurant sur la Tamise. C'était un yacht magnifique sur la coque blanche duquel on avait peint un phénix renaissant de ses cendres, avec des lampions féeriques qui éclairaient la passerelle.

Elle s'était attendue à ce que Tom la conduise dans un établissement classique. Elle ne s'était jamais trouvée dans un endroit comme celui-ci. Ayant rencontré Vincent à l'hôpital, elle avait su dès le début dans quoi elle s'engageait. Leurs rendez-vous avaient eu lieu à l'hôpital ou dans des pubs équipés d'un accès pour les handicapés. Elle ignorait même que ce genre d'endroits existait !

Tom posa la paume sur son dos pour la guider à bord.

— J'ai retenu une table pour deux, dit-il au maître d'hôtel après s'être nommé.

L'homme vérifia son registre avant de les escorter jusqu'au pont supérieur, sous un auvent.

De l'autre côté de la rive, ils pouvaient voir les Chambres du Parlement tout illuminées, ainsi que la grande roue surnommée « L'œil de Londres » ou « Roue du millénaire ». Malgré la fraîcheur de l'air, elle n'avait pas froid.

On leur apporta la carte, qui comportait une grande variété de fruits de mer et de poissons : du bar aux câpres et au citron, du saumon à l'indienne, des crevettes sauce chili ou, plus simplement, du poisson cuit à la vapeur avec des légumes. Elle décida de prendre les crevettes en entrée, puis un kebab aux fruits de mer en plat principal, et de terminer avec un cheese-cake aux fraises.

— Très bon choix, acquiesça Tom. Je prendrai la même chose, ajouta-t-il à l'intention du serveur, qui s'inclina avant de s'éloigner.

— Mille mercis pour m'avoir amenée ici, dit-elle avec un sourire.

— C'est bien normal, puisque vous avez fait la cuisine toute la semaine. Il était temps de vous accorder une soirée de congé.

— D'accorder un congé à l'alarme incendie, vous voulez dire ?

Le vin que Tom avait commandé, un sauvignon blanc, fut servi. Après l'avoir goûté, il fit savoir au sommelier qu'il était satisfait, et leurs deux verres furent remplis.

— Vous êtes déjà venu ici ? demanda-t-elle.

— Jamais. C'est un collègue qui m'a recommandé ce restaurant.

— La journée n'a pas été facile, n'est-ce pas ?

Leurs regards se croisèrent.

— Que voulez-vous dire ?

Elle hésita, craignant de gâcher la soirée dès le début. Mais elle était aussi curieuse de savoir ce qui lui était arrivé autrefois.

— Je fais allusion à ce chauffard ivre… J'ai bien vu que vous étiez affecté personnellement.

Tom but une gorgée de vin et fixa un instant le fleuve, comme s'il y cherchait une réponse.

— J'imagine qu'on vous a dit ce qui est arrivé à Meredith ?

— Non.

Il parut surpris mais, avant qu'il ait eu le temps de dire quoi que ce soit, on leur servit les crevettes. Tom remercia le serveur et, quand ce dernier se fut éloigné, il la fixa dans les yeux.

— Meredith a été tuée par un chauffard ivre.

— Oh non ! Je suis vraiment désolée, Tom.

Elle tendit la main pour couvrir la sienne et lui pressa légèrement les doigts.

C'était sa façon d'être avec les gens. Elle les touchait pour leur exprimer sa compréhension.

Sous sa paume, les doigts de Tom étaient tièdes.

— Si vous préférez changer de sujet…

Il baissa les yeux sur leurs deux mains unies mais ne fit aucune tentative pour retirer la sienne.

— Non, il n'y a pas de problème.

— Parlez-moi d'elle. J'aimerais savoir qui elle était.

Il fronça légèrement les sourcils.

— Nous nous sommes rencontrés à l'hôpital, commença-t-il, et j'ai tout de suite eu le coup de foudre. C'était une infirmière fantastique, pleine de vie. Je me moquais d'elle parce qu'elle mangeait de la malbouffe au déjeuner, et elle me traitait de fanatique de la diététique sous prétexte que je n'avais mangé qu'une banane.

Naomi sourit.

— Elle disait que j'étais un obsédé de la santé, continua Tom, mais c'était elle qui faisait son jogging tous les matins, quel que soit le temps.

— Elle avait du caractère, apparemment !

— Exact. Le jour de son accident, elle courait. Elle avait l'habitude d'utiliser un casque pour écouter de la musique. Le conducteur est monté sur le trottoir et l'a renversée. D'après l'ambulancier, elle n'a rien entendu… Et rien senti.

— Je suis vraiment désolée ! répéta Naomi.

Après un bref silence, Tom lui sourit.

— Vous feriez bien de manger votre entrée avant qu'elle refroidisse.

Cuisinées avec des légumes croquants sautés et épicées, les crevettes étaient succulentes, le pain croustillant et cuit à point et, lorsqu'ils eurent terminé, le serveur leur apporta des rince-doigts.

— C'était vraiment délicieux ! s'exclama-t-elle.

Un sourire aux lèvres, le serveur enleva leurs assiettes.

La ville était belle, la nuit. A son arrivée, elle avait joué quelque temps les touristes, mais c'était pendant la journée. Elle s'était offert un tour sur la grande roue, ce qui lui avait permis d'avoir une vision panoramique de Londres. Mais ce soir, elle la voyait sous un autre aspect — et avec un ami.

Car Tom Williams était son ami, elle en était sûre, désormais. Il était aussi son patron et le propriétaire de son logement actuel, mais ils étaient devenus très proches. Ils avaient travaillé ensemble, vécu ensemble, mangé ensemble et partagé une salle de bains. Mais, depuis cette conversation, elle avait l'impression de le comprendre encore mieux.

Lors de leur première rencontre, elle avait trouvé Tom un peu condescendant et froid. Mais ensuite, il s'était montré très généreux. Plus tard, elle avait constaté qu'il travaillait dur et qu'il était très dévoué envers ses patients. Chez lui, il était devenu son ami et son mentor en matière de cuisine. En peu de temps, elle avait appris énormément de choses grâce à lui. Et maintenant, ils étaient ensemble sur ce merveilleux bateau.

Cette sortie n'était-elle pas représentative du changement de leur relation ?

— A Meredith, dit-elle en levant son verre.

Tom parut d'abord surpris, puis content.

— Et aux nouveaux amis, enchaîna-t-il en levant son verre à son tour.

Ils trinquèrent, et elle but une gorgée de vin dont la saveur fruitée chassa le goût épicé des crevettes.

Elle se sentait si bien avec Tom !

Le serveur leur apporta le plat principal, composé de brochettes de lotte, de coquilles Saint-Jacques et de saumon assaisonnées avec une sauce aux câpres et accompagnées de riz sauvage.

Ils se régalèrent tant et si bien que leurs assiettes furent rapidement vides.

— N'est-ce pas le signe que ma cuisine n'était pas aussi bonne que je le pensais ? s'écria Naomi en riant. J'ai l'impression que vous étiez secrètement affamé, Tom.

— Vos plats sont délicieux, affirma-t-il avec un sourire.

— Même calcinés ?

— Même ceux-là ! Je crois que les chefs manquent quelque chose. La carbonisation de la nourriture ajoute un certain je-ne-sais-quoi.

— Maintenant, je sais que vous mentez.

— Vivre avec vous m'a ouvert les yeux, répliqua-t-il.

— Merci ! Je vous retourne le compliment.

— Vraiment ? Pourquoi ça ?

— Vous semblez… le genre de type qui mange dehors tous les soirs. J'aurais cru que vous passiez votre temps au restaurant ou de réception en réception. Alors que, moi, je fais plutôt réchauffer des plats tout préparés au micro-ondes.

Tom remplit leurs deux verres de vin.

— Vous voulez dire que vous êtes casanière ?

— Tout à fait ! Et ça me plaît comme ça. On ne répétera jamais assez combien il est agréable de regarder la télévision en pyjama avec un bol de pop-corn.

— Vous avez raison ! On sous-estime le charme du *Home, Sweet Home.*

Elle le regarda plus attentivement.

— Et le vôtre ? Vous vous y plaisez ?

Tom réfléchit un instant, les lèvres pincées.

Il avait une belle bouche, un beau sourire et des dents magnifiques. Evidemment, il ne souriait pas assez souvent. Mais, quand ça lui arrivait, on ne pouvait pas s'empêcher de l'imiter.

— Maintenant, oui, dit-il enfin.

Cela signifiait-il qu'il se sentait mieux chez lui depuis qu'elle s'y trouvait aussi ?

— Vraiment ?

— Vraiment. Je crois que vous me manquerez, quand vous serez partie.

— Vous voulez dire que l'appartement sera plus calme ?

— Et plus vide.

On leur servit le cheese-cake aux fraises, qui s'avéra aussi délicieux qu'elle s'y attendait.

Après le café, Tom suggéra une promenade le long de la Tamise.

Elle drapa son châle autour de ses épaules.

Elle avait eu raison de le prendre. La soirée était agréable, mais l'atmosphère se rafraîchissait rapidement et elle frissonna.

Otant sa veste, Tom la lui posa sur les épaules.

Levant les yeux vers lui, elle lui sourit.

— Merci.

— Il n'y a pas de quoi.

Soudain, il lui sembla très seul, comme un homme qui n'a que la douleur pour compagne depuis longtemps.

Comment pourrait-elle le soulager ?

— Vous savez, Tom… Quand j'ai perdu Vincent, nous savions depuis des mois que la fin ne tarderait pas. Nous avons eu le temps de nous dire au revoir mutuellement. Est-ce que la perte de votre épouse n'est pas encore plus difficile parce qu'elle a été inattendue ?

— Peut-être, répliqua-t-il avec un haussement d'épaules. Ça fait d'autant plus mal que nous avions tous ces rêves. Des voyages, des enfants… Il m'a fallu y renoncer.

— Peut-être avons-nous tous les deux un avenir différent devant nous.

Tom émit un rire amer.

— Parlez pour vous ! Je vous rappelle que je n'ai nullement l'intention de m'engager sérieusement avec une autre femme. Vous croyez encore qu'une autre âme sœur vous attend quelque part, c'est pourquoi le futur vous apparaît sous un jour prometteur.

Un couple venait à leur rencontre. La femme avait posé la tête sur l'épaule de son compagnon, qui lui déposa un baiser sur les cheveux. Ils étaient visiblement très amoureux.

Naomi leur sourit au passage.

— Je pense qu'il y a quelqu'un pour vous, Tom.

Sentant son regard sur elle, elle s'arrêta de marcher un instant pour le regarder.

— Promettez-moi que vous chercherez cette personne, le supplia-t-elle en lui prenant la main.

— Je…

— Vous ne devriez pas rester seul. Pas pour le restant de votre vie.

— Vous êtes très gentille, Naomi.

D'un doigt, il repoussa une mèche rebelle derrière son oreille. Ses yeux étincelaient à la lueur de la lune. Ils étaient maintenant face à face, et si proches qu'on aurait dit que le mince espace qui les séparait grésillait sous l'effet d'un courant électrique. Les yeux de Tom plongeaient dans les siens, comme s'il y cherchait quelque chose qu'il était le seul à pouvoir discerner.

Elle retint son souffle.

Est-ce qu'elle souhaitait que Tom l'embrasse ?

Oh oui ! Absolument !

Cette révélation explosa en elle, et ce baiser lui apparut comme une évidence. Elle l'avait toujours voulu, mais elle ne s'était jamais permis de le reconnaître. L'instant était venu, et…

Il lui sembla que la scène se déroulait au ralenti : Tom s'approcha encore, pencha la tête, et elle ferma les yeux quand leurs deux bouches se frôlèrent.

Le cœur battant, elle respira plus vite.

Tom savait-il à quel point elle souhaitait ce baiser ?

Mais il ne venait pas.

Ouvrant les yeux, elle vit que Tom se redressait, le visage crispé par le chagrin et le regret.

— Désolé, je ne peux pas…

C'était affreux ! Elle aurait tellement voulu soulager sa peine ! Lui faire comprendre qu'il existait encore une chance de bonheur pour lui !

Il se remit à marcher et se retourna pour voir si elle le suivait.

— Pardonnez-moi, Naomi.

— Ce n'est pas grave, dit-elle pour le réconforter.

Mais elle était cruellement déçue.

Pourtant, si elle y réfléchissait bien, mieux valait peut-être qu'il ne l'ait pas embrassée. Il était son patron, son ami, et elle vivait sous son toit. Ce baiser aurait peut-être engendré tout un enchaînement de complications dont elle n'avait vraiment pas besoin. Maintenant que la raison lui revenait, elle se rendait compte que c'était certainement une mauvaise idée — d'autant que Tom n'avait à l'évidence pas fait le deuil de sa femme.

Il n'y avait rien de superficiel, chez lui. Elle en avait la preuve chaque jour. Elle ne doutait pas que, s'il l'embrassait un jour, elle connaîtrait des sensations jamais éprouvées auparavant. Vincent était un homme doux et vulnérable, mais il n'avait jamais été passionné. Ils avaient toujours échangé des baisers amicaux pour se dire bonjour ou bonsoir. Leur relation lui avait donné un sentiment de sécurité, et c'était la raison pour laquelle elle avait trouvé en lui un très bon mari.

Mais avait-elle jamais brûlé de désir pour lui ? Avait-elle désespérément souhaité ses caresses ?

Non, bien sûr. Leur union n'était pas fondée sur l'attirance sexuelle.

Elle fut soudain terrifiée à l'idée qu'elle mourait d'envie de savoir ce qu'elle ressentirait si Tom l'embrassait.

C'était très excitant, et aussi dangereux. L'adrénaline se déchargeait dans son organisme, créant de petits chocs électriques. Il lui semblait qu'elle aurait été capable de piquer un cent mètres ou d'accomplir n'importe quoi !

Sauf se jeter dans les bras de Tom.

Ce n'était pas parce qu'elle en avait envie que c'était bien. Sa mère avait passé sa vie à faire le siège d'hommes séduisants qui l'avaient utilisée avant de l'abandonner. N'était-ce pas ce qu'ils faisaient tous ? N'avait-elle rien compris, rien appris ?

Dès son plus jeune âge, elle avait décidé de ne jamais aimer d'hommes aussi dangereux.

Or, le Dr Tom Williams appartenait à cette catégorie.

6.

Naomi avait passé la moitié de la nuit à penser à ce baiser qui n'avait pas eu lieu. Quand Tom la conduisit en voiture à l'hôpital, le lendemain, elle décida de ne pas y faire allusion.

Il était clair qu'il regrettait ce moment de faiblesse, et elle ne voulait pas qu'il se sente gêné en sa présence… Ou être elle-même gênée. Elle souhaitait que tout redevienne comme avant, qu'ils soient amis. Pas question d'être désagréable ou collante !

Si elle le croisait aux urgences dans la matinée, elle lui souhaiterait une bonne journée, lui sourirait et poursuivrait son chemin. S'il abordait la question avec elle, elle lui dirait qu'il n'y avait pas de problème.

Après avoir suspendu son manteau dans son casier et remonté ses cheveux au moyen d'une barrette, elle gagna la salle de repos pour se faire un café. Elle prépara aussi des boissons pour Jackie, Stefan et Bobby avant de s'asseoir.

Le Dr Thomas entra dans la pièce, suivi de deux aides-soignantes, puis d'un autre médecin.

Elle se demanda où était Tom, mais c'était sans importance. Il suffisait de rester souriante et joviale.

Et… il arriva à son tour, grand et beau, comme toujours. Leurs regards se croisèrent brièvement, puis il se détourna.

Elle sentit son sourire mourir sur ses lèvres. Son sang se précipita dans ses veines, et elle eut soudain très chaud.

C'était facile de se répéter que ce n'était pas grave. Facile aussi de prétendre ne pas réagir. Mais la réalité était juste un tout petit peu plus pénible.

Il suffisait qu'il soit proche d'elle pour que son corps tout entier se mette à vibrer.

Le matin, quand il l'avait conduite à l'hôpital, elle avait éprouvé à peu près la même chose. Il avait à peine prononcé un mot, mais sa proximité la troublait au plus haut point, et chaque fois qu'il tendait le bras pour passer une vitesse elle retenait son souffle.

Elle ignorait ce qui lui arrivait, mais ce dont elle était certaine, c'était que, avant ce presque baiser, elle n'avait jamais rien ressenti de tel.

Baissant la tête, elle sirota son café, consciente du moindre des gestes de Tom, du moindre de ses pas. Il se servit à boire, et, bien qu'elle ait envie de l'observer pendant qu'il lui tournait le dos, elle se força à regarder droit devant elle.

Jackie lui dit quelque chose qu'elle ne comprit pas.

Tom avait tenté de l'embrasser. Cela voulait forcément dire quelque chose, il fallait bien qu'elle l'attire un peu !

Elle devina qu'il allait s'asseoir près du Dr Thomas, hors de son champ de vision.

Tant mieux. Au moins, elle parviendrait à se concentrer sur autre chose.

Ce jour-là, elle était affectée aux soins de moindre gravité, tout comme Tom. Mais le service était suffisamment grand pour qu'elle puisse l'éviter, puisqu'il comportait seize box. Tant qu'elle serait occupée, tout irait bien. Et aux urgences, on était *toujours* occupé.

Après avoir quitté la salle de repos, elle alla chercher un premier dossier.

Il s'agissait de Logan Reed, vingt ans, qui s'était blessé à la jambe. Elle alla le chercher dans la salle d'attente.

C'était un grand jeune homme efflanqué, un peu pâle, qui ne semblait pas dans son assiette.

Elle le conduisit dans un box et l'invita à s'asseoir sur le lit.

— Alors, Logan, qu'est-ce qui vous amène aux urgences ?

— Je me suis coupé la jambe, dit-il d'une voix monocorde.

— Comment est-ce arrivé ?

Il haussa les épaules sans répondre, et elle devina qu'il n'osait pas tout dire.

— Je peux voir ?

Il se leva et fit glisser le zip de la fermeture Eclair de son pantalon avant de le baisser jusqu'aux genoux. Il resta debout pendant qu'elle parcourait du regard la multitude de cicatrices qui zébraient le haut de ses cuisses. Sur l'une d'entre elles, il y avait une compresse.

Comprenant que Logan s'infligeait lui-même ces lésions, elle éprouva une vive compassion à son égard. Qu'est-ce qui le faisait souffrir au point qu'il se fasse du mal ?

— Très bien. Allongez-vous, s'il vous plaît.

Le garçon obéit et attendit en silence pendant qu'elle enfilait des gants avant d'enlever la compresse. La plaie était visiblement plus profonde que les autres et saignait encore un peu.

— Avec quoi vous êtes-vous fait ça ? demanda-t-elle calmement.

— Avec un cutter.

— Il était propre ?

Il hocha affirmativement la tête.

Remettant la compresse à sa place, Naomi ôta ses gants.

— Pourquoi avoir fait ça ? Je veux dire, aujourd'hui. Pourquoi vous êtes-vous blessé plus gravement que les autres fois ?

— A cause d'une fille. Vous devez trouver ça idiot.

— Bien sûr que non ! Vous sortiez ensemble ?

— Je le croyais, en tout cas. Je pensais que c'était sérieux. Mais elle voulait juste s'amuser, dit-il avec amertume.

— Il va falloir vous recoudre, Logan, et c'est un médecin qui va s'en occuper.

— Il va m'anesthésier ?

— Quelle drôle de question ! Bien sûr que oui !

— La dernière fois que j'ai eu besoin de points de suture, je suis allé dans un autre hôpital, et ils ont dit que, si j'étais capable de me couper sans anesthésie, je n'en avais pas besoin non plus quand on me recoudrait.

— Mais c'est affreux ! s'écria-t-elle, horrifiée.

— Dans certains endroits, quand vous vous automutilez, on vous traite comme si vous le méritiez.

— On ne fait pas cela, ici.

— Je suis content de l'apprendre.

— Vous êtes suivi sur le plan psychologique, Logan ?

— Je l'ai été, mais plus maintenant.

— En ce cas, je vais vous adresser au service compétent pour un bilan. Vous êtes d'accord ?

— Oui.

Elle le quitta pour trouver un médecin disponible, espérant que ce serait le Dr Thomas ou un autre.

Mais ils étaient tous pris. Le seul qui venait de terminer avec un patient était Tom.

Le tout était de conserver une attitude purement professionnelle.

Elle inspira profondément et s'approcha de lui.

— Tom, est-ce que je peux vous demander d'examiner mon patient ?

— Bien sûr. De quoi souffre-t-il ?

— Il s'appelle Logan Reed. Il s'inflige lui-même des lésions et il présente une coupure assez profonde à la jambe. Je pense qu'il a besoin de points de suture.

— Il est suivi par un psychologue ?

— Non, mais il l'a été. Je pense qu'il a arrêté la thérapie pour une raison ou une autre. Je vais l'envoyer à un spécialiste.

— Très bien. Allons-y.

Un instant plus tard, elle tirait le rideau du box et présentait Logan à Tom, qui enfila des gants et examina la plaie.

— Vous sentez quelque chose quand je vous touche ici ? Et ici ?

— Oui, répliqua le jeune homme.

— Vous pouvez agiter les orteils et bouger votre jambe sans problème ?

— Oui.

— Parfait. Je vais nettoyer votre blessure et la recoudre. Les fils sont résorbables, vous n'aurez donc pas à les faire retirer par un autre médecin.

Logan hocha la tête.

— Pourquoi avez-vous fait cela ? demanda doucement Tom.

Le patient laissa échapper un long soupir.

— A cause de ma copine. Elle était belle, populaire. Tous les garçons voulaient sortir avec elle, mais c'est moi qu'elle avait choisi. Je croyais qu'il y avait un truc spécial entre nous, mais finalement j'étais le seul à le penser.

Qu'est-ce qui avait pu amener ce malheureux garçon à s'infliger une telle souffrance physique pour surmonter une douleur affective ?

Chacun traitait sa peine à sa façon.

Du coup, elle se mit à penser à son propre chagrin, quand elle avait perdu Vincent.

Elle rêvait de se marier depuis qu'elle était toute petite, parce que sa mère l'avait élevée dans l'idée qu'une femme ne peut trouver la plénitude que dans le mariage. Elle avait dessiné des robes de princesse, imaginé une cérémonie et une réception parfaites…

Mais elle n'avait rien eu de tout cela. Avec Vincent, elle avait juste trouvé le moyen de se marier sans courir le risque d'être quittée ou trompée. Vincent et elle n'avaient pas pu avoir de relation physique, mais elle s'était dit que ce n'était pas important, tant qu'elle était en sécurité, que son cœur ne risquait rien.

Elle savait qu'elle le perdrait un jour, mais au moins elle aurait été mariée, elle aurait été amoureuse, et son union aurait été réussie. Rien à voir avec le destin de sa mère, qui lui semblait la femme la plus seule de toute la planète.

Elle avait passé huit ans avec Vincent, son meilleur ami et son époux. Ils avaient le même humour et passaient de bons moments ensemble à lire, à faire des pique-niques ou à se détendre sur la plage. Huit ans à faire ce que les couples font d'ordinaire. Elle s'était occupée de lui, elle l'avait aimé et elle avait souffert intensément de le perdre. Mais elle était sortie de l'épreuve plus forte et déterminée, libre de vivre sa vie comme elle l'entendait.

Et Tom ?

Le chagrin aurait pu le rendre amer, en colère contre le monde entier. Au lieu de cela, il était compatissant et amical. En revanche, il n'avait pas surmonté la perte de sa femme. L'aimait-il encore ? S'en était-il aperçu au moment où il avait failli embrasser Naomi ?

Bien sûr que oui ! Il aimait toujours son épouse défunte et avait eu l'impression de la trahir.

En ce cas, il avait eu raison de résister à la tentation, car elle n'avait pas la moindre envie de s'engager avec un homme qui n'était pas libre.

Tout en nettoyant la blessure de Logan, elle se promit de chercher plus sérieusement un appartement. Tom avait clairement besoin de récupérer son espace.

Comment faire pour que l'atmosphère s'allège entre eux ? Elle pourrait peut-être lui proposer de faire quelque chose d'amusant ? Une activité qu'ils n'avaient jamais pratiquée ni l'un ni l'autre et qui les sortirait de cet appartement où

Tom conservait tous ses souvenirs… Ils pouvaient encore être amis. De bons amis, même.

Tom regarda Logan sortir du service en boitillant. Il laissa Naomi nettoyer le box pendant qu'il regagnait la station centrale pour compléter le dossier du jeune homme.

Son malaise en présence de Naomi ne l'avait pas empêché de soigner Logan du mieux qu'il l'avait pu, mais il espérait que ça ne durerait pas. Il ne voulait pour rien au monde que ce qui s'était passé entre eux trouble leur bonne entente au travail.

Il avait été très amoureux de Meredith, mais leur relation reposait d'abord sur une amitié mutuelle. Qu'en était-il avec Naomi ?

Cette envie de l'embrasser avait surgi de nulle part. Ce n'était pas prémédité, à aucun moment il n'avait envisagé de profiter de cette promenade au clair de lune pour l'embrasser. C'était arrivé comme ça : ils étaient face à face, et il avait éprouvé soudain le besoin urgent de l'embrasser. Sur le moment, cela lui avait paru tout naturel. Ils étaient bien ensemble, et elle était absolument ravissante. Elle l'écoutait, lui accordait de l'attention. Elle était à la fois drôle, intelligente, et d'une compagnie si agréable que…

Il soupira.

Après avoir failli l'embrasser, il s'était écarté d'elle sans un mot d'explication. Elle aurait pu lui en vouloir, mais elle n'avait pas posé de questions. Et aujourd'hui, elle se conduisait tout à fait normalement, avec son professionnalisme coutumier. Entre eux, l'atmosphère n'était pas tendue ainsi qu'il l'avait craint, après le trajet en voiture durant lequel elle n'avait pas prononcé un mot.

Il s'attendait à un assaut verbal, mais elle était restée

calme et sereine. Il appréciait vraiment cette attitude. Il devait s'excuser, au moins dire quelque chose.

Levant les yeux, il la vit venir vers lui.

— Est-ce qu'on pourrait parler, Tom ?

D'autres membres du personnel évoluaient autour d'eux. Stefan traçait un nom sur un échantillon sanguin, et Jackie était tout près.

— Bien sûr, dit-il, mais nous devrons attendre une pause.

— La mienne est à 10 heures et demie. Vous voulez bien qu'on se retrouve ?

Il hocha la tête et la regarda prendre un nouveau dossier avant de se diriger vers la salle d'attente.

Après la façon dont il l'avait traitée, elle se comportait avec dignité, comme si rien ne s'était passé ! Il lui en était très reconnaissant.

A 10 h 30, il renvoya son dernier patient. Naomi et lui prirent une boisson dans la salle de repos et s'assirent en face l'un de l'autre.

Naomi lui adressa un bref sourire avant de commencer.

— Je me suis dit que nous devrions nous offrir une soirée de divertissement, tous les deux. Qu'est-ce que vous en pensez ?

Ce n'était pas du tout ce à quoi il s'attendait !

Il battit des paupières.

— Pourquoi ?

— Nous avons tous les deux subi des épreuves pénibles. Je crois que nous avons besoin de faire quelque chose de drôle pour oublier le travail, tout le stress inhérent à notre vie, et nous amuser.

Il sentit un sourire naître sur ses lèvres malgré lui.

Il aimait bien cette idée… Décidément, il commençait vraiment à apprécier cette femme !

— Je suis d'accord.

— Parfait. J'ai pensé à quelque chose que je n'ai jamais

fait, et avec un peu de chance, vous non plus. Nous allons rire, nous divertir et nous lâcher. D'accord ?

— Oui. Vous n'allez pas me dire de quoi il s'agit ?

— Pas avant que nous y soyons.

— Très bien.

— A plus tard, donc, dit Naomi en se levant.

Comme elle s'éloignait, il secoua la tête, incrédule.

Qu'avait-il fait de bien, dans sa vie, pour mériter que la jolie Naomi Bloom vienne y semer une telle pagaille ?

Il se mit à rire doucement.

Jamais il n'aurait pensé cela d'elle, quand il l'avait rencontrée pour la première fois. Il l'avait prise pour une fille qui enfreint les règles de façon à attirer l'attention.

Et maintenant ?

Maintenant, elle illuminait sa vie.

Musique des années 1980, lumières disco, et une salle remplie d'adultes qui semblaient avoir oublié d'être prudents pour un soir.

Tom regarda Naomi comme si elle lui suggérait de faire du parachute tout nu.

— On va faire *quoi ?*

Elle le poussa du coude en riant.

— Du patin à roulettes. Ne vous inquiétez pas, on va vous donner un casque et toutes les protections nécessaires.

— Mais… Vous ? Ce n'est pas dangereux ?

— Je m'arrangerai pour tenir debout. Allez, venez ! On va s'amuser.

Lui prenant la main, elle le tira sur la piste.

— Laissez-moi au moins m'agripper à ça !

Il saisit la rampe et parvint à se redresser.

— On va essayer ensemble, dit Naomi, un large sourire aux lèvres. Un pas à la fois, d'accord ?

Il hocha la tête.

Qu'est-ce que ses collègues diraient s'ils le voyaient maintenant ? Il était d'ailleurs possible qu'il se présente aux urgences en tant que *patient,* avec une cheville foulée.

Se lançant malgré tout sur le plancher de bois, il laissa Naomi le guider.

Ce n'était pas facile de conserver son équilibre mais, comme Naomi titubait autant que lui, il ne se sentait pas complètement ridicule. D'ailleurs, beaucoup de gens déployaient des efforts pour ne pas tomber, et tout ce monde riait aux éclats.

Depuis quand n'avait-il pas éprouvé une telle sensation de liberté ? Jamais il n'aurait imaginé venir seul dans un lieu pareil, et aucun de ses collègues n'aurait osé le lui suggérer, mais Naomi avait réussi cet exploit.

Quelqu'un passa à toute allure près de lui, et soudain le sol se déroba sous ses pieds. Ses bras battirent vainement l'espace, et il atterrit lourdement sur les fesses.

S'esclaffant de plus belle, Naomi l'aida à se relever. Il riait lui-même si fort qu'il en avait mal aux côtes. Dès qu'il fut de nouveau debout, il lui prit la main, et ils se remirent à avancer.

Il n'aurait su dire combien de temps ils avaient tourné ainsi, mais il ne tarda pas à améliorer sa technique et à prendre de l'assurance.

Qui l'eût cru ? Le Dr Williams sur des patins à roulettes, s'amusant comme un petit fou…

Comme il accélérait, il sentit que Naomi trébuchait et il se tourna vers elle sans réfléchir. Soudain, elle fut de nouveau dans ses bras, si proche qu'il voyait des étincelles dans ses yeux.

Elle était ravissante et semblait parfaitement à sa place, serrée ainsi contre sa poitrine. Voyant qu'il fixait sa bouche, elle cessa de sourire pendant quelques secondes.

A ce moment, il sut qu'il *devait* l'embrasser.

Lentement, au milieu de la piste illuminée par les projecteurs, malgré la musique qui leur martelait les tympans, le monde extérieur s'effaça. L'espace d'un moment, il n'y eut plus qu'eux, enveloppés dans une bulle de magie.

Baissant la tête, il frôla la bouche de Naomi de la sienne et ferma les yeux. Comme elle nouait les bras autour de son cou et se serrait contre lui, il s'autorisa à jouir de l'instant présent.

Comment était-ce possible qu'elle suscite en lui une telle faim, un tel désir ? Il écarta cette pensée importune. Il se préoccuperait des conséquences plus tard.

Ses lèvres étaient douces et tièdes. Leur baiser se fit plus ardent…

Mais quelqu'un les bouscula en passant près d'eux, brisant le charme. Naomi recula, les yeux écarquillés. Il lui adressa un sourire incertain avant de lui reprendre la main. Ils recommencèrent à évoluer sur la piste.

Mais rien n'était plus pareil. Tout se précipita de nouveau en lui : la culpabilité, le chagrin, le flot des souvenirs, l'image de Meredith riant avec lui ou l'appelant.

Il avait besoin d'une pause, d'une minute pour respirer.

Il regagna la rambarde.

La semaine suivante s'écoula dans une sorte de brouillard. Tom s'était jeté dans le travail. Il effectuait des prises de sang, faisait des points de suture, envoyait des patients à la radio ou au scanner. Il se montrait sec avec tout le monde et ne s'attardait pas pour bavarder ou boire un café.

Il voyait Naomi partout. Il la croisait devant le lavabo, dans la pharmacie, quand elle tenait la main d'un patient, l'aidait à marcher ou le réconfortait. Il faisait de son mieux pour l'ignorer. Baissant la tête, il passait son chemin et limitait le plus possible leurs actions communes.

Mais c'était difficile ! Ce n'était pas son genre, de traiter un ou une collègue de cette façon. Il savait qu'il était grossier et il remarquait les réactions des membres du personnel chaque fois qu'il passait près d'eux comme un ouragan. Il voyait les regards interrogateurs et les sourcils furtivement dressés.

Il avait même entendu l'un ou l'autre murmurer :

— Qu'est-ce qui lui prend ?

Il avait changé, il le sentait, il l'entendait dans sa voix quand il parlait aux gens et il se détestait de s'adresser sèchement à quelqu'un envers qui il se montrait cordial d'habitude.

Que devait penser Naomi de ce changement d'attitude ?

Bien entendu, elle se comportait avec professionnalisme, comme à l'accoutumée. Toujours patiente, gentille et pleine de sollicitude. Toujours le sourire aux lèvres avec les patients. Elle s'arrangeait pour le croiser le moins possible mais, si cela arrivait, elle lui manifestait une grande politesse.

Par exemple, il y avait eu ce dernier cas, une heure auparavant, cette femme présentant une fracture du poignet. Naomi se tenait dans le box quand il avait expliqué à la patiente qu'on allait la plâtrer.

— Merci, docteur Williams, avait-elle dit avant qu'il s'en aille.

Puis elle s'était de nouveau focalisée sur la femme.

Ça ne pouvait pas continuer ainsi ! Il devait oublier ce baiser !

Mais il n'y parvenait pas. Parce que, malgré la façon dont il se comportait, Naomi était loin de lui être indifférente.

Etait-elle autant affectée que lui ?

Même dans ce cas, ils étaient tous deux adultes et capables de régler cette situation. Il n'avait sûrement pas l'intention de se laisser tourmenter de cette façon. Ils ne pouvaient ni l'un ni l'autre se permettre d'être distraits ou de commettre des erreurs susceptibles de mettre en danger la vie des patients.

Il ne le tolérerait pas.

Les larmes aux yeux, Naomi s'appuya à la porte des toilettes.

Que s'était-il passé ? Un instant auparavant, ils s'amusaient, s'efforçant de rester debout, et à la seconde suivante elle était dans les bras de Tom.

Comment une seule étreinte avait-elle le pouvoir de troubler à ce point deux personnes ?

Tout avait changé à la seconde où Tom s'était écarté d'elle. Elle le voyait dans ses yeux, à la façon dont son visage se fermait chaque fois qu'il la croisait, alors qu'elle aurait seulement voulu discuter avec lui de ce qui s'était passé.

Ce baiser avait été… prodigieux ! Ce fourmillement extraordinaire au niveau des lèvres, cet embrasement du corps, ce cœur qui battait à un rythme effréné… C'était incroyablement bon ! Elle n'avait jamais rien ressenti de tel auparavant.

Etait-ce de ce genre de passion que l'on parlait dans les romans d'amour ? Etait-ce normal d'éprouver des sensations aussi fortes ? Elle ignorait comment réagir. Chaque fois qu'elle se trouvait en présence de Tom, elle ne contrôlait plus son corps, c'était comme s'il était sur le qui-vive, prêt à s'enflammer de nouveau. Son cœur s'emballait, elle avait la bouche sèche, respirait plus vite…

De son côté, Tom se comportait bizarrement, et elle ne savait qu'en penser. Regrettait-il de l'avoir embrassée ?

Elle aurait voulu le lui demander, mais il ne lui en donnait pas l'occasion. A l'appartement, soit il s'enfermait dans sa chambre, soit il sortait. À l'hôpital, il s'absorbait dans son travail et la traitait avec froideur.

Elle avait besoin de comprendre pourquoi car, en ce qui la concernait, ce baiser avait constitué une expérience extraordinaire, qu'elle aurait renouvelée avec plaisir.

Les larmes commencèrent à ruisseler sur ses joues.

Pas parce qu'elle souffrait que Tom l'ignore. Parce qu'elle sentait qu'elle le perdait, et qu'elle craignait que cet instant magique ne se renouvelle jamais.

Naomi remettait l'électrocardiographe à sa place quand Stefan vint vers elle.

— Salut, Naomi !

— Salut, Stefan.

— Je me demandais… Tu as entendu parler du bal de printemps ?

— Euh… J'ai vu les affiches, oui.

— Je pensais qu'on pourrait peut-être y aller ensemble, continua Stefan.

Elle repéra Tom qui, assis derrière le comptoir de la station centrale et visiblement très concentré sur son travail, écrivait sans lever les yeux.

Il n'avait probablement pas entendu ce que Stefan venait de dire, tant il s'acharnait à ignorer tout ce qui la concernait.

En principe, ce genre de réceptions ne l'intéressait pas, mais n'avait-elle pas décidé d'être indépendante ? Elle devait profiter de la vie, tenter des expériences nouvelles, puisqu'elle en avait la possibilité.

Bien sûr, elle aurait préféré que Tom soit son cavalier, elle aurait voulu danser avec lui et passer une merveilleuse soirée en sa compagnie. Mais il lui avait fait clairement comprendre que ce baiser avait été une erreur monumentale.

Très bien ! Qu'il en soit donc ainsi !

— Pourquoi pas ? Ce serait sympa. Merci, Stefan.

L'infirmier arbora un grand sourire.

— Super ! Je voulais aussi te parler d'autre chose. Jackie m'a dit que tu cherches un logement ?

Se sentant rougir, elle jeta un nouveau coup d'œil à Tom.

Elle ne voulait pas quitter l'appartement de Tom — pas vraiment. Mais n'y était-elle pas contrainte par les derniers événements ? Et Tom se réjouirait certainement d'être débarrassé d'elle.

— C'est exact.

— Il y en a justement un qui vient de se libérer dans mon immeuble. Tu peux venir le visiter, si tu veux. Il y a deux chambres, l'état est convenable et le loyer, assez bas.

— Oh ! Très bien ! Merci, j'irai le voir. De toute façon, je ne peux pas rester éternellement là où je suis.

Tom se leva, les yeux froids, le visage impassible.

Il était clair qu'il avait entendu la conversation.

Anéantie, elle retint ses larmes.

Elle ne voyait pas ce qu'elle aurait pu dire d'autre à Stefan. Tom refusait de lui parler. Leur cohabitation devait cesser. Cette solution n'avait été que temporaire, et cela faisait maintenant six semaines qu'elle vivait chez lui. Elle lui rendrait service en partant. C'était visiblement ce qu'il espérait…

Il en avait besoin. Et, si elle voulait protéger son cœur, elle en avait besoin aussi.

7.

Tom venait de raccompagner son dernier patient jusqu'à la porte de l'hôpital et il le regarda s'éloigner, appuyé sur ses béquilles toutes neuves.

Au moment où il tournait les talons, une main se posa sur son épaule.

— Pardonnez-moi. Vous êtes médecin ?

Pivotant sur lui-même, il vit un homme âgé, aussi grand que lui, qui devait avoir dans les quatre-vingts ans. Son visage était grisâtre, et il transpirait.

— Vous vous sentez bien, monsieur ?

— Pas très, non…

Son teint, la sueur et cet air de confusion l'alertèrent. Tendant le bras vers un fauteuil roulant abandonné dans l'entrée, il fit asseoir le vieil homme et le poussa vers les urgences.

— Comment vous appelez-vous ? lui demanda-t-il alors qu'ils franchissaient les portes battantes.

Le patient ne répondit pas.

Tom allait avoir besoin d'une infirmière pour l'aider.

Il vit Naomi, qui sortait du vestiaire, plus ravissante que jamais, et il sentit son cœur se serrer.

Il aurait voulu ne pas avoir à lui demander son assistance, mais le patient était plus important que ses problèmes personnels.

— Naomi ? Vous pouvez me donner un coup de main ?

Il la vit se crisper, mais elle reprit aussitôt une attitude professionnelle et sourit au patient avant de se presser à leur côté.

Ils entrèrent dans un box.

— Je pense qu'il est en train de faire un infarctus, murmura-t-il. Monsieur, vous pouvez monter sur ce lit ?

Soutenu par Naomi et lui, le vieil homme se mit debout sur ses jambes tremblantes et s'assit au bord du lit.

— Il faut que j'enlève mes chaussures, marmonna-t-il en se penchant en avant.

Ils le rattrapèrent au moment où il perdait l'équilibre.

— Vous pouvez garder vos chaussures, monsieur.

Attirant l'électrocardiographe près de son patient, il demanda :

— Pouvez-vous retirer votre chemise ?

L'homme hocha lentement la tête comme s'il percevait l'instruction de très loin. Il semblait incapable de se focaliser sur quoi que ce soit. Sa tête dodelina tandis qu'il s'efforçait de coordonner ses mouvements pour se déshabiller.

C'était trop long ! Si cet homme faisait un infarctus, ils perdaient de précieuses secondes.

— Je vais vous aider.

Prenant le bord du vêtement, il le fit passer par-dessus la tête de son patient, de sorte que Naomi puisse commencer à poser les électrodes sur sa poitrine après l'avoir aidé à s'étendre. Par bonheur, sa peau était glabre, ce qui facilitait les choses.

— Depuis quand vous sentez-vous mal, monsieur ? s'enquit-il.

— Je ne… J'étais dans le jardin.

Le patient bredouilla quelques mots incompréhensibles.

Heureusement, Naomi travaillait vite et bien. Quand ce fut terminé, elle adressa un signe de tête à Tom.

— Restez immobile un instant, s'il vous plaît.

Il appuya sur le bouton pendant que Naomi passait le

brassard du tensiomètre autour du bras du vieil homme. Il lui posa un masque à oxygène sur le visage et régla le débit au maximum.

— Vous n'avez pas d'allergies, monsieur ? Rien que je doive savoir ? demanda-t-il en se penchant pour écouter une éventuelle réponse.

De son côté, Naomi décrocha le téléphone intérieur et appela la réception.

— Bipez le Dr Thomas, s'il vous plaît. Demandez-lui de venir aux urgences.

Tom jeta un coup d'œil au tracé de l'électrocardiogramme et nota une ascension marquée du segment ST.

Cette donnée, associée aux autres symptômes comme la confusion et le teint cireux, indiquait un infarctus du myocarde. Il fallait poser une perfusion, faire une prise de sang…

Il travaillait vite, l'esprit bouillonnant. Les procédures et protocoles défilaient dans sa tête à la façon d'une parade militaire. En ordre, avec logique et précision.

C'était ce qu'il aimait faire, ce pour quoi il avait été formé. Il aimait cette tension, cette décharge d'adrénaline, la précision des gestes. Il fallait prendre des décisions, réagir, sauver des vies.

— Qu'est-ce qui se passe ? marmonna le patient en remuant la tête de droite à gauche.

Les portes battantes s'ouvrirent devant le Dr Thomas.

A cet instant, le vieil homme poussa un court soupir et cessa de bouger.

Immédiatement, Naomi pressa le bouton rouge d'urgence pour demander de l'aide et appuya sur le levier du lit pour étendre complètement le patient.

Tom se pencha pour vérifier si le vieil homme respirait encore, si sa poitrine se soulevait.

Rien.

Il prit son pouls…

Rien.

Se redressant vivement, il abattit son poing sur la poitrine du patient.

Toujours rien. Le tracé de l'électrocardiogramme indiquait une tachycardie ventriculaire.

Il s'empara des patchs du défibrillateur et les plaça sur la poitrine du vieil homme, puis il pressa le bouton pour mettre en charge l'appareil. Regardant autour de lui, il s'assura que le Dr Thomas, Naomi et les autres membres du personnel ne touchaient pas le patient.

— On dégage ! dit-il.

Il pressa de nouveau le bouton, et le corps du patient tressauta sous l'effet du choc.

Aussitôt, Naomi chercha son pouls.

— On l'a récupéré !

Les visages exprimèrent le soulagement.

Le vieil homme battit des paupières, puis il arracha son masque et se redressa. Comprenant qu'il allait vomir, Naomi plaça sous sa bouche un bassin de carton.

Quand il eut terminé, il s'essuya les lèvres et balaya du regard les personnes qui l'entouraient.

— Qu'est-ce qui s'est passé ?

— De quoi vous souvenez-vous ? demanda Tom.

— J'étais dans mon jardin et je me sentais… bizarre. Alors, j'ai pensé que je ferais bien d'aller aux urgences. Et ensuite… Je ne me rappelle plus rien.

Tom avait déjà vu cela. Le cerveau de certaines personnes chanceuses bloquait le souvenir d'une expérience aussi traumatisante.

— Vous avez fait une crise cardiaque, monsieur. Comment vous appelez-vous ?

— Edward Stovey.

— Eh bien, Edward, vous avez eu beaucoup de chance.

— Ah bon ?

— Nous avons failli vous perdre, expliqua Naomi en lui prenant la main.

— Cela n'aurait pas eu beaucoup d'importance, soupira Edward.

Tom fronça les sourcils.

— Bien sûr que si ! Cela en aurait eu pour nous.

— Merci, docteur, mais d'une certaine façon la mort aurait été pour moi une bénédiction.

— Pour quelle raison ?

Edward aspira une gorgée d'oxygène avant de continuer.

— Je suis seul depuis quarante-sept ans… Depuis le décès de mon épouse.

Emu par la douleur de son patient, Tom se détourna.

Il entendit Naomi reprendre la conversation.

— Je suis désolée de l'apprendre, enchaîna-t-elle. Comment est-ce arrivé ?

— Rupture d'anévrisme. Elle n'avait que trente-six ans, et nous n'étions pas mariés depuis longtemps, mais c'était la femme de ma vie.

— Vous ne vous êtes pas remarié ?

— Non. Ma Betty était unique.

Tom fixa son patient.

Tous deux avaient été veufs dans la fleur de l'âge, mais Edward Stovey avait passé la plus grande partie de sa vie seul, alors que lui-même n'avait parcouru qu'une infime partie du chemin.

Il aurait voulu demander à cet homme comment il s'en était sorti, mais ce n'était pas le moment. Leur patient n'était pas hors de danger, loin de là. Il devait être transféré en cardiologie pour recevoir un traitement adéquat.

Il jeta un coup d'œil à Naomi.

— Il me faut une vérification des constantes toutes les demi-heures.

— Bien sûr.

Travailler avec elle en urgence avait été si facile ! Ils savaient tous les deux ce qu'ils avaient à faire et n'avaient besoin que de peu de mots pour communiquer de façon précise. Mais, maintenant que la crise était passée, il lui était de nouveau difficile de parler avec Naomi.

Gagnant la station centrale, il rédigea son rapport sur M. Stovey. Par bonheur, il y avait un lit libre en cardiologie et, dès qu'il aurait terminé, son patient pourrait être transféré.

Sentant que Naomi était près de lui, il se retourna.

Elle se trouvait derrière lui, avec l'air de quelqu'un qui se demande s'il va parler ou non.

— Merci pour votre aide, lui dit-il.

— Pas de souci, on est tous les deux là pour ça. Je… Je réfléchissais à ce que M. Stovey a dit.

— A quel sujet ?

— A propos du fait qu'il est resté seul pendant toutes ces années.

— C'est son choix, dit-il sèchement en apposant sa signature en bas de son rapport.

Naomi posa la main sur la sienne de manière à immobiliser le stylo.

— En effet. Mais je me demandais s'il avait eu une autre option à un moment ou à un autre de sa vie.

Sur ces mots, elle s'éloigna en direction du box.

Il la suivit des yeux. Il éprouvait un fourmillement sur le dos de la main, là où elle l'avait touché.

Que voulait-elle dire en laissant entendre que M. Stovey aurait pu s'engager sur une autre voie, moins solitaire ? Etait-ce une allusion à son propre cas ? Essayait-elle de lui dire que, même si elle avait accepté d'aller au bal avec Stefan, même si elle déménageait, ils avaient encore un autre choix ?

Elle avait peut-être raison.

Oui, mais si elle avait tort ?

Deux jours plus tard, Tom passa voir Edward en cardiologie.

Il apprit par les infirmières que son patient progressait dans le bon sens, il se déplaçait mieux et mangeait bien. En revanche, il n'avait reçu aucune visite de voisins ou d'amis.

Comment était-il possible que le vieil homme soit aussi seul ?

Une fois entré dans la chambre, il s'assit sur le bord du lit et attendit qu'Edward se réveille.

— Bonjour, dit-il quand celui-ci battit des paupières.

— Bonjour, répondit le vieux monsieur en se redressant. Vous êtes le Dr Williams, n'est-ce pas ?

— Oui. Comment vous sentez-vous ?

— Bien. Les médecins disent que je pourrai bientôt rentrer chez moi.

— Je suis ravi de l'apprendre.

— Moi aussi.

— Quelqu'un pourra veiller sur vous, quand vous serez chez vous ?

— Je me débrouille seul, et c'est mieux ainsi.

— Cela dure depuis combien de temps ?

— Depuis la mort de ma femme. Elle était tout ce dont j'avais besoin, dans la vie. Après sa mort, j'ai préféré m'en tenir à ma seule compagnie.

— Vous ne vous sentiez pas trop seul ?

— Non. J'avais mon travail, et ça me suffisait.

— Quel métier exerciez-vous ?

— J'étais chauffeur de taxi. Autant dire que je voyais beaucoup de gens. Mais, dès que je rentrais chez moi, j'avais choisi la solitude. C'était bien comme ça. J'ai pu travailler aussi longtemps que j'en ai eu envie.

Tom hocha la tête, mal à l'aise.

Sa propre existence présentait trop de similitudes avec celle de cet homme. Souhaitait-il vraiment lui ressembler, travailler jusqu'à ce que son cœur le lâche ?

Encore fallait-il qu'il travaille jusque-là. Il serait peut-être à la retraite plus tôt. Et comment occuperait-il son temps libre ? A jardiner ? A jouer aux cartes ?

— Vous n'avez jamais envisagé de vous remarier ? demanda-t-il.

Edward secoua la tête avec véhémence.

— Il n'y avait qu'une seule femme, pour moi. Un seul amour ! Betty était mon âme sœur, et il n'en existe qu'une au monde pour chacun de nous.

Tom hocha la tête.

N'était-ce pas ce qu'il ne cessait de répéter ? Et il le pensait toujours. Comment pourrait-il s'engager avec Naomi, sachant qu'il n'aurait jamais avec elle ce qu'il avait eu avec Meredith ?

Mais s'il se trompait ? Si Naomi avait raison de penser qu'il était possible d'aimer deux fois et qu'il n'osait pas prendre ce risque ? Finirait-il comme Edward ?

Cette perspective le fit frissonner.

— Comment avez-vous su que Betty était votre âme sœur ? demanda-t-il.

Edward sourit.

— Je pensais à elle tout le temps. Avec elle, je me sentais meilleur, vivant. Elle me faisait rire et pleurer. Quand je n'étais pas occupé à l'aimer, je m'inquiétais pour elle, je discutais avec elle ou je riais avec elle. J'aurais voulu qu'elle ne souffre jamais, qu'elle soit toujours heureuse.

Edward le scruta un instant avant de poursuivre.

— Vous connaissez la même chose avec quelqu'un ? Parce que, si c'est le cas, ne laissez pas passer cette occasion d'être heureux. L'amour est un don précieux.

Tom s'assit lourdement sur le siège le plus proche.

Oui, il avait eu cela avec Meredith. Mais il nageait en pleine confusion parce qu'il avait fait la même expérience avec Naomi. Il ignorait comment c'était possible, mais Naomi régnait dans ses pensées. Elle le faisait sourire, rire, il se sentait bien avec elle, en sécurité. Et ceci malgré sa maladresse, son incapacité à grimper sur une échelle, à cuisiner sans mettre le feu à la maison.

Oui, mais elle s'en allait ! Elle avait accepté de sortir avec Stefan et elle cherchait un nouvel appartement.

Se levant d'un bond, il se força à sourire et serra la main d'Edward.

— Très bien. J'étais juste venu prendre de vos nouvelles et je suis heureux de constater que vous allez mieux.

— Merci de m'avoir sauvé la vie, doc. Vous remercierez aussi pour moi cette jolie infirmière.

— Pas de souci. Prenez soin de vous, monsieur Stovey.

Il avait atteint la porte, quand Edward le rappela.

— Docteur Williams ?

— Oui ?

— Je peux me tromper, bien sûr, mais il y a eu une autre femme que j'aurais pu aimer, après Betty. Elle me plaisait beaucoup, et nous aurions pu être heureux… Je me suis accroché à mes certitudes parce que je n'étais pas prêt à laisser le passé derrière moi pour envisager l'avenir. J'étais tellement installé dans mon rôle de veuf que j'en avais oublié que je pouvais être quelqu'un d'autre.

Tom fixa le vieil homme, ne sachant que répondre, mais il avait compris le message.

Lui aussi, il avait le choix : saisir sa chance avec Naomi et oublier sa théorie de l'amour unique ou rester le veuf de Meredith pour le reste de sa vie.

— J'ai vu la façon dont vous regardiez cette jeune

femme, reprit Edward, et celle dont elle vous regardait. Il y a de l'amour entre vous, vous ne croyez pas ? conclut-il.

Formulé ainsi, cela semblait si simple !

Naomi vit Tom passer près d'elle sans la regarder, les sourcils froncés, plongé dans un dossier qu'il consultait tout en marchant.

Il lui manquait, et elle ne savait pas comment c'était possible. Leur cohabitation n'avait duré que six semaines, mais les sourires de Tom lui manquaient, tout comme leurs bavardages pendant qu'ils cuisinaient ensemble. Quant au baiser qu'ils avaient échangé… Elle n'avait jamais fait une expérience aussi stupéfiante. Pourtant, elle regrettait cet instant parce que c'était ce qui avait éloigné Tom.

Comment le faire revenir ?

Elle prit un nouveau dossier et gagna la salle d'attente.

— Amy Smith ?

Une femme d'un certain âge se leva en souriant.

Elle la conduisit dans un box et tira le rideau derrière elles.

— Asseyez-vous. Très bien ! Pouvez-vous me confirmer votre adresse et votre date de naissance ?

Quand ce fut fait, Naomi poursuivit.

— Parfait. Donc, vous avez reçu un choc électrique, c'est ça ?

— C'est exact, dit Amy.

— Racontez-moi ce qui s'est passé.

Amy prit une profonde inspiration.

— Voilà ! Lee est en train de rénover la maison, mais vous connaissez les hommes. Ils commencent un million de tâches à la fois au lieu d'en terminer une seule. Je le suppliais de s'occuper des interrupteurs depuis un siècle. Mais comme il ne le faisait pas, j'ai décidé de m'en charger.

— Je comprends…

— Je lui ai demandé de couper le courant, et il a dit qu'il allait le faire avant de disparaître dans la cuisine. J'ai cru que sa parole valait quelque chose mais, quand j'ai touché l'interrupteur avec mon tournevis, j'ai pris une décharge et j'ai été projetée en arrière.

— Quelle main a reçu le choc ?

— La droite, je crois. Mais je tenais le tournevis avec mes deux mains.

— Je peux voir ?

Naomi examina les deux mains de sa patiente, qui ne portaient pas de trace de brûlure.

— A quelle distance avez-vous été projetée ?

— Environ un mètre. J'ai dit « projetée », mais j'ai seulement dû reculer en titubant. Libby, ma voisine, m'a conseillé d'aller aux urgences au cas où le courant serait passé à travers mon cœur, quelque chose comme ça.

Les effets d'un passage du courant électrique dans le corps peuvent ne pas être immédiats. L'exposition des cellules aux impulsions électriques peut par exemple détériorer la membrane cellulaire. L'état général d'Amy semblait satisfaisant, mais il fallait s'en assurer.

— Je vais avoir besoin d'un électrocardiogramme, Amy. On vous en a déjà fait un ?

Comme la patiente secouait négativement la tête, elle lui expliqua de quoi il s'agissait.

— On place des électrodes sur votre poitrine pour enregistrer l'activité électrique de votre cœur. Cela sert à savoir si tout va bien, et ça ne prend que quelques secondes.

— D'accord. Vous pensez qu'il n'y aura pas de suites ?

— Vous avez eu des nausées ? Une perte de conscience ? Vous avez eu mal ?

— Non.

— Eh bien, nous allons examiner le tracé sur l'écran pour en être sûres. Vous voulez bien retirer votre haut ?

— Tout ça, c'est la faute de Lee, grommela Amy en obtempérant. Je vous jure que les hommes vous apportent plus d'embêtements que de satisfactions ! Je vois que vous n'avez pas d'alliance, mademoiselle. J'espère que vous êtes célibataire ?

— En effet.

— Eh bien, suivez mon conseil et restez comme ça. Si c'était mon cas, je serais plus heureuse, et ma maison ne serait pas un tel chantier.

— Je… Je dois aller chercher l'appareil. Je reviens tout de suite.

Naomi se glissa hors du box et inspira profondément.

Cette femme avait peut-être raison. Si elle restait célibataire, elle n'aurait à s'occuper que d'elle-même. Le seul fait d'embrasser Tom avait semé la pagaille dans sa vie et dans son cœur. Elle n'avait plus le droit de l'approcher et elle en éprouvait une douleur presque physique.

Elle poussa l'électrocardiographe dans le box, tira de nouveau le rideau et procéda à l'examen.

Amy allait bien. Naomi donna à sa patiente une fiche d'informations de façon que celle-ci reste vigilante, puis elle la renvoya chez elle.

— Merci, mademoiselle. On verra si l'électricité est rétablie quand je rentrerai.

Naomi supposait que c'était le cas. Amy avait beau se plaindre à propos de « son » Lee, il était clair qu'elle l'aimait et qu'elle souffrirait le martyre s'il lui arrivait quelque chose de grave ou s'il la quittait.

Ou encore s'il coupait complètement les ponts, comme Tom le faisait avec elle.

C'était clairement ce qu'il souhaitait. Il lui avait bien fait comprendre qu'il ne voulait dorénavant plus avoir affaire à elle.

Cette idée lui causa une telle douleur dans la poitrine qu'elle dut rester immobile une minute avant que cela s'estompe.

8.

Naomi avait passé la nuit à se tourner et à se retourner dans son lit, mais au matin elle avait pris sa décision : elle allait partir, s'installer chez elle et être indépendante, comme elle se l'était toujours promis.

En gagnant la station d'autobus, elle remarqua que le ciel était un peu couvert et qu'il continuait de s'assombrir.

Pourvu que l'averse attende qu'elle soit à l'abri pour tomber !

Son vœu ne fut pas exaucé. Les nuages crevèrent, délivrant un véritable déluge, et lorsqu'elle monta dans le bus ses cheveux étaient plaqués sur son visage et ses vêtements, trempés.

Tant pis ! Il ne s'agissait que de visiter un logement, après tout !

Tête baissée, elle gagna Echo Road où était situé l'appartement.

Son ancien locataire venait de mourir et, d'après la femme de l'agence, qui répondait au nom de Deanna, ce meublé n'avait pas été rénové depuis les années 1970.

Elle repoussa cette pensée. Ce qui comptait, c'était qu'elle pouvait payer le loyer. Pourvu que ce soit propre, elle pouvait toujours repeindre les murs.

— Mon Dieu ! s'exclama Deanna à sa vue, vous ressemblez à un rat mouillé ! Au moins, vous allez pouvoir vous sécher un peu à l'intérieur.

Naomi lui adressa un faible sourire et la suivit dans l'immeuble.

Déçue, elle balaya du regard la moquette et les rideaux marron.

L'appartement était sombre, avec des murs recouverts d'un papier orange bizarre. La cuisine était un cauchemar en Formica, le linoléum de la salle de bains était décoloré. Les pièces sentaient le moisi comme si elles n'avaient pas été aérées depuis des semaines.

— Ça a besoin d'un petit coup de neuf, remarqua Deanna, mais avec un peu de peinture et d'huile de coude cet appartement pourrait être sublime. Vous pourrez faire un atout des fenêtres à guillotine. Imaginez, avec des rideaux de voile blanc et un bon nettoyage des vitres !

Elle était optimiste ! Cet endroit avait besoin d'un peu plus que de quelques pots de peinture. A en juger par les surfaces jaunies, le précédent locataire devait être fumeur…

Mais enfin, en travaillant dur, elle rendrait ce logement acceptable. Ce n'était pas formidable, ce n'était pas ce qu'elle voulait, mais elle n'avait pas le choix. On était en mars, maintenant. Elle habitait chez Tom Williams depuis trop longtemps. Au moins, elle cesserait de vivre sous le même toit que lui.

— Je le prends, déclara-t-elle.

Deanna sembla surprise.

— Super ! Je m'occupe des formalités. Le propriétaire demandera une caution, et le premier mois sera payable à l'avance.

— Pas de problème. Je vous rappelle pour prendre rendez-vous.

— C'est parfait, dit Deanna en lui serrant la main. Je suis sûre que vous allez être très heureuse, ici.

Naomi dut se forcer pour lui rendre son sourire.

Restait à espérer que cette femme ait raison…

— Voici Andi, seize ans. A environ 2 heures du matin, elle a ingéré une overdose d'héroïne. Nous lui avons administré de la naloxone et l'avons mise sous oxygène, dit l'ambulancier pendant qu'on installait la jeune fille sur un lit.

Naomi éprouvait de la sympathie pour cette adolescente. Avait-elle vraiment voulu risquer sa vie en absorbant une dose excessive de drogue ou ignorait-elle ce qu'elle faisait ?

Quelle que soit la réponse à cette question, le remède commençait à agir, et Andi reprenait peu à peu conscience. Battant des paupières, elle regarda autour d'elle et s'assit, avant de balancer brusquement ses jambes par-dessus le bord du lit.

— Où crois-tu aller, jeune fille ? demanda Tom.

Naomi et lui relevèrent la barrière pour l'obliger à s'étendre. Naomi se réjouissait qu'il soit là, car elle n'aurait sans doute pas eu la force de maîtriser leur patiente, qui était plus grande et plus large qu'elle.

— Ne me touchez pas ! hurla Andi.

Tom leva les mains en signe de paix.

— D'accord. Je dois mettre ses parents au courant, ajouta-t-il à l'intention de Naomi. Je vous laisse prendre ses constantes ?

— Bien sûr.

A l'hôpital, Tom se comportait normalement avec elle tant que leurs échanges concernaient des questions médicales. Elle devait pourtant lui dire qu'elle quitterait son appartement le week-end prochain.

Elle supposait qu'il serait soulagé…

Elle le suivit des yeux tandis qu'il s'éloignait pour téléphoner mais, lorsqu'elle se retourna, elle vit l'adolescente bondir hors du lit et se précipiter vers les portes battantes du service.

— Tom ! cria-t-elle en se lançant à la poursuite de la jeune fille.

Andi courait à travers les urgences comme si elle avait le diable aux trousses. Elle parvint à la salle d'attente, puis à la porte d'entrée de l'hôpital.

C'était impressionnant ! Beaucoup de gens se perdaient dans le dédale des couloirs, mais cette fille à moitié droguée trouvait d'instinct le chemin de la liberté ! Enfin, le médicament n'ayant qu'un effet temporaire, elle n'irait pas loin.

Naomi la suivit à l'extérieur. Eblouie par les rayons du soleil, elle chercha l'adolescente du regard et la repéra presque aussitôt, étendue à plat ventre sur l'herbe, près de l'endroit où les ambulances stationnaient.

Lorsqu'elle s'agenouilla auprès de la jeune fille, elle constata que celle-ci dormait à poings fermés.

— Comment va-t-elle ? demanda Tom, qui venait de la rejoindre.

— Elle est inconsciente, mais son pouls est bon.

— Ramenons-la à l'intérieur, qu'elle puisse dormir confortablement.

Il adressa un signe à un ambulancier en train d'approvisionner son véhicule en oxygène et en poches de sang. Ils utilisèrent un brancard pour transporter la jeune fille et l'installer dans le box.

Après avoir pris sa tension et sa température pour s'assurer qu'elle allait bien, Naomi se tourna vers Tom et posa la main sur son bras avant qu'il s'éloigne.

— Tom ?

Il se tourna vers elle à regret.

— Oui ?

— J'ai trouvé un logement dans l'immeuble de Stefan. Je l'ai visité hier et je compte m'y installer samedi.

— Je vois.

— J'ai pensé que je pourrais faire la cuisine pour nous deux, vendredi soir. Ce sera notre dernier dîner ensemble… Enfin, si vous êtes d'accord.

— Je préparerai le repas, dit-il avant de quitter le box.

Elle le suivit du regard, se demandant si c'était bien de la tristesse qu'elle avait vue dans les yeux de Tom. A moins que ce ne soit un effet de son imagination…

Etait-ce vraiment leur dernière soirée ensemble ?

Assise dans sa chambre, Naomi se demandait quelle tenue choisir. Tom s'activait dans la cuisine, et des arômes délicieux lui chatouillaient déjà les narines.

Après bien des hésitations, elle finit par se décider pour une robe cache-cœur vert sombre. Elle remonta ensuite ses cheveux avec quelques épingles, allongea ses cils avec du mascara et appliqua un peu de gloss sur ses lèvres avant de s'asperger de son parfum préféré.

Inspirant ensuite profondément, elle rejoignit Tom pour voir ce qu'il leur préparait.

Vêtu d'une chemise blanche et d'un pantalon noir, il découpait des légumes. Lorsqu'elle approcha, il se tourna vers elle et écarquilla les yeux.

— Vous êtes… très jolie, dit-il.

— Merci. Vous n'êtes pas mal non plus. Quel est le menu ?

— Un porc farci aux airelles accompagné de légumes de saison et une meringue au citron pour le dessert. Il y en a pour une heure, environ. Vous voulez boire quelque chose ?

— Je prendrai ce que vous avez.

S'éloignant du comptoir, elle s'approcha du piano où la femme de ménage, qui était passée la veille, avait disposé un beau bouquet de roses.

Elle caressa la surface lisse de l'instrument, attristée à l'idée qu'elle n'entendrait jamais Tom en jouer. S'apercevant qu'il l'avait vue, elle alla s'asseoir sur le canapé.

Un instant plus tard, Tom lui apporta un verre de vin blanc, et elle le remercia.

— De rien, dit-il.

Comme il allait regagner la cuisine, elle posa la main sur son bras.

— Tom.

Il laissa errer sur elle un regard triste puis le dirigea sur le bout de ses chaussures.

— Oui ?

— Asseyez-vous près de moi un moment.

Il hésita brièvement avant de prendre place auprès d'elle.

— Je me demandais si nous pourrions oublier cette dernière semaine, commença-t-elle. L'atmosphère entre nous est si… si pesante. J'aimerais vraiment que notre dernière soirée soit agréable pour nous deux. Vous croyez que c'est possible ?

Tom se mordit la lèvre. Son visage exprimait un chagrin mêlé de regret… Et d'autre chose qu'elle n'aurait pas su nommer.

Elle-même n'avait jamais éprouvé une telle peine. Sauf peut-être quand Vincent était mort. Mais ce qu'elle ressentait avec Tom était totalement différent. Tom n'était pas l'esclave de ses os, mais de ses souvenirs.

— Depuis ce… ce qui s'est passé entre nous, reprit-elle, j'ai mal supporté que vous preniez vos distances avec moi. Je pensais que nous étions amis, auparavant.

— Nous le sommes toujours.

— Mais depuis ce baiser…

— Je suis désolé de vous avoir donné l'impression de ne pas être désirée. C'est juste que, quand je vous ai embrassée, j'ai été submergé par…

— … Par la culpabilité ?

— Oui et non. Jusque-là, je me croyais capable de maîtriser mes émotions. J'avais une idée bien précise de ce que serait ma vie, et soudain j'allais contre tous mes principes : vous étiez dans mes bras, et je ne pouvais pas faire autrement que vous embrasser. Vous m'étiez indispensable comme l'air que je respire.

Elle s'était donc complètement trompée ! Il ne se sentait pas coupable vis-à-vis de sa femme, mais il avait eu le sentiment de se trahir lui-même.

— Je ne pouvais pas vous promettre un avenir commun, continua-t-il. Je m'en voulais d'être aussi faible et de céder à un besoin impulsif.

Elle posa la main sur la sienne.

— Ne soyez pas si dur envers vous-même. Nous nous amusions, nous riions, nous faisions du patin à roulettes et nous chantions — faux, en ce qui me concerne. Nous partagions un moment agréable entre amis.

— C'était plus que ça, Naomi. Il y a en vous quelque chose à quoi je ne peux résister, et ça m'effraie.

Elle acquiesça d'un signe de tête, appréciant son honnêteté.

— Je ressens la même chose, dit-elle doucement.

— Vraiment ?

— J'étais vraiment très mal, ces derniers jours. C'était si dur de rester loin de vous !

Tom tendit la main pour lui caresser le visage, et elle réprima l'envie d'embrasser ses doigts.

Malgré tout ce qui s'était passé, il lui inspirait un désir brûlant. Etait-ce l'amour dont tout le monde parle et que les chansons célèbrent ? C'était effrayant, parce qu'elle n'avait jamais éprouvé un sentiment aussi fort auparavant. De plus elle savait que, même si elle aimait Tom, il ne serait jamais à elle. Il le lui avait fait clairement comprendre.

— En tout cas, dit-elle, nous sommes ensemble ce soir. Faisons en sorte que cette soirée soit parfaite, parce que je sais que nous souhaitons tous les deux le bonheur de l'autre.

— Pour rien au monde je ne voudrais vous faire du mal, Naomi, dit-il en repoussant une mèche derrière son oreille.

Elle sentit les larmes lui picoter les yeux.

— Alors, soyez mon ami si vous ne pouvez être rien d'autre.

Tom avait envie de prendre Naomi dans ses bras et de l'embrasser jusqu'à ce qu'ils sombrent dans l'oubli, mais il ne bougea pas.

Jusqu'alors, il avait cru que toute relation amoureuse lui paraîtrait fade après ce qu'il avait vécu avec Meredith. Pourtant, les sentiments que lui inspirait Naomi étaient aussi forts que son amour pour sa femme.

Comment était-ce possible ? Il la connaissait à peine, et ils avaient vécu sous le même toit pendant moins de deux mois. Pourtant, il ne supportait pas l'idée qu'elle s'en aille !

Il s'aperçut que les yeux de Naomi étaient voilés par les larmes.

Des larmes qu'il avait causées. Il venait de lui dire qu'il ne voulait pas la blesser, mais il faisait exactement le contraire. Tout cela à cause de ses règles stupides.

Au diable les règles !

Il pouvait être heureux avec Naomi, si seulement il s'en donnait l'occasion.

Se penchant vers elle, il embrassa ses joues humides.

Elle cessa de respirer.

Ils n'étaient qu'à quelques millimètres l'un de l'autre, chacun des deux attendant une seconde de plus, juste pour s'assurer que l'autre voulait la même chose.

Posant ses lèvres sur celles de Naomi, il enfouit les mains dans ses cheveux.

Les épingles glissèrent, libérant sa chevelure soyeuse. En même temps, il sentait ses mains tirer sur les pans de sa chemise pour les dégager de sa ceinture. Au moment où elle posait les paumes sur sa peau, il introduisit la langue dans sa bouche, submergé par le désir.

Elle avait un goût enivrant !

Il ne voulait pas la brusquer, mais ses doigts trouvèrent le nœud de tissu, à sa taille. Sans pouvoir s'en empêcher, il le dénoua et commença à lui enlever sa robe.

Naomi haletait malgré elle. Son corps exultait sous les caresses de Tom.

Il savait exactement où la toucher, où la goûter, et il se servait de sa peau comme d'un instrument accordé à la perfection. Ses lèvres sucèrent lentement les pointes de ses seins l'une après l'autre, puis il s'attarda sur son ventre qu'il mordilla légèrement, pour enfin parvenir entre ses cuisses.

Cambrant le dos, elle gémit lorsqu'il s'attarda sur la partie la plus sensible de son intimité. Elle glissa les doigts dans ses cheveux, haletante, parcourue par les spasmes d'un plaisir qui monta peu à peu jusqu'à ce qu'elle crie son prénom, le suppliant d'arrêter.

N'était-ce pas de cela qu'elle avait manqué toute sa vie ? De cette passion, cette ardeur, cette frénésie du désir ?

En épousant Vincent, elle les avait considérées comme sans importance, persuadée que l'amour qu'elle lui portait suffirait à surmonter les épreuves qui les attendaient. Mais elle ignorait ce dont elle se privait. Bien sûr, elle avait vu des films montrant des couples consumés par la passion durant des nuits torrides. Mais elle s'était convaincue que cela n'avait rien à voir avec la réalité et que personne n'avait jamais rien expérimenté de tel.

Désormais, elle savait qu'elle ne voulait plus d'une existence dépourvue de cette flamme dévorante qui l'embrasait maintenant.

Quand Tom la pénétra, elle ferma les yeux de bonheur.

C'était donc cela ! La sensation délicieuse décrite dans

les livres, cette impression d'être remplie, comblée, liée à un autre être de la façon la plus intime qui soit.

Les mouvements de Tom se faisaient plus rapides. S'agrippant à ses épaules, elle sentait au-dessus d'elle la force de son corps musclé qui la chevauchait. Il prit sa bouche, et elle s'abandonna de nouveau au plaisir.

Il poussa un cri et s'enfonça une dernière fois en elle avant de s'immobiliser un instant. Puis il se remit à l'embrasser, à goûter ses lèvres, sa langue, son cou. Son haleine chaude traçait un sillon brûlant sur sa peau, suscitant de délicieux fourmillements.

Enfin, il s'étendit auprès d'elle et l'attira contre lui.

Elle avait découvert un aspect d'elle-même qui lui était totalement inconnu jusqu'alors. Vincent avait fait de son mieux pour la satisfaire, mais il était tellement entravé par sa maladie qu'il n'avait jamais pu lui donner ce qu'elle voulait. Finalement, ces expériences étaient tellement frustrantes qu'ils y avaient renoncé. Après cela, leur union n'avait plus été fondée que sur l'amitié, et elle s'était persuadée que cela suffisait.

Mais avec Tom… Ses rêves les plus fous avaient été exaucés.

Soudain, elle ne put retenir un flot de larmes. Sans savoir pourquoi, elle se mit à sangloter comme une enfant.

Sidéré, Tom la regarda un instant puis l'attira plus près.

— Eh ! Tout va bien. Chut ! Ne pleure pas, chuchota-t-il en déposant une pluie de baisers sur ses joues et ses paupières.

Il continua de la réconforter avec gentillesse jusqu'à ce qu'elle se calme. Elle avait peur de le regarder, peur de sa réaction. Mais il la serrait dans ses bras, leurs jambes entrelacées.

— Tu vas mieux ? demanda-t-il.

— Oui, répondit-elle en reniflant.

— Que s'est-il passé ?

Elle fixa le mur, sachant qu'elle devait lui dire ce qu'elle éprouvait, comme elle se sentait *aimée*. Mais elle était incapable de se tourner vers lui, car il n'était pas prêt à l'entendre…

— Je ne sais pas.

Il fronça les sourcils mais l'embrassa une nouvelle fois.

— Ne t'inquiète pas pour ça, dit-il sans la lâcher.

Elle faillit pleurer de nouveau, mais cette fois elle ne se laissa pas surprendre. Posant la tête sur la poitrine de Tom, elle écouta les battements de son cœur.

Elle était amoureuse de cet homme… Elle avait toujours su que, lorsque cela lui arriverait, ce serait intense et absolu. Mais toute inquiétude n'était pas écartée pour autant. Tout était arrivé très vite, ils avaient fait l'amour après un seul baiser. Etait-ce bon signe ?

Se pelotonnant contre lui, elle ferma les yeux et imagina un avenir radieux pour eux deux.

Tom voudrait-il encore se débarrasser d'elle, maintenant ?

Non, sûrement pas. Tout allait bien se passer, désormais.

Il déposa un baiser sur ses cheveux, et elle leva les yeux vers lui.

— Le repas doit être cramé, maintenant, dit-il en souriant.

— C'est possible, répliqua-t-elle en riant, mais on pourrait peut-être en tirer quelque chose ? Je suis affamée.

— De nourriture ? la taquina-t-il.

— Entre autres choses.

— Eh bien, je pourrais éventuellement te tenter avec ces autres choses…

— Essaie toujours, murmura-t-elle.

Ils firent de nouveau l'amour, et ensuite, lorsqu'ils furent étendus dans les bras l'un de l'autre, la faim se fit de nouveau sentir. Elle suivit Tom des yeux lorsqu'il se dirigea vers la cuisine, entièrement nu. Elle admira son dos large, sa taille mince, ses fesses superbes et ses longues cuisses puissantes.

Il était aussi beau à l'extérieur qu'à l'intérieur.

Il avait tenté de la tenir à distance parce qu'il croyait n'avoir rien à lui offrir, mais il se trompait. Elle espérait seulement qu'il en avait conscience, lui aussi.

Lorsqu'il revint, il avait noué une serviette autour de sa taille et il apportait un drap de bain pour elle.

Elle s'en enveloppa en souriant.

— Merci.

Il se baissa pour déposer un baiser sur ses lèvres.

— Tu veux quelque chose ? A boire ? A manger ?

— Le dîner est fichu ?

— On peut encore le sauver, mais je crois que la viande est carbonisée, dit-il avec un petit rire.

— Tant que c'est mangeable… Je pourrais dévorer un cheval.

— On devrait peut-être s'habiller avant le repas ?

Les yeux de Naomi passèrent du drap à la serviette.

— Surtout pas !

Tom rit de nouveau et, lui prenant la main, la guida jusqu'à la table.

— Assieds-toi, je vais servir.

Elle prit sagement un siège, les narines chatouillées par de délicieux arômes.

Contrairement à ce qu'avait dit Tom, le dîner n'était pas brûlé. Le porc était parfait et croustillant, les légumes, onctueux à souhait. De toute façon, elle avait toujours détesté qu'on les serve « al dente ». Tout était excellent.

D'autant plus que Tom et elle avaient fait la paix…

Du moins pour la soirée ! Cela pouvait changer après son départ, mais ils allaient dans la bonne direction. Elle n'aurait jamais espéré que la soirée se déroule de cette façon. Au début, c'était à peine s'ils s'adressaient la parole !

Et maintenant, ils étaient de nouveau proches. Avec un peu de chance, cela continuerait.

— A la bonne nourriture, aux bons amis et à l'amour, dit-elle en levant son verre.

Tom lui adressa un regard songeur avant de l'imiter.

— A la bonne nourriture, aux bons amis et à l'amour, répéta-t-il.

— Tom, est-ce que je peux te demander une faveur ?

— Bien sûr.

— Avant de m'en aller, j'aimerais que… Que tu joues pour moi.

Il jeta un coup d'œil au piano et prit une profonde inspiration.

Il semblait en proie au doute. Etait-elle allée trop loin ?

Mais il s'essuya la bouche avec sa serviette, se leva et s'approcha de l'instrument, qu'il contempla un instant comme s'il allait devoir le combattre.

Enfin, il tira le tabouret et s'assit avant de soulever le couvercle.

— Quel morceau préfères-tu ? demanda-t-il quand elle le rejoignit.

— Celui que ton cœur te dictera.

Il lui jeta un coup d'œil, hocha la tête et leva les mains au-dessus du clavier.

Puis il se mit à jouer.

Le lendemain matin, quand Tom se réveilla, il se tourna aussitôt vers Naomi, toujours endormie.

Elle était ravissante et paisible. Au repos, ses traits délicats étaient particulièrement beaux, ses lèvres semblaient douces, et son corps nu sous le drap, toujours aussi tentant.

La dernière fois qu'il avait trouvé ainsi une femme à

son côté, c'était Meredith, et il ne se serait jamais imaginé qu'une autre puisse prendre sa place un jour.

Qu'allait-il faire, maintenant ?

Naomi avait porté un toast à l'amour. Pensait-elle qu'il l'aimait ?

Entre l'amitié et l'amour, il y avait un fossé qu'il n'était pas certain de pouvoir franchir. Il avait des sentiments pour elle, c'était une évidence. Ce qu'ils venaient de partager avait été extraordinaire et, s'il devait la perdre, il ne savait pas comment il le supporterait.

Mais peut-être valait-il mieux prendre son temps. Naomi devait s'en aller le lendemain, cela leur fournirait la distance dont ils avaient besoin tous les deux. Ils pourraient prendre du recul et voir où ils en étaient.

Il sortit doucement du lit pour ne pas la réveiller puis ouvrit la porte de sa penderie.

Là, sur l'étagère du haut, il y avait une photo de Meredith prise le jour de leur mariage. Son beau visage était auréolé par un voile de tulle blanc. La tête légèrement penchée sur le côté, elle semblait lui demander pourquoi il l'avait remplacée dans son lit par une autre femme.

Lorsqu'il avait épousé Meredith, il savait exactement ce qu'il pouvait lui offrir, mais avec Naomi il n'en allait pas de même.

Il referma la porte de la penderie et appuya son front contre le battant.

Qu'avait-il fait ?

Il venait de commettre une monstrueuse erreur, et ce n'était juste ni pour lui ni pour Naomi. Le désir qu'elle lui inspirait l'avait emporté sur sa raison : il lui avait laissé croire qu'ils pouvaient envisager un avenir commun.

Il lui devait la vérité !

Sortant de la chambre, il s'assit sur le canapé de la salle de séjour et attendit.

Après s'être réveillée, Naomi alla chercher un peignoir dans sa chambre.

Elle se sentait merveilleusement bien. Tom et elle avaient comblé le fossé qui les séparait, et elle avait découvert ce qui lui avait manqué toute sa vie : la passion et le plaisir. Elle devait partir dans la journée, mais cela n'avait pas d'importance. Tom et elle pouvaient mettre cette distance à profit pour repartir de zéro. Ils sortiraient ensemble, Tom passerait la prendre chez elle, et leur relation commencerait normalement. Et, si tout se passait bien, ils seraient réunis un jour.

Après s'être aspergé le visage d'eau froide, elle rejoignit Tom dans la salle de séjour.

Il était debout près du piano et semblait l'attendre. Vêtu de son costume habituel, il était vraiment très beau. Elle avait beaucoup de chance !

— Je crois que nous ne devons pas recommencer, déclara-t-il.

Elle reçut le coup en plein cœur.

Quoi ? Que voulait-il dire ? S'était-il produit quelque chose pendant qu'elle dormait ?

— Tu mérites quelqu'un qui puisse t'aimer comme tu le souhaites, Naomi. Jusqu'à ce que je sache si je suis cet homme, je pense que nous ferions mieux de nous abstenir.

Sur le coup, elle ne sut que répondre. Elle méritait d'être aimée, certes, mais lui aussi. En fait, elle était déjà très amoureuse de lui…

Il doutait d'être celui qu'il lui fallait. Il lui demandait d'attendre qu'il en soit certain. Etait-ce une plaisanterie cruelle ?

— Et je suis censée patienter jusqu'à ce que tu aies résolu cette question ?

— Nous nous sommes peut-être trop pressés…

— Comment peux-tu dire ça, Tom ? J'ai été franche avec

toi, je ne t'ai rien caché depuis le début et... Qu'est-ce qui te devient tout à coup aussi insupportable ?

— Nous avons fait l'amour. C'était formidable, mais cela n'implique pas que... Que je puisse t'aimer comme tu le souhaites, Naomi, expliqua-t-il patiemment, comme s'il s'adressait à une enfant. C'est pourquoi je pense que nous devrions faire marche arrière.

— Vraiment ? Eh bien, fais marche arrière autant que tu veux, Tom, mais pas moi ! La vie est faite pour vivre, pour être heureux. J'espérais la passer avec toi. Mais, s'il te prend l'envie soudaine de freiner des quatre fers, tu le feras sans moi. Attendre, encore et toujours ? Excuse-moi, mais j'ai déjà donné et je ne recommencerai jamais. Tu m'aimes ou tu ne m'aimes pas, telle est la question.

Elle attendit la réponse. Elle n'avait pas voulu formuler les choses d'une façon aussi directe, mais après tout il n'était pas si difficile d'être honnête.

Ne pas pleurer, surtout !

Tandis qu'elle le défiait ainsi, debout devant lui, elle sentit les larmes lui picoter les yeux. Elle ne cligna pas les paupières et parvint à les retenir.

Lorsqu'il devint évident que Tom ne répondrait pas, elle se rua dans sa chambre et claqua la porte derrière elle. Se jetant à plat ventre sur son lit, elle mit un oreiller sur sa tête pour que Tom ne l'entende pas et se mit à sangloter.

9.

Naomi était assise dans la salle de repos, le dos voûté. Elle aurait voulu être à cent mille lieues sous terre.

Elle venait de consulter le planning. Elle était de service jusqu'à 16 heures, tout comme Tom. Ils allaient devoir travailler ensemble toute la journée.

Après ce qui s'était passé la veille, comment pourrait-elle le regarder dans les yeux ?

Il lui avait fait l'amour comme si elle avait été la personne la plus précieuse au monde, et elle avait cru qu'elle comptait pour lui. Et puis, ce bonheur avait été détruit.

Elle s'enfouit le visage dans les mains et laissa échapper un gémissement, juste à l'instant où Jackie et Stefan entraient dans la pièce.

— On dirait que la nuit a été rude, plaisanta Stefan. Tu as besoin d'un café pour lutter contre la gueule de bois ?

Naomi releva la tête et soupira.

— Ça n'a rien à voir avec l'alcool.

— D'accord. Alors, tu as vu le dernier épisode de ta série préférée ?

— Quelque chose comme ça, répliqua-t-elle en souriant faiblement.

— Toi et le Dr Williams, vous avez dû regarder le même, parce qu'il a l'air dans un sale état.

Tom se sentait-il aussi mal qu'elle ?

— Où est-il ? demanda-t-elle avec une indifférence mal feinte.

— Je crois qu'il discute avec la surveillante.

Elle se leva pour regarder à travers la paroi vitrée.

Tom parlait en effet avec sa supérieure. Il avait une mine affreuse, le teint pâle et des cernes sous les yeux.

Elle le contempla un instant, submergée par la tristesse.

A ce moment, il se retourna et remarqua qu'elle l'observait. Elle le vit se redresser de toute sa taille avant de mettre un terme à la conversation et de s'éloigner sans un regard en arrière.

Elle sentit son cœur se briser.

Tom était aux prises avec une réalité qu'il ne pouvait plus ignorer : il avait Naomi Bloom dans la peau. Malgré tous ses efforts pour la tenir à distance, il avait fait l'amour avec elle la nuit dernière…

Il secoua la tête, furieux contre lui-même.

Il n'y avait pas de mots pour exprimer ce qu'il avait ressenti. Et ce moment, après l'amour, quand elle reposait entre ses bras, avait été parfait — jusqu'à ce qu'elle se mette à pleurer.

Elle s'imaginait certainement qu'il l'aimait, mais il n'avait pas le droit de le lui laisser croire. Si elle avait raison, cela impliquerait qu'il avait transgressé son vœu, sa promesse de ne jamais aimer une autre femme, parce que… Parce qu'il risquerait de la perdre comme il avait perdu Meredith.

Il s'appuya à un mur en se frottant les yeux.

Les choses étaient allées trop loin. Il n'aurait jamais dû coucher avec Naomi. Désormais, la situation allait être très compliquée puisqu'ils devaient continuer de travailler ensemble.

La patiente était étendue sur une planche dorsale, ses longs cheveux blonds maculés de sang. Tout en poussant le brancard, l'ambulancier fit son rapport.

— Alison, vingt et un ans. Elle était à vélo lorsqu'elle a été renversée par une voiture qui roulait à près de soixante à l'heure. Elle portait ceci, ajouta-t-il en montrant un casque fêlé.

Naomi fit la grimace, avant de froncer les sourcils à la vue de Tom qui venait d'entrer dans le service.

— Lacération du cuir chevelu dans la région occipitale, continuait l'ambulancier. Douleur dans la nuque, fracture probable de l'humérus droit et de la clavicule, fracture probable du fémur et écorchures sur tout le côté droit. Pression artérielle de 12/7, pouls à 100, indice de masse corporelle de 18,5. On lui a proposé des antalgiques, mais elle a refusé.

Tom enfila des gants et noua un tablier autour de sa taille, ignorant soigneusement Naomi.

— On la passe du brancard à un lit, s'il vous plaît.

Les ambulanciers poussèrent le brancard dans un box, puis ils soulevèrent la planche dorsale et installèrent la patiente. Après leur départ, l'équipe médicale prit le relais.

Naomi se pencha sur la jeune fille pour qu'elle puisse voir un visage amical. Alison semblait terrorisée.

— Bonjour, Alison. Je suis infirmière, je suis là pour vous aider. Vous avez dû entendre pas mal de bruit, mais nous allons vous sortir de là, d'accord ?

La jeune fille voulut hocher la tête et fit la grimace.

— Oui.

— Où avez-vous le plus mal ?

— A la jambe et au bras.

Les ambulanciers avaient posé des attelles, il faudrait attendre les radios avant de pouvoir agir.

— Vous savez où vous êtes ?

— A l'hôpital.

— Quel jour sommes-nous ?

Alison le lui dit.

— Très bien. Souffrez-vous d'une allergie quelconque ?

— Non.

Les autres membres du personnel médical s'affairaient autour d'elles comme des abeilles pour poser une perfusion, examiner l'abdomen.

Naomi vérifia la dilatation des pupilles de la patiente et prit sa tension. Elle remarqua d'anciennes traces de piqûres sur son bras.

Sans doute la jeune fille s'était-elle droguée autrefois. Cela expliquerait son refus des antalgiques.

— Est-ce que je vais mourir ? demanda Alison en pleurant.

Naomi se pencha de nouveau au-dessus d'elle.

— Bien sûr que non ! Mais on dirait que vous souffrez de fractures au bras et à la jambe.

— Je n'arrive pas à croire que ce type m'a renversée…

Naomi ne put s'empêcher de jeter un coup d'œil à Tom.

Alison allait survivre, mais l'épouse de Tom n'avait pas eu autant de chance. Que ressentait-il lorsqu'un patient comme Alison était amené dans le service ?

Le visage de Tom était impassible.

— On lui fait faire un scan.

Grâce à cette technique, on obtiendrait sur l'écran de l'ordinateur des images en coupes fines du corps d'Alison. On verrait non seulement ses os, mais aussi ses organes et ses vaisseaux sanguins.

Naomi accompagna la patiente en radiologie et se tint sur le côté pendant que les techniciens demandaient à celle-ci de ne pas bouger. Elle attendit ensuite derrière Tom l'arrivée des premières images.

Il était clair qu'il ne s'adresserait pas à elle. Ce qui s'était passé entre eux avait complètement bouleversé leur relation, y compris professionnelle.

Concernant Alison, les conclusions étaient évidentes :

il y avait une petite fracture de l'humérus près de l'épaule, une fracture simple de la clavicule et une fêlure très mince au niveau de la jambe. On ne notait aucune autre blessure interne, sa tension était stable et son pouls, régulier. Elle allait pouvoir s'asseoir pendant qu'on recoudrait son cuir chevelu, et son état ne nécessitait aucune intervention chirurgicale.

De retour dans le box, Tom s'assit sur un tabouret, près d'elle, le kit de suture dans la main. Dès que Naomi eut nettoyé la plaie, il put commencer.

— J'ai eu de la chance, n'est-ce pas ? demanda Alison.

— En effet, répondit Naomi.

— Ça aurait pu être bien pire. Le conducteur a été blessé, lui aussi. Est-ce qu'il va bien ?

— Il était ivre, dit sèchement Tom. Mais il n'a rien de grave.

— Tant mieux ! dit Alison avec soulagement.

— Tant mieux ? Il avait trop bu et il est responsable de vos fractures.

La jeune fille leva les yeux vers Tom.

— Je ne peux pas le juger. Il avait peut-être des raisons de s'être enivré à cette heure de la matinée. Il essayait peut-être de noyer son chagrin, ou alors il a perdu quelqu'un qu'il aimait. Il se peut aussi qu'il souffre d'addiction.

La bienveillance de cette jeune fille surprit Naomi.

La plupart des gens auraient blâmé le conducteur et l'auraient poursuivi en justice. Mais cette patiente ne paraissait même pas en colère.

— J'apprécie votre façon de voir la vie, Alison, dit-elle.

— Comment faire autrement ? On ne peut pas nourrir son amertume à partir de faits qu'on ne pouvait pas éviter.

Naomi hocha la tête et se tourna vers Tom.

— Vous avez besoin d'autre chose, docteur ?

Elle s'aperçut alors qu'il pouvait mal interpréter sa question, comme si elle faisait allusion à ce qui se passait entre eux.

— Non, merci.

Elle aurait dû s'en douter.

— Très bien.

Tom posa le dernier point, puis Naomi recouvrit la blessure avec une compresse.

Quand Tom fut parti, Naomi sourit à Alison.

— Souhaitez-vous que je téléphone à quelqu'un pour vous ?

— Je n'ai personne à prévenir.

— Vous en êtes sûre ?

— Je suis toute seule, et ça ne me pose pas de problème parce que je n'ai à m'occuper que de moi.

Naomi fronça les sourcils.

En arrivant à Londres, elle était convaincue que c'était en effet la meilleure façon de vivre. Finalement, les événements lui donnaient raison.

— Vous voulez une tasse de thé ?

— Très volontiers, merci, répliqua la jeune fille.

Naomi retrouva Tom dans la salle de repos au moment où il jetait dans la poubelle le sachet de thé qu'il venait d'utiliser.

— Désolée de te déranger, dit-elle. Je vais juste faire une tasse de thé pour Alison.

Il s'écarta pour lui faire de la place devant la bouilloire et se mit à remuer sa cuillère dans sa chope.

— Je quitterai ton appartement dans l'après-midi, ajouta-t-elle. Tu n'auras plus à me voir.

— Naomi…

— Non, Tom. Je vois à quel point tu es mal à l'aise, et je le suis aussi. Mais ne t'inquiète pas, tout va s'arranger.

Sur ces mots, elle prit la boisson d'Alison et sortit.

Là ! Pour une fois, elle s'était montrée directe et déterminée.

Naomi était bien décidée à ne plus adresser la parole à Tom et à quitter son appartement la tête haute. Mais, lorsqu'elle le vit devant la porte des urgences, reprenant sa respiration entre deux patients, elle se dirigea droit sur lui.

Il fallait absolument qu'elle lui explique ce qu'elle avait ressenti lorsqu'elle avait sangloté de bonheur entre ses bras. Là, tout de suite. Sans tergiverser.

Quand elle ouvrit la bouche et que les mots coulèrent à flots, il la fixa avec surprise.

— Ce qui s'est passé la nuit dernière, Tom… Cela voulait dire quelque chose pour moi. Je parle seulement pour moi, bien sûr, mais je m'en veux parce que notre amitié s'est transformée en quelque chose de douloureux. Je sais que tu le regrettes. Mais, en ce qui me concerne, c'était une expérience joyeuse, époustouflante. Crois-moi, je n'avais rien planifié. Comme toi, je m'étais promis de ne plus jamais retomber amoureuse après Vincent. Je me disais que le prix à payer était trop élevé et que ça n'en valait pas la peine. Mais toi… Je ne pensais pas possible que tu me fasses du mal.

— Naomi…

— Mais c'est ce que tu as fait, Tom. Sache que j'ai connu dans tes bras un bonheur que je n'avais jamais éprouvé auparavant. C'est pour cela que j'ai pleuré.

— Je…

— Je dois m'éloigner de toi. Tu as dit que tu ne pouvais pas m'offrir ce dont j'avais besoin, et jusqu'à maintenant j'ignorais moi-même ce que c'était. Mais je le sais, maintenant. Je veux être aimée, Tom, et je ne crois pas que ce soit effrayant. Mais, si tu n'es pas prêt, je ne peux pas attendre et me torturer chaque fois que je te verrai à l'idée de ce qui aurait pu être.

Les joues ruisselantes de larmes, elle tourna les talons et s'enfuit. Tom cria son prénom, mais elle souffrait trop pour l'écouter.

Que pourrait-il lui dire qu'elle ne savait déjà ?

« Ce qui s'est passé la nuit dernière, Tom… »

Il ne parvenait pas à s'arracher ces mots de la tête. Naomi avait raison, cela voulait dire quelque chose.

Naomi Bloom était vraiment quelqu'un de spécial. C'était bien le problème, parce qu'il ne voulait pas tomber amoureux d'elle. Il avait appris à ses dépens à quel point l'amour peut blesser. Que se passerait-il si elle lui était enlevée comme Meredith ? S'il se laissait aller à l'aimer et qu'il la perdait, il ne survivrait pas une seconde fois à cette épreuve.

En travaillant aux urgences, il s'était arrangé pour se protéger contre les affects trop forts. Après avoir soigné les patients du mieux qu'il le pouvait, il ne les revoyait jamais. Il avait cru qu'il pourrait passer ainsi le reste de son existence. C'était une forme d'autoprotection. Devait-il s'en sentir coupable ?

Après tout, il protégeait Naomi du même coup.

Mais, évidemment, elle ne pouvait pas comprendre qu'il agissait ainsi pour leur bien à tous les deux.

Il retourna auprès des patients.

En réalité, il avait terminé son service, mais peu importait. Il avait besoin de travailler. S'il rentrait chez lui, il trouverait Naomi en train de déménager, et cette idée lui était insupportable.

L'équipe fut ravie de le voir revenir. Les urgences étaient débordées, et pendant une heure ou deux il parvint à oublier

Naomi. Mais, lorsqu'on lui enjoignit de prendre une pause, les pensées importunes l'envahirent de nouveau.

Il se répéta qu'il avait fait ce qu'il fallait.

S'il le rabâchait assez souvent, il finirait peut-être par croire que c'était vrai…

Naomi emballait ses dernières affaires.

Pour la plupart, celles-ci se trouvaient déjà dans des cartons ou dans sa valise, mais elle avait dû retourner chez Tom pour y prendre sa trousse à maquillage et sa brosse à dents.

Dès le départ, cette installation avait été une erreur. Après son misérable meublé, elle avait été heureuse de connaître un tel luxe, bien sûr. Et puis, il y avait Tom… Mais rien de tout cela n'était pour elle.

Enfant solitaire, elle était devenue une épouse solitaire, avait passé son temps à *attendre*. Attendre une nouvelle poussée osseuse, une nouvelle blessure, tandis que l'état de Vincent s'aggravait de jour en jour. Elle se rappelait la grande horloge de grand-père dans l'entrée de leur maison. A présent, son tic-tac sonore lui paraissait avoir une signification particulière : elle avait été piégée dans une prison dont elle ne pouvait s'échapper. La maladie de Vincent déterminait toute leur existence. A l'époque, elle ne s'en souciait pas. Elle se réjouissait de veiller sur son mari, elle appréciait leur affection mutuelle et elle était fière qu'on dise d'elle qu'elle était « si courageuse ». Au moins, elle avait laissé derrière elle son enfance, bien décidée à ne pas ressembler à sa mère, qui ne cessait de tomber amoureuse de beaux hommes qui lui faisaient du mal ensuite.

Aujourd'hui elle pouvait l'admettre, elle avait choisi Vincent parce qu'il n'était pas dangereux et qu'il avait besoin d'elle. Elle s'était révélée dans ce rôle d'épouse dévouée qu'elle avait joué jusqu'à la fin.

Ensuite, elle était partie pour la capitale, persuadée qu'elle serait une bonne infirmière, qu'elle se ferait des amis et qu'elle vivrait une vie différente. Elle allait jouir de sa liberté, ainsi qu'elle l'avait promis à Vincent avant sa mort.

Mais elle avait rencontré Tom et était tombée amoureuse de lui. Tout comme sa mère, elle avait été séduite par la beauté d'un homme. Et, tout comme elle, elle allait finir seule et malheureuse…

Elle se secoua.

Après tout, elle pouvait considérer ces dernières semaines comme un faux départ, un petit écart par rapport à son plan de vie.

Une fois dans son nouvel appartement, Naomi regarda autour d'elle, s'efforçant de rester optimiste.

Le luxe ne faisait pas partie de son univers. Mais, avec le temps, un peu d'ingéniosité et pas mal de nettoyage, elle rendrait ce logement accueillant. Elle repeindrait les murs, elle mettrait des fleurs dans les pièces, elle pourrait se débarrasser de cette horrible moquette, elle louerait une machine à décaper le plancher et le cirerait.

Il suffisait d'un peu d'imagination ! Si elle appliquait la même méthode à sa vie privée, elle l'améliorerait certainement. Et, avec le temps, son cœur serait peut-être prêt à aimer de nouveau.

A l'hôpital, Naomi s'arrangea pour que son emploi du temps ne concorde pas avec celui de Tom Williams. S'il travaillait le jour, elle faisait les nuits. S'il arrivait en fin d'après-midi, elle commençait son service de bonne heure. Bien sûr, ils se croisaient encore au moment de la relève ou dans le vestiaire. Il posait sur elle des yeux tristes et semblait toujours sur le point de dire quelque chose…

Sauf qu'il restait silencieux.

Elle ne voulait pas quitter les urgences mais, quand la surveillante annonça qu'il y avait une occasion pour un membre du personnel de travailler avec les ambulanciers, elle se porta volontaire.

C'était la solution idéale, puisqu'elle ne mettrait les pieds à l'hôpital que pour y amener un patient.

Pendant ses études, elle avait passé une journée dans une ambulance à observer ses collègues et elle s'était sentie totalement inutile. Mais la situation avait changé, et cette fois, en montant dans le véhicule avec Julia et Luke, elle fut certaine que tout allait bien se passer.

En faisant quelques pas dehors pour respirer un peu, Tom vit Naomi grimper dans l'ambulance. Incapable de détourner les yeux, il s'immobilisa un instant, avant de tourner les talons pour rentrer dans l'hôpital, furieux contre lui-même.

Son appartement lui paraissait tellement vide, depuis son départ ! Il ignorait comment il avait réussi, avant elle, à vivre seul dans un logement aussi spacieux. Maintenant, lorsqu'il rentrait de l'hôpital, le silence lui semblait assourdissant.

Le premier jour, il était rentré tard pour être sûr qu'elle ne serait plus là. Il était allé dans la chambre qu'elle occupait, il avait vu le lit où elle avait dormi, la penderie et les tiroirs vidés de leur contenu. Pendant tout le temps qu'elle avait vécu chez lui, elle avait empli les lieux de sa présence, de son rire et de ses sourires.

Dans la cuisine, il l'avait revue en train de préparer le

repas en chantonnant, faisant tomber les cuillères ou branchant le mixeur-batteur dont elle avait oublié de refermer le couvercle. Combien de tartines calcinées ! En un mois, elle avait donné plus de travail au détecteur de fumée que lui en plusieurs années.

Le canapé sur lequel ils avaient fait l'amour trônait toujours dans la salle de séjour…

Il avait cédé à la panique ! Ses émotions l'avaient emporté sur sa raison. Il avait toujours considéré qu'il possédait un esprit clair et logique. Il pouvait sauver un patient mourant, stopper une hémorragie artérielle. Il était même capable de ressusciter des personnes victimes d'un arrêt cardiaque…

Et, désormais, il nageait dans le brouillard parce qu'il ne parvenait pas à savoir s'il était vraiment amoureux.

Avec Meredith, c'était une évidence. Mais avec Naomi, c'était comme s'il n'arrivait plus à réfléchir en sa présence. Elle mettait la pagaille dans ses pensées, dans ses sentiments, il ne savait plus du tout où il en était.

Peut-être était-ce aussi de l'amour, sous une forme différente ?

En ce cas, il se serait trompé sur toute la ligne.

Une chose était certaine : il savait ce qu'il ressentait en constatant que Naomi faisait tout pour l'éviter. Car, dorénavant, ils ne travaillaient plus jamais aux mêmes horaires, et elle avait choisi d'assister des ambulanciers dans leurs missions.

Julia et Luke étaient fantastiques, ils veilleraient sur elle, mais…

Mais d'où venait cette douleur sourde dans sa poitrine, comme si son cœur était constamment serré dans un étau ? Il avait mal au ventre, il n'arrivait plus à se concentrer.

Cet éloignement serait peut-être bénéfique, finalement.

Naomi ouvrit les fenêtres de l'appartement pour l'aérer avant de commencer une autre séance de ménage marathon.

Ce n'était pas facile. La saleté était tenace, et parfois elle se sentait malade rien qu'en regardant le seau rempli d'eau noirâtre.

Ces derniers temps, il n'en fallait pas plus pour qu'elle ne se sente pas dans son assiette. Récemment, elle avait remarqué qu'elle était épuisée en fin de journée. Et puis, il y avait cette nausée qui la guettait chaque fois qu'elle se préparait à manger. La veille, alors qu'elle se confectionnait un sandwich au thon, elle avait dû se précipiter vers l'évier.

Et elle n'avait pas eu ses règles…

Cela faisait trois semaines qu'elle avait couché avec Tom. Elle avait acheté un test de grossesse, mais jusqu'à maintenant elle n'avait pas eu le courage de l'utiliser.

Que ferait-elle, si elle était enceinte ? Si Tom ne pouvait pas l'aimer, serait-il capable d'aimer un bébé ?

Elle l'espérait, pour le bien de l'enfant. Même s'ils ne formaient pas un couple, elle voulait que Tom joue un rôle dans la vie de cet innocent.

Et elle ? Comment franchirait-elle cette étape ?

Ce serait sûrement affreux. Elle affronterait seule la grossesse, et personne ne lui tiendrait la main pendant les échographies ou l'accouchement.

Elle avait toujours voulu avoir un enfant. Pendant son mariage, elle avait remisé ce rêve dans un coin de son esprit, mais maintenant le rêve devenait peut-être une réalité !

Elle était partagée entre la peur et le désir de porter l'enfant de Tom.

Elle décida qu'elle ferait le test après avoir nettoyé la salle de bains. Il y avait encore du moisi sur les joints et du tartre un peu partout. Si elle était enceinte, un tel événement méritait une propreté parfaite.

Après avoir vidé le seau dans l'évier, elle sortit le test de son emballage et le posa sur la table.

Demain matin, elle saurait ce que lui réservait l'avenir.

Naomi se réveilla en sursaut.

Etonnamment, elle avait très bien dormi. Après un après-midi passé à récurer, l'épuisement l'avait assommée, et elle s'était effondrée.

Lorsqu'elle s'assit sur son lit, son estomac manifesta sa désapprobation.

Etait-ce une nausée matinale ? Etait-il possible qu'elle désire être enceinte au point de se rendre malade elle-même ? Souffrait-elle de troubles psychosomatiques ?

Plus important encore, voulait-elle tellement porter l'enfant de Tom ?

Oh oui ! Elle désirait ce bébé et elle n'imaginait pas meilleur père que Tom. Il était intelligent, généreux et bon. Il ferait un parent aimant, même s'il ne pouvait l'aimer, elle.

Après quelques minutes de réflexion, elle gagna la salle de bains.

Elle savait très bien ce qu'elle avait à faire, ce qui ne l'empêcha pas de lire attentivement les instructions et de les suivre scrupuleusement. Ensuite, elle posa le test sur le bord du lavabo.

Trente secondes à patienter avant de savoir si toute son existence allait être bouleversée.

Si c'était le cas, elle s'arrangerait pour que le changement soit positif. Elle rendrait l'appartement accueillant et travaillerait jusqu'à son congé de maternité. Etre mère célibataire n'avait rien de dégradant.

Pourtant, une petite voix insidieuse lui rappelait qu'elle ne serait jamais totalement heureuse sans l'amour de Tom.

Oui, elle le reconnaissait, elle l'aimait. C'était un fait

incontournable. Mais elle savait qu'il resterait hors de sa portée, avec ou sans enfant.

Elle prit le test et le fixa un long moment.

Le résultat était très clair : elle portait l'enfant de Tom.

Elle se mit à pleurer doucement, assise sur le bord de la baignoire.

Elle aurait dû être au comble du bonheur. Au fond d'elle-même, elle était certaine de se réjouir, mais elle se sentait engourdie, anesthésiée, en état de choc.

On était à la mi-avril, le bruit de la circulation lui parvenait par la fenêtre ouverte. Elle entendait les coups de klaxon, les poids lourds qui faisaient marche arrière, les gens qui s'interpellaient.

Pour tous les autres, la vie s'écoulait normalement. Mais pour elle, c'était comme si le temps avait suspendu son vol.

Qu'allait-elle dire à Tom ? Comment réagirait-il ?

Tôt ou tard, il lui faudrait dire la vérité à Tom.

Pourquoi pas le soir du bal de printemps, en terrain neutre ? Ils seraient entourés de gens, et il serait bien obligé de se maîtriser.

Ils pourraient discuter tranquillement en sirotant une coupe de champagne.

Oups ! Non, pas d'alcool pour elle.

Un jus de fruits, alors.

Avec un peu de chance, Tom accueillerait calmement la nouvelle et accepterait cette responsabilité inattendue. Ou alors, cela voudrait dire qu'elle ne le connaissait pas aussi bien qu'elle l'avait cru.

Mais si ! C'était un homme charmant, attentif aux autres et un formidable médecin !

Elle l'imagina en train de bercer un nourrisson et de le contempler avec amour. Ensuite, il se tournerait vers elle avec la même expression et il l'attirerait contre lui…

Elle chassa vite cette image de son esprit.

Quoi qu'il en soit, elle lui dirait la vérité le soir du bal. Elle avait accepté d'y aller en amie avec Stefan et elle était certaine de pouvoir s'esquiver un instant pour trouver Tom.

A condition qu'il aille au bal !

En attendant, elle avait besoin que son généraliste lui prescrive de la vitamine B9, qu'il l'introduise auprès d'une sage-femme et qu'il organise un rendez-vous après le premier trimestre de grossesse.

Elle décrocha le téléphone et, avant de faire le numéro, ferma un instant les yeux.

— S'il te plaît, Tom, sois l'homme que je sais que tu es, et dis-moi que tu aimeras notre enfant !

10.

Le week-end suivant, Naomi avait décidé de faire les magasins avec Jackie pour trouver une robe de bal. Elles parcoururent les rues encombrées de Londres, cherchant la tenue idéale. Jackie trouva la sienne rapidement. C'était un très joli fourreau sirène rouge qui s'évasait à partir des genoux. Le bustier était orné de petites pierres brillantes, et Naomi ne put s'empêcher d'applaudir quand son amie virevolta devant elle.

— Elle te va très bien, Jackie.

— Merci ! On m'a toujours dit que le rouge était ma couleur.

— Et on avait raison. Tu es superbe !

Son amie disparut dans la cabine d'essayage pour se changer. Elle entrebâilla le rideau pour lui jeter un coup d'œil.

— On ne peut pas en dire autant pour toi.

— Qu'est-ce que tu veux dire ?

— Que tu as une mine affreuse. Qu'est-ce qui s'est passé, entre Tom Williams et toi ? Vous étiez les meilleurs amis du monde, vous viviez sous le même toit, et tout d'un coup c'est à peine si tu supportes de respirer le même air que lui.

— Nous avons eu des divergences d'opinion.

— A quel propos ?

— Je préfère ne pas en parler. De toute façon, j'ai déménagé.

— Stefan m'a dit que tu habites dans son immeuble, maintenant.

— Oui. J'ai peut-être eu tort d'accepter son invitation pour le bal, qu'en penses-tu ?

— Stefan est imbu de lui-même, mais il vaut mieux qu'il n'en a l'air. Comment ça se passe dans ton nouveau chez-toi ?

Naomi s'abstint de dire à quel point elle détestait son nouvel appartement.

— Très bien.

— D'après Stefan, il y a beaucoup de boulot pour que ce logement soit convenable. Tu as besoin d'un coup de main ?

— Euh... Peut-être, oui. On pourrait arracher le papier ensemble. Il est vraiment ignoble.

— Quand tu veux.

Jackie paya son achat, puis elles sortirent de la boutique et se mirent en quête d'un autre magasin.

— Raconte-moi ce que je manque, aux urgences, demanda Naomi.

— Pas grand-chose. Tu devrais le savoir, puisque tu nous amènes la moitié des patients. Et toi ? Tu apprécies de travailler avec les ambulanciers ?

— C'est intéressant, mais...

— Tu préfères les urgences.

— En quelque sorte.

— Tom te manque, hein ?

Naomi s'efforça de ne pas croiser le regard de son amie, mais Jackie se planta devant elle.

— Naomi !

— Oui, oui ! Il me manque.

— Alors que vous ne faisiez que cohabiter ?

La voyant rougir, Jackie s'exclama :

— Je le savais ! Je savais qu'il y avait davantage entre vous que tu ne voulais bien le dire. Que s'est-il passé ?

— Je n'ai pas vraiment envie d'en parler. Je t'en prie, Jackie, n'en parle à personne, et surtout pas à Stefan. Il adore les ragots.

Jackie glissa son bras sous le sien, et elles se remirent à marcher.

— Je serai muette comme une tombe, mais je vais te dire quelque chose : ce type t'adore. Il est comme une âme en peine depuis ton départ. Il travaille comme un robot, un peu comme après la mort de sa femme. Je ne sais pas ce qu'il t'a fait, Naomi, mais il t'aime. Rappelle-toi ce que je te dis.

Naomi regarda droit devant elle.

Son amie se trompait ! Tom lui avait dit lui-même qu'il était incapable d'aimer une seconde fois. C'était gentil de la part de Jackie, mais elle n'avait pas l'intention de se bercer d'illusions.

Elles continuèrent leur shopping, et elle finit par trouver une merveilleuse robe bleu nuit. Elle tombait sur les chevilles, n'avait qu'une seule bretelle, et une très jolie dentelle noire soulignait la taille. Elle y ajouta une ravissante pochette qui n'était pas trop chère.

Ce serait sa dernière extravagance. Dorénavant, tout son argent serait investi dans l'appartement ou mis de côté pour acheter ce dont le bébé aurait besoin. Cette robe serait son chant du cygne, sa façon de célébrer son célibat. En allant à ce bal, elle allait refermer un chapitre de sa vie.

Rêveuse, elle tournoya devant le miroir du magasin.

Elle n'était pas enceinte depuis assez longtemps pour qu'on puisse le deviner. Personne ne le dirait à Tom avant elle.

11.

Aux urgences, Tom recherchait le soulagement dans le travail. Ce jour-là, il avait traité un arboriculteur qui avait fait un arrêt cardiaque en tombant sur le dos d'une hauteur de six mètres, des personnes impliquées dans un accident de la route et un homme victime d'une attaque d'apoplexie.

Après la mort de Meredith, il n'avait trouvé que ce moyen pour se sentir un peu mieux et il avait espéré qu'il en irait de même après ce qui s'était passé avec Naomi.

Mais le remède ne fonctionnait plus. Au lieu d'être calme et poli comme d'habitude, il se montrait sec, cassant. Il se mettait facilement en colère et, chaque fois qu'il se surprenait à hurler sur quelqu'un, il se maudissait intérieurement.

C'était à peine s'il parvenait à mettre un pied devant l'autre sans penser à Naomi. Elle l'obsédait littéralement, et il regrettait amèrement d'avoir agi comme il l'avait fait.

Après le décès de Meredith, il s'était promis de ne plus jamais souffrir comme un damné. Mais n'était-ce pas ce qui lui arrivait, justement ?

Mais, s'il admettait qu'il l'aimait, comment revenir en arrière ? Il doutait qu'elle accepte de l'écouter, après qu'il lui avait dit et répété qu'il était l'homme d'un seul amour.

Le bal du printemps avait lieu dans quelques heures, et Naomi s'y rendait avec Stefan.

Il ne supportait pas cette idée.

Il jeta un coup d'œil à l'horloge murale, s'efforçant de

prendre une décision. Et soudain, il sut exactement où il allait se rendre.

Tom fixa les lettres gravées dans la pierre.

Meredith Williams.
Mon épouse bien-aimée.

Il prit une inspiration, comme s'il devait vraiment parler tout haut pour que Meredith l'entende.

Meredith, j'ai besoin de te dire que… Que je t'aime. Que je t'aimerai toujours et que tu resteras à jamais dans mon cœur. Mais j'ai rencontré quelqu'un. Elle s'appelle Naomi…

Il contempla un instant la photo encastrée à l'intérieur d'un cœur. Il regarda le visage souriant, les yeux pétillants. Il se rappelait l'expression radieuse de sa femme lorsqu'il l'avait photographiée.

Elle te plairait. Elle est infirmière comme toi. Elle est courageuse, drôle, passionnée, attentive aux autres.

Il soupira, et ses épaules se voûtèrent, tandis qu'il tentait de rassembler ses pensées.

Elle est très importante pour moi. Ça m'a étonné, parce que j'étais persuadé que ça ne m'arriverait plus. Mais je veux être avec elle. Elle ne voudra peut-être pas de moi après la façon dont je l'ai traitée, mais au moins j'y vois plus clair, maintenant. Je sais ce que je veux et je crois que, toi aussi, plus que n'importe qui au monde, tu souhaites mon bonheur. Alors, je vais tenter d'être heureux.

Il se détourna du portrait de sa femme. Pendant un instant, il écouta le chant des oiseaux. Il repéra un écureuil qui grattait le sol à quelques mètres de lui. Il ferma les yeux et sentit la brise lui caresser le visage.

C'était comme si Meredith lui donnait sa bénédiction.

A partir de maintenant, il allait tourner la page. Il ne

pouvait pas continuer à vivre comme il le faisait depuis huit ans. Naomi l'avait délivré de sa prison.

— Au revoir, Meredith, dit-il en se penchant pour caresser la pierre tombale.

Naomi était prête pour le bal, mais elle ne ressentait aucune excitation. Sa robe était belle, et Jackie lui avait fait un chignon retenu par des épingles ornées de perles. Après s'être maquillée, elle se regarda dans un grand miroir et dut reconnaître qu'elle avait tout d'une princesse, comme le lui avait promis Jackie.

Elle enfila ses sandales à talons hauts, glissa un bracelet à son bras et mit les boucles d'oreilles assorties.

Stefan arriva, vêtu d'un smoking. Il était plutôt charmant mais, en lui ouvrant la porte, elle n'éprouva que de la tristesse.

Elle aurait tant voulu que ce soit Tom qui vienne la chercher !

Dehors, une petite brise fraîche frôla ses bras nus. Ils montèrent dans le taxi, et Stefan bavarda aimablement pendant toute la durée du trajet. Elle s'efforça de l'écouter mais, lorsqu'ils parvinrent devant l'hôtel et gravirent les marches du perron, elle se sentit soudain très nerveuse.

Le lieu était magnifique. Il était clair que les organisateurs s'étaient efforcés de le rendre magique. Les hauts plafonds moulurés étaient illuminés par des lustres, et des appliques diffusaient une lumière tamisée le long des murs. Au-delà des galeries et des colonnes, elle aperçut un petit orchestre et elle entendit un pianiste très talentueux jouer en sourdine.

Tous les invités étaient d'une élégance extrême. Les hommes en smoking et les femmes vêtues de robes de toutes les couleurs imaginables. Des serveurs sillonnaient la salle, tels des colibris silencieux, offrant aux hôtes des boissons et des canapés disposés sur des plateaux d'argent.

Les gens trinquaient, riaient et bavardaient. Quelques couples dansaient déjà sur la piste.

Si seulement elle avait pu jouir de cette soirée !

Comme elle aurait aimé évoluer sur ce parquet ciré dans les bras de Tom !

Ecrasant une petite larme, elle adressa un sourire à Stefan.

— C'est superbe !

Il faisait très chaud dans la salle de bal. Les effluves de parfum et d'après-rasage se mêlaient, et elle se sentit proche de la nausée.

Elle prit une coupe sur un plateau et avala une gorgée.

De l'alcool !

Posant la main sur son ventre, elle regarda autour d'elle en quête d'une autre boisson mais, lorsqu'elle se retourna, elle avait perdu Stefan de vue.

Seule au milieu de la foule !

Poussée et bousculée, elle tâcha de se frayer un chemin jusqu'à un côté de la salle. Il y avait un buffet offrant toute une variété de mets. Y trouverait-elle quelque chose qui atténuerait son malaise ?

Quelques connaissances lui adressèrent des signes, qu'elle leur rendit. Elle continua d'avancer, se disant que si elle ne trouvait pas Tom elle ne resterait qu'une heure.

Une main se posa sur son bras, et elle se retourna en souriant, croyant que Stefan l'avait rejointe.

Elle n'en crut pas ses yeux.

Tom !

Il était plus beau que jamais dans son smoking parfaitement coupé et il la fixait comme s'il ne parvenait pas à détacher ses yeux d'elle.

Elle allait pouvoir lui parler du bébé. Le moment était venu, dans quelques minutes il saurait qu'il allait devenir père. Elle lui dirait qu'il n'avait pas à se faire de souci et qu'elle comptait se tenir en dehors de son chemin — même si cela devait la tuer — pourvu qu'il chérisse leur enfant.

Elle était certaine qu'il ferait un excellent père. Ce serait peut-être lui qui lui apprendrait à faire du vélo... Il saurait lui prodiguer des encouragements, lui donner confiance en lui.

Cette idée lui fit monter les larmes aux yeux — encore ! Elle battit furieusement des paupières, espérant qu'elles n'allaient pas jaillir et la trahir.

— Je peux te parler, Naomi ? demanda Tom. En privé.

— Bien sûr.

— Il y a un petit vestibule par ici, dit-il en lui prenant le bras pour la guider à travers la foule.

Elle aurait préféré qu'il ne la touche pas, ça aurait été plus facile...

Lorsqu'ils parvinrent dans le vestibule, il la lâcha pour refermer les portes derrière eux, et elle inspira profondément, se délectant de l'air frais qui pénétrait dans la pièce par les fenêtres ouvertes.

Maintenant, ils étaient face à face. Les bavardages et le son du piano ne leur parvenaient plus que de façon étouffée, et elle ne savait pas très bien comment commencer.

— Qu'est-ce que tu veux me dire ? demanda-t-elle.

Tom pencha la tête.

— Tout d'abord, il faut que tu saches combien je suis désolé d'avoir aussi mal réagi après la nuit où nous étions ensemble...

Il lui prit les mains avant de continuer.

— Je ne pensais pas faire un jour une expérience aussi extraordinaire. Elle m'a ouvert non seulement les yeux, mais aussi le cœur. Je le gardais hermétiquement fermé pour ne pas être coupé en deux une seconde fois, mais tu m'as fait comprendre que je pouvais encore aimer. C'était effrayant, et cela m'a plongé dans une confusion extrême. Je n'étais pas prêt à l'accepter. Mais je le suis, maintenant.

Les paroles de Tom faisaient sauter les barrières qu'elle avait érigées pour se protéger. Elle leva vers lui des yeux brillants de larmes qu'elle ne cherchait plus à retenir.

— Je sais que je t'ai blessée, poursuivit-il, et j'en suis désolé. Je t'ai rejetée et j'en suis désolé. Tout ce que je peux te dire ne suffira jamais à compenser le chagrin que je t'ai causé. Je n'ai pas le droit d'espérer que tu me pardonnes. Pourtant, je te demande de trouver le pardon, quelque part dans ton cœur. Sinon maintenant, peut-être plus tard. J'ai juste besoin de te dire que je t'aime et que, si tu le veux bien, je serai là pour toi jusqu'à la nuit des temps.

Elle rit à travers ses larmes.

— Oh ! Tom ! Je te pardonne bien volontiers. Moi aussi, je regrette de t'avoir fait connaître un tel tourment. Avant de me rencontrer, tu savais exactement ce que tu attendais de la vie, et je suis arrivée pour tout chambouler.

— J'avais besoin que tu chamboules tout.

— Et moi, j'avais besoin de toi. Tu m'as montré ce que peut être l'amour vrai. Il ne s'agit pas seulement du plaisir physique, mais aussi de cette amitié incroyable, de tous ces moments que nous avons passés ensemble à nous amuser, à prendre des risques…

— Tu fais allusion aux dîners brûlés ?

— Mais oui ! répliqua-t-elle en riant. Les dîners brûlés et le reste… Je t'ai dit tout ce qu'impliquait notre relation avant que tu sois prêt à l'entendre. Je savais ce que tu avais enduré et que tu avais des doutes, pourtant je n'ai pas pu m'en empêcher. Je voulais être honnête, te dire ce que je ressentais. Et tu sais pourquoi ? Parce que, même si j'aimais Vincent, je n'ai jamais été franche avec lui. Je lui ai dissimulé mes sentiments pour ne pas l'inquiéter ou le bouleverser… Mais avec toi, j'ai été submergée par mes émotions et j'ai parlé sans réfléchir. Je t'aime aussi, Tom. Notre séparation m'a brisé le cœur.

— A moi aussi.

— Je t'aime, je veux être avec toi.

— Je t'aime, Naomi.

Comme il se penchait pour l'embrasser, elle eut un mouvement de recul.

Tom la fixa avec étonnement.

— Il y a autre chose, dit-elle. Ou plutôt, quelqu'un d'autre.

Serrant les dents, Tom jeta un coup d'œil aux portes donnant sur la salle de bal.

— Stefan ?

— Non.

— Qui, alors ?

Elle lui sourit, toute rougissante.

— J'ai du mal à y croire moi-même, mais je suis enceinte, Tom. Je porte notre enfant.

Bouche bée, il baissa les yeux vers son ventre.

— Tu es enceinte ?

Elle hocha la tête.

— Oh ! Naomi !

Un sourire immense illumina le visage de Tom. L'attirant contre lui, il l'embrassa avec ferveur.

Elle crut exploser de bonheur.

Ce n'était pas exactement le scénario qu'elle avait élaboré, en venant à cette soirée. Elle s'était imaginée en train de lui parler du bébé. Il aurait arboré une mine grave et aurait promis de s'impliquer dans l'éducation de leur enfant…

Mais Tom l'aimait ! Il voulait vivre avec elle, et cette naissance à venir le comblait ! Ils allaient former un couple, être parents, et elle ne serait pas mère célibataire comme elle le prévoyait auparavant.

Les lèvres de Tom sur les siennes, c'était magique. Elles suscitaient des fourmillements partout où elles se posaient. Elle se sentait vibrer de joie. Les nuages sombres qui planaient au-dessus d'elle un peu plus tôt s'étaient dissipés, faisant place à un soleil étincelant.

Séparés, ils étaient faibles et démunis. Ensemble, ils étaient forts, capables de surmonter tous les obstacles.

S'écartant d'elle, Tom lui sourit, mit une main dans sa poche, puis il s'agenouilla devant elle tandis qu'elle laissait échapper un cri de surprise.

— Naomi Bloom, tu es tombée dans mes bras dès notre première rencontre, et je veux que tu y restes jusqu'à la fin de notre vie. Tu ferais de moi le plus heureux des hommes si tu acceptais de m'épouser.

Il ouvrit le petit écrin qu'il tenait, et elle vit un magnifique solitaire niché dans du satin bleu marine.

— C'est oui ! s'écria-t-elle.

Radieux, Tom sortit la bague de la boîte et la lui glissa au doigt, puis il l'attira de nouveau contre lui et l'embrassa sur la bouche.

Elle sentait son corps chanter, son cœur exulter.

Ceci était l'amour qu'elle avait toujours cru possible, ce dont elle rêvait depuis qu'elle s'était installée à Londres pour y forger son propre destin.

Elle allait vivre avec Tom Williams, le plus merveilleux des hommes ! Elle n'aurait pas pu être plus heureuse.

Le bruit qui provenait de la salle de bal monta d'un cran, leur rappelant que le monde extérieur les attendait… Ce qui incluait son cavalier.

— Qu'est-ce qu'on fait, pour Stefan ? demanda-t-elle en se mordillant la lèvre.

— On lui propose d'être notre garçon d'honneur.

— Je suis venue avec lui, je lui dois une explication.

Tom lui tendit le bras.

— Allons le voir ensemble. Même lui, il ne s'opposera pas à l'amour vrai.

Frémissant à l'idée de ce qu'ils avaient presque perdu, elle posa la tête sur l'épaule de Tom.

— Dire que nous avons failli le rater…

— Mais finalement, nous avons trouvé notre voie.

— Je ne veux plus jamais te perdre.

— Ça n'arrivera pas, dit Tom en déposant un baiser sur son front. Nous avons l'éternité devant nous.

Ils inspirèrent profondément et poussèrent la porte.

Épilogue

Tom n'arrivait pas à le croire : après tous ces mois d'attente à regarder le ventre de Naomi s'arrondir, à sentir sous sa paume ces coups de pied magiques et à se demander *qui* était là, le moment était arrivé.

Un an auparavant, il était persuadé qu'il n'avait plus rien à attendre de la vie et, maintenant, il allait être père ! C'était imminent !

— Allez, Naomi, poussez ! s'écria la sage-femme.

Ses yeux allèrent des traits crispés de Naomi à la sage-femme, puis plus bas, pour voir s'il apercevait la tête du bébé. Il prit la main de sa compagne et la serra contre son cœur.

— Le bébé arrive, Naomi. Encore une poussée.

Naomi transpirait, ses cheveux étaient collés contre son visage. Elle inspira profondément et se concentra pour réunir ce qu'il lui restait de force après quatorze heures de travail.

Il sentit qu'elle lui serrait la main tout en gémissant. Elle fit la grimace, vida ses poumons de l'air qu'ils contenaient, puis elle inspira de nouveau, prête à recommencer.

La sage-femme l'arrêta.

— Je vois le crâne. Respirez à petits coups, maintenant, et ensuite juste une petite poussée.

— Je vois ses cheveux ! s'exclama-t-il.

Naomi leva les yeux vers lui.

— Pour de bon ?

— Pour de bon. Tu l'as fait, et je t'aime tellement !

Il regarda anxieusement le bébé sortir. La sage-femme

s'assura que le cordon n'entourait pas le cou, mais tout allait bien.

— Poussez une dernière fois, dit-elle, et vous aurez votre enfant dans les bras.

Hochant la tête, Naomi fit un effort ultime, et le bébé vint au monde en criant. Aussitôt, la sage-femme le déposa sur le ventre de sa mère.

Tom ignorait qu'on pouvait être aussi heureux. Il n'aurait su dire à quel moment il s'était mis à pleurer. Etait-ce lorsqu'il avait vu ce superbe nouveau-né ? Ou quand Naomi avait bercé son enfant, les yeux remplis d'amour ?

— Vous êtes prêt à couper le cordon, papa ?

— Essayez seulement de m'en empêcher !

— A vous, dit la sage-femme en lui tendant les ciseaux. Coupez entre les deux clamps.

Il s'exécuta, le visage ruisselant de larmes.

— Vous voulez connaître son sexe ?

Il avait presque peur de toucher ce nouveau-né si beau et précieux, mais il le retourna doucement.

— Nous avons une fille ! L'échographe ne s'était pas trompé…

La sage-femme sourit largement.

— Vous avez choisi son nom ?

— Oui, répliquèrent Naomi et lui avec un bel ensemble.

Posant la main sur le crâne minuscule, il précisa :

— Sophia Grace.

Il baissa les yeux vers son épouse et sa fille et, émerveillé, se pencha pour déposer un petit baiser sur la joue du bébé.

— Je vous aime tellement, toutes les deux, murmura-t-il.

— Je t'aime aussi, dit Naomi. Et je suis la femme la plus heureuse de toute la planète.

Ils s'embrassèrent, mêlant leurs larmes de joie.

Il avait encore du mal à croire en son bonheur. Il avait

une fille ! Une belle petite fille qu'il aimait déjà à la folie et qu'il comptait bien protéger jusqu'à la fin du monde.

Après l'expulsion du placenta, la sage-femme les laissa seuls.

— Ma chérie, merci d'être entrée dans ma vie, d'être tombée dans mes bras et d'avoir tenu bon.

— Tu en valais la peine, souffla Naomi.

— Quelle chance nous avons ! Toute cette joie, tout cet amour… Je vais chérir chacune des secondes que je passerai avec Sophia et toi.

— Moi aussi.

La sage-femme revint pour faire la toilette du bébé et évaluer son score d'Apgar. Un instant plus tard, elle plaçait la petite fille dans les bras de son père.

Le cœur débordant d'amour, il déposa un nouveau baiser sur les cheveux du bébé. Bien au chaud, le nouveau-né battit des paupières pour se protéger contre la violence des néons et le regarda.

Empli d'orgueil et d'amour, il lui caressa la joue, puis il se tourna vers la femme qu'il aimait et lui prit la main.

Ensemble, ils étaient forts. Ensemble, ils pouvaient affronter tous les coups du sort.

Retrouvez prochainement,
dans votre collection

BLANCHE

La surprise d'un chirurgien, d'Annie O'Neil - N°1551

SÉRIE : DOUBLE MIRACLE À ROME - 1/2

Elle attend le bébé de Leon Cassanetti. Sous le choc, Lizzy se rappelle la nuit que tous deux ont passée dans une chambre d'hôtel de Manhattan. Grisés par leurs retrouvailles lors d'une conférence médicale, ils avaient évoqué le bon vieux temps, puis cédé au désir. Mais, aujourd'hui qu'ils doivent collaborer sur une chirurgie complexe à l'hôpital Nicolino de Rome, Lizzy se demande comment Leon réagira à sa paternité inattendue…

Passion à l'hôpital Nicolino, de Scarlet Wilson

SÉRIE : DOUBLE MIRACLE À ROME - 2/2

Une opération de pointe dans un hôpital réputé de Rome ? Le défi est trop beau, et le Dr Autumn Fraser est ravie de le relever. Mais, arrivée à l'hôpital Nicolino, elle comprend qu'il lui faudra redoubler de professionnalisme afin d'ignorer l'attirance qu'elle ressent pour son confrère, le Dr Giovanni Lombardi. Bien que cet homme soit un talentueux médecin et un père dévoué pour sa fille, il n'est que de passage dans sa vie…

Le héros d'une île grecque, d'Annie Claydon - N°1552

Suivre son instinct et sauter. Alors qu'il n'était qu'un enfant, Ben Marsh s'est jeté à l'eau pour sauver une petite fille de la noyade. Le temps a passé et, bien qu'il n'ait jamais revu Arianna Petrakis, il ressent soudain un besoin impérieux de faire sa connaissance. Peut-être parce que leur rencontre singulière a scellé sa vocation de médecin ? De retour à Ilaria, l'île où tout a commencé, Ben part à la recherche de celle qu'il n'a jamais oubliée…

Deux médecins à Miami, d'Ann McIntosh

Pour le Dr Regina Montgomery, ce remplacement dans un hôpital de Miami est une belle opportunité. Un pas de plus vers son objectif : devenir chef de service. Pourtant, elle déchante en découvrant qu'elle doit collaborer avec le Dr Mateo Herrera, l'homme qui autrefois nourrissait ses fantasmes… S'il ne s'est jamais rien passé entre eux, le désir est toujours là, et Mateo ne lui cache pas son envie de voir leur relation devenir plus intime…

Leur mission : sauver des vies.
Leur destin : trouver l'amour.

BLANCHE

Un domaine en héritage, de Becky Wicks - N°1553

De retour dans le Dorset avec sa fille, Jodie découvre qu'elle hérite la moitié d'un somptueux domaine ainsi que les parts d'une clinique vétérinaire. Hélas, son nouveau partenaire n'est autre que Cole Crawford. Douze ans plus tôt, alors qu'elle l'aimait de tout son cœur, celui-ci l'a abandonnée sans explication… Or, si le beau docteur éveille toujours en elle des sentiments troublants, elle doit protéger son cœur – et son enfant – d'une histoire sans avenir…

Troublante mission en montagne, de Susan Carlisle

Il y a des années de cela, Dana et Travis ont passé un été inoubliable. Un été au goût d'inachevé car, alors qu'elle tentait de l'embrasser, il l'avait repoussée. Aujourd'hui, pas question pour Dana de laisser ces souvenirs compromettre sa mission. Devenue pompier-parachutiste, elle doit conduire le Dr Russell jusqu'à l'un de ses patients fragiles, qui refuse d'être évacué malgré l'incendie qui fait rage à Mount Bachelor. Une tâche ardue qui exclut toute distraction…

Un bébé pour le Dr White, de Sue MacKay - N°1554

Jusqu'à présent, le Dr Harper White considérait Cody Brand comme un infirmier sympathique et consciencieux. Pas comme son sauveur potentiel ! Pourtant, le jour où il la protège d'une agression, elle se découvre des sentiments inédits pour lui – qu'elle tente d'étouffer. En effet, Cody est le genre d'homme à vouloir fonder une famille… Ce que, à son désespoir, elle ne pourra jamais lui offrir.

L'incertitude au cœur, de Robin Gianna

Bree n'a aucun regret d'avoir rompu ses fiançailles avec le Dr Sean Latham : malgré des débuts dignes d'un conte de fées, elle s'est rendu compte qu'il y avait trop de différences irréconciliables entre eux… Seulement, quand elle apprend que Sean s'est inscrit sur un site de rencontres, Bree a l'impression de recevoir un coup de poignard en plein cœur. Se pourrait-il qu'elle ait pris la mauvaise décision en le quittant ?

HARLEQUIN

Leur mission : sauver des vies.
Leur destin : trouver l'amour.

HARLEQUIN
www.harlequin.fr

BLANCHE

Une passion imprévue, de Lucy Ryder - N°1555

Elle qui pensait passer des vacances de rêve dans le Pacifique, la voilà coincée sur une île déserte en compagnie d'un rustre ! Furieuse, le Dr Eve Carmichael tente de se reprendre : elle n'a d'autre choix que de supporter Chase Gallagher, le maudit pilote qui les a fait se poser au milieu de nulle part. À mesure que les jours passent, toutefois, Chase se révèle très protecteur envers Eve… au point de la conquérir ?

Un papa pour Zoe, de Fiona Lowe

Seule… et enceinte d'une petite fille, qu'elle prénommera Zoe. Une situation terrible que Meredith doit affronter depuis la mort tragique de son mari. En s'installant à la campagne, c'est un peu de sérénité qu'elle recherchait. Jamais elle n'aurait imaginé tomber amoureuse ! Pourtant, le charme de Rafael, son voisin, agit bientôt comme un baume sur son cœur. Mais est-il prêt à aimer l'enfant d'un autre ?

HARLEQUIN

Leur mission : sauver des vies.
Leur destin : trouver l'amour.

HARLEQUIN
www.harlequin.fr